FUNDAÇÃO

Mau,

por todas as boas histórias que passamos juntos.
(E pelos ótimos livros!)

C.W.

Outros títulos de ficção publicados pela Aleph

Isaac Asimov
Fundação
Fundação e Império
Segunda Fundação
O Fim da Eternidade
Os Próprios Deuses
Limites da Fundação

Anthony Burgess
Laranja Mecânica

Edgar Rice Burroughs
Uma Princesa de Marte
Os Deuses de Marte
O Comandante de Marte

Arthur C. Clarke
O Fim da Infância
Encontro com Rama

Philip K. Dick
O Homem do Castelo Alto
Os Três Estigmas de Palmer Eldritch
Ubik
Fluam, Minhas Lágrimas, Disse o Policial
Valis
Realidades Adaptadas

William Gibson
Neuromancer
Count Zero
Mona Lisa Overdrive
Reconhecimento de Padrões

William Gibson & Bruce Sterling
A Máquina Diferencial (*The Difference Engine*)

Ursula K. Le Guin
A Mão Esquerda da Escuridão

Frank Herbert
Duna
Messias de Duna

Kim Newman
Anno Dracula

Neal Stephenson
Nevasca (Snow Crash)

Isaac Asimov

FUNDAÇÃO

Tradução
Fábio Fernandes

5ª Reimpressão

ALEPH

Copyright © the Estate of Isaac Asimov, 1951, 1979
Copyright © Aleph, 2009
(edição em língua portuguesa para o Brasil)

TÍTULO ORIGINAL: Foundation
CAPA E ILUSTRAÇÕES: Delfin
PREPARAÇÃO DE TEXTO: Carlos Orsi
Marcelo Barbão
REVISÃO: Hebe Ester Lucas
PROJETO GRÁFICO: RS2 Comunicação
EDITORAÇÃO: RS2 Comunicação
COORDENAÇÃO EDITORIAL: Delfin
DIRETOR EDITORIAL: Adriano Fromer Piazzi

Revisado conforme o novo acordo ortográfico da língua portuguesa

Todos os direitos reservados. Proibida a reprodução, no todo ou em parte, através de quaisquer meios.
Publicado mediante acordo com The Doubleday Broadway Publishing Group, uma divisão da Random House, Inc.

EDITORA ALEPH LTDA.
Rua João Moura, 397
05412-001 – São Paulo – SP – Brasil
Tel.: [55 11] 3743-3202
Fax: [55 11] 3743-3263
www.editoraaleph.com.br

Dados Internacionais de Catalogação na Publicação (CIP)
(Câmara Brasileira do Livro, SP, Brasil)

Asimov, Isaac, 1920-1992
Fundação / Isaac Asimov ; tradução Fabio Fernandes. – São Paulo : Aleph, 2009.

Título original: Foundation.
ISBN 978-85-7657-066-0

1. Ficção científica norte-americana.
I. Título.

08-10788   CDD-813.0876

Índices para catálogo sistemático:
1. Ficção científica : Literatura norte-americana 813.0876

5ª Reimpressão
2013

Em memória de minha mãe
(1895-1973)

Sumário

Nota à edição brasileira..9

Parte I   Os psico-historiadores...11
Parte II   Os enciclopedistas...47
Parte III Os prefeitos..87
Parte IV Os comerciantes...141
Parte V   Os príncipes mercadores...165

Nota à edição brasileira

Após um longo período de espera, os leitores brasileiros podem novamente se encontrar com um dos maiores clássicos de aventura, fantasia e ficção do século 20: a trilogia da *Fundação*, escrita por Isaac Asimov. Os três livros que compõem esta história receberam, em 1966, o prêmio Hugo especial como a melhor série de ficção científica e fantasia de todos os tempos, superando concorrentes de peso como *O Senhor dos Anéis*, de J. R. R. Tolkien, e *John Carter de Marte*, de Edgar Rice Burroughs. Acredite, isso não é pouco. Mas também não é tudo.

Iniciada em 1942 e concluída em 1953, esta obra é um exemplo do que se convencionou chamar *Space Opera* – uma novela que se ambienta no espaço. Todos os elementos estão presentes em *Fundação*: cenários grandiosos, ação envolvente, diversos personagens atuando num amplo espectro de tempo. Seu desenvolvimento é derivado das histórias *pulp* de faroeste e aventuras marítimas (notadamente de piratas).

Isaac Asimov, como grande divulgador científico e especulador imaginativo, começou a conceber em *Fundação* uma história grandiosa. Elaborou, dezenas de séculos no futuro, um cenário em que toda a Via Láctea havia sido colonizada pela raça humana, a ponto de as origens da espécie terem se perdido no tempo. Outros escritores, como Robert Heinlein e Olaf Stapledon, já haviam se aventurado na especulação sobre o futuro da raça humana. O que, então, *Fundação* possui de tão especial?

Um dos pontos notáveis é o fato de ter sido inspirada pelo clássico *A História do Declínio e Queda do Império Romano*, do historiador inglês Edward Gibbon. Não é, portanto, uma história de glória e exaltação. Mas, sim, a epopéia de uma civilização que havia posto tudo a perder. E também a história de um visionário que havia previsto não apenas a inevitável decadência de um magnífico império galáctico, mas também o caminho menos traumático para que, após apenas um milênio, este pudesse renascer em todo o seu esplendor.

O autor fez questão de utilizar algumas doutrinas polêmicas para basear seu futuro militarista, como o Destino Manifesto americano (a crença de que o expansionismo dos Estados Unidos é divino, já que os norte-americanos seriam o povo escolhido por Deus) e o nazismo alemão (que professava ser a democracia uma força desestabilizadora da sociedade por distribuir o poder entre minorias étnicas, em prejuízo de um governo centralizador exercido por pessoas intelectualmente mais capacitadas). *Fundação* se revela, pois, um texto que ultrapassa, e muito, aquela camada superficial de leitura. De fato, a cada página transcorrida, o leitor notará os paralelos entre as aventuras dos personagens da trilogia e diversas passagens históricas. E mais. A percepção dos arquétipos psicológicos de cada personagem nos leva a apreciar, em todas as suas nuances, a maravilhosa diversidade intelectual de nossa espécie.

Além da trilogia da *Fundação*, Asimov acabou atendendo a pedidos de fãs e de seus editores para retomar a história de Terminus; quase trinta anos depois do lançamento de *Segunda Fundação*, escreveu as continuações *Limites da Fundação* e *Fundação e Terra*. Em seguida, publicou *Prelúdio à Fundação* e *Origens da Fundação*, que narram os eventos que antecedem o livro *Fundação*.

Outro dado importante é que, em meados dos anos 1980, Isaac Asimov decidiu integrar seus diversos livros e universos futuristas, para que todas as histórias transcorressem em uma continuidade temporal. Ou seja, clássicos como *O Homem Bicentenário* e *Eu, Robô* se passam no mesmo passado da saga de *Fundação*. Para isso, ele modificou diversos detalhes em suas histórias, corrigindo datas, atitudes de personagens, rearranjando fatos. Este processo, conhecido tradicionalmente como *retcon*, foi aplicado a quase todos os seus livros. A trilogia da *Fundação* era peça-chave neste quebra-cabeça, e foi modificada em pontos fundamentais, como, por exemplo, ajustes na cronologia. Esta versão, inédita no Brasil, é a que você, leitor, tem agora em mãos. Outro diferencial desta edição da Aleph é que, pela primeira vez, a trilogia é publicada no Brasil em três volumes separados, de modo que o leitor pode, agora, apreciar a obra como concebida por seu criador.

A trilogia da *Fundação* é composta pelos livros *Fundação* (que inicia a aventura), *Fundação e Império* e, por fim, *Segunda Fundação*. A leitura na ordem em que foi escrita por Asimov é, também, elemento fundamental para que se percebam os crescentes ritmo, tensão e aventura desta obra.

E seu início é logo ali, na página seguinte, pois, para a grande aventura humana ter início, é necessário rumar ao centro do Império, Trantor.

Tenha uma boa jornada.

Os editores

Parte 1
Os psico-historiadores

Hari Seldon... nascido no ano 11.988 da Era Galáctica: falecido em 12.069. As datas são mais conhecidas, em termos da atual Era da Fundação, como de -79 a 1 E.F. Nascido numa família de classe média de Helicon, setor de Arcturus (onde seu pai, como reza uma lenda de autenticidade duvidosa, cultivava tabaco nas usinas hidropônicas do planeta), desde cedo revelou uma fantástica habilidade em matemática. Os relatos sobre sua habilidade são inumeráveis e, alguns deles, contraditórios. Dizem que, aos dois anos de idade, ele...

... Sem dúvida, suas maiores contribuições foram no campo da psico-história. Quando Seldon começou, este campo era pouco mais do que um conjunto de axiomas vagos; ele o transformou numa ciência estatística profunda...

... A maior autoridade existente para saber detalhes de sua vida é a biografia escrita por Gaal Dornick que, quando jovem, conheceu Seldon dois anos antes da morte do grande matemático. A história do encontro...

ENCICLOPÉDIA GALÁCTICA[1]

---

[1] Todas as citações da Enciclopédia Galáctica aqui reproduzidas foram retiradas da 116ª edição, publicada em 1.020 E.F. pela Companhia Editora Enciclopédia Galáctica Ltda., Terminus, com permissão dos editores.

1.

Seu nome era Gaal Dornick, e ele era apenas um caipira que nunca havia visto Trantor antes. Isto é, não na vida real. Ele já o *vira* muitas vezes em hipervídeo e, ocasionalmente, em incríveis reportagens tridimensionais cobrindo uma coroação imperial ou a abertura de um Conselho Galáctico. Muito embora tivesse vivido toda a sua vida no mundo de Synnax, que orbitava uma estrela na periferia da Corrente Azul, ele não estava isolado da civilização. Naquela época, nenhum lugar na Galáxia estava.

Havia quase vinte e cinco milhões de planetas habitados na Galáxia então, e nenhum deles deixava de prestar obediência ao Império cujo trono ficava em Trantor. Era o último meio século no qual essa afirmação poderia ser feita.

Para Gaal, a viagem era o clímax indubitável de sua vida jovem e acadêmica. Ele já havia estado no espaço antes, e por isso essa jornada, como viagem em si, pouco significava para ele. Na verdade, sua única viagem anterior tinha sido até o único satélite de Synnax para obter os dados sobre a mecânica de deslocamento de meteoros de que precisava para sua dissertação, mas viagem espacial era tudo a mesma coisa; não importava se a pessoa viajava meio milhão de quilômetros ou muitos anos-luz.

Ele havia se preparado só um pouquinho para o Salto pelo hiperespaço, um fenômeno que as pessoas não experimentavam em viagens interplanetárias simples. O Salto permanecia, e provavelmente assim seria para sempre, o único método prático de viajar entre as estrelas. A viagem pelo espaço comum não podia ser mais rápida do que a da luz comum (um pouco de conhecimento científico que pertencia aos poucos itens conhecidos desde a aurora esquecida da história humana), e isso teria significado muitos anos no espaço até mesmo entre os sistemas habitados mais próximos. Através do hiperespaço, essa região inimaginável que não era espaço nem tempo, nem matéria nem energia, nem algo nem nada, era possível atravessar a extensão da galáxia no intervalo entre dois instantes de tempo.

Gaal havia esperado pelo primeiro desses saltos com um pouco de medo no estômago, e acabou não sendo nada além de um ínfimo tremor, um pequeno solavanco interno que cessou um instante antes que ele pudesse ter certeza de que o havia sentido.

E isso foi tudo.

E, depois, tinha ficado apenas a nave, grande e reluzente, a produção de 12 mil anos de progresso imperial; e ele próprio, com seu doutorado em matemática recém-obtido e um convite do grande Hari Seldon para ir a Trantor e se juntar ao vasto, e um tanto misterioso, Projeto Seldon.

O que Gaal esperava, depois da decepção do Salto, era aquela primeira visão de Trantor. Ele ficou espreitando o Mirante. As persianas de aço eram erguidas em momentos anunciados e ele estava sempre ali, observando o brilho forte das estrelas, apreciando o incrível enxame nebuloso de um aglomerado estelar, como um gigantesco enxame de vaga-lumes apanhados em pleno voo e paralisados para sempre. Em um momento havia a fumaça fria, azul-esbranquecida de uma nebulosa gasosa a cinco anos-luz da nave, espalhando-se pela janela como leite, preenchendo o aposento com um tom gelado, e desaparecendo de vista duas horas depois, após outro Salto.

A primeira visão do sol de Trantor foi a de uma partícula dura e branca totalmente perdida dentro de uma miríade de outras, e reconhecível somente porque fora apontada pelo guia da nave. As estrelas eram espessas, ali no centro galáctico. Mas, a cada Salto, ele brilhava mais, superando o resto, fazendo com que elas empalidecessem e reduzissem o brilho.

Um oficial apareceu e disse:

– O mirante ficará fechado durante o resto da viagem. Preparar para o pouso.

Gaal o seguiu, puxando a manga do uniforme branco com o símbolo da Espaçonave-e-Sol do Império.

– Seria possível me deixar ficar? Eu gostaria de ver Trantor – ele perguntou.

O oficial sorriu e Gaal ficou vermelho. Lembrou-se de que falava com um sotaque provinciano.

– Vamos pousar em Trantor pela manhã – respondeu o oficial.

– Eu quis dizer que queria vê-lo do espaço.

– Ah. Desculpe, meu rapaz. Se isto aqui fosse um iate espacial, poderíamos dar um jeito. Mas estamos descendo voltados para o sol. Você não gostaria de ficar cego, queimado e cheio de cicatrizes de radiação ao mesmo tempo, gostaria?

Gaal começou a se afastar.

O oficial disse, atrás dele:

– De qualquer maneira, Trantor seria apenas uma mancha cinza, garoto. Por que é que você não faz uma excursão espacial assim que chegar lá? São bem baratinhas.

Gaal olhou para trás.

– Muito obrigado.

Era infantil se sentir decepcionado, mas a infantilidade é uma coisa que acontece quase tão naturalmente a um homem quanto a uma criança, e Gaal sentiu um nó na garganta. Ele nunca vira Trantor se descortinando em toda a sua incredibilidade, grande como a vida, e não imaginara que teria de esperar mais ainda para isso.

2.

A nave pousou com uma mistura de ruídos. O sibilar distante da atmosfera cortando e deslizando pelo metal da nave. O zumbido constante dos condicionadores, lutando contra o calor da fricção e o murmúrio mais lento dos motores, forçando a desaceleração. O som humano de homens e mulheres se reunindo nos salões de desembarque e o barulho das empilhadeiras erguendo e transportando bagagens, correspondência e carga para o eixo da nave, de onde seriam, mais tarde, movidas para a plataforma de desembarque.

Gaal sentiu aquele tremor leve que indicava que a nave não tinha mais movimento independente. A gravidade da nave dera lugar à gravidade planetária há horas. Milhares de passageiros tinham ficado sentados pacientemente nos salões de desembarque que se equilibravam, suavemente, em campos de força flexíveis para acomodar sua orientação em relação à das forças gravitacionais sempre em mudança. Agora, eles descem devagar por rampas curvas até as grandes portas que, destravadas, se abriam.

A bagagem de Gaal era mínima. Ele ficou esperando em pé junto a um balcão enquanto ela era rapidamente revistada. Seu visto foi inspecionado e carimbado. Ele nem prestou atenção nisso.

Estava em Trantor! O ar parecia um pouco mais denso ali, a gravidade um pouco maior do que a do seu planeta natal de Synnax, mas ele se acostumaria. Só não sabia se se acostumaria à imensidão.

O Prédio de Desembarque era tremendo. O teto quase desaparecia nas alturas. Gaal quase podia imaginar nuvens se formando sob sua imensidão. Ele não conseguia ver a parede do outro lado; apenas homens, mesas e piso convergindo até desaparecerem, fora de foco.

O homem no balcão estava falando novamente. Parecia aborrecido. Ele disse:

— Vá andando, Dornick — tivera de abrir o visto, mais uma vez, para lembrar qual era o nome.

— Onde... onde... — Gaal balbuciou.

O homem apontou com o polegar.

– Táxis à direita e terceira à esquerda.

Gaal seguiu em frente, vendo os fragmentos de ar retorcidos e reluzentes suspensos bem no alto do nada e que diziam "TÁXIS PARA TODOS OS LUGARES".

Uma figura se destacou do anonimato e parou perto do balcão, quando Gaal saiu. O homem sentado olhou para cima e assentiu ligeiramente. A figura retribuiu o movimento de cabeça e seguiu o jovem imigrante.

Chegara a tempo de saber para onde Gaal estava indo.

Quando Gaal deu por si, estava encostado num corrimão.

A plaquinha dizia: *Supervisor*. O homem a quem a placa se referia não levantou a cabeça para perguntar:

– Para onde?

Gaal não tinha certeza, mas até mesmo alguns segundos de hesitação significavam pessoas se aglomerando em fila atrás dele.

O Supervisor levantou a cabeça:

– Para onde?

Gaal estava mal de finanças; mas só esta noite e depois já teria um emprego. Tentou parecer tranquilo.

– Um bom hotel, por gentileza.

O Supervisor não ficou impressionado.

– Todos são bons. Diga o nome de um.

Gaal respondeu desesperado:

– O mais próximo, por favor.

O Supervisor pressionou um botão. Uma fina linha de luz se formou ao longo do piso, retorcendo-se entre outras que brilhavam com maior ou menor intensidade em diferentes tons e cores. Um bilhete, que brilhava levemente, foi colocado nas mãos de Gaal.

– Um ponto doze – disse o Supervisor.

Gaal lutou para contar as moedas. Perguntou:

– Para onde eu vou?

– Siga a luz. O bilhete continuará brilhando enquanto você estiver apontando na direção certa.

Gaal levantou a cabeça e começou a andar. Centenas de pessoas percorriam devagar o vasto piso, seguindo suas trilhas individuais, passando com dificuldade por pontos de interseção para chegar a seus destinos respectivos.

Sua trilha chegou ao fim. Um homem vestindo um reluzente uniforme azul e amarelo, brilhante e novo em plastotêxtil à prova de manchas, estendeu as mãos para pegar suas duas malas.

– Linha direta para o Luxor – ele disse.

O homem que seguia Gaal ouviu isso. Ele também ouviu Gaal dizer:

– Ótimo – e o viu entrar no veículo de dianteira arredondada.

O táxi subiu numa linha reta. Gaal ficou olhando pela janela transparente curva, maravilhado com a sensação de voo aéreo dentro de uma estrutura fechada e agarrando-se, por instinto, às costas do banco do motorista. A vastidão se contraiu e as pessoas se tornaram formigas em distribuição aleatória. O cenário se contraiu ainda mais, e começou a deslizar para trás.

Havia uma parede adiante. Ela começava alto no ar e se estendia para cima até sumir de vista. Estava cheia de buracos que eram as bocas dos túneis. O táxi de Gaal se moveu na direção de um e mergulhou na escuridão. Por um momento, Gaal se perguntou, distraído, como seu motorista conseguia escolher um entre tantos.

Agora só havia escuridão, com nada para aliviar a penumbra a não ser os relâmpagos de luzes de sinalização coloridas que passavam zunindo. O ar estava cheio de sons de aceleração.

Gaal se curvou para a frente para compensar a desaceleração e o táxi subitamente saiu do túnel, descendo mais uma vez ao nível do chão.

– Luxor Hotel – o motorista disse, sem necessidade. Ele ajudou Gaal com a bagagem, aceitou uma gorjeta de um décimo de crédito com ar profissional, apanhou um passageiro que estava esperando, e voltou a subir.

Durante todo esse tempo, desde o momento do desembarque, não houve um vislumbre sequer do céu.

Trantor... No começo do décimo terceiro milênio, essa tendência atingiu seu clímax. Como centro do governo imperial por centenas de gerações ininterruptas e localizado nas regiões centrais da Galáxia, entre os mundos mais densamente habitados e industrialmente avançados do sistema, dificilmente ele poderia deixar de ser o agrupamento mais denso e rico de humanidade que a Raça jamais vira.

Sua urbanização, que progredira a passos firmes, havia finalmente chegado à sua forma definitiva. Toda a superfície terrestre de Trantor, 194 milhões de quilômetros quadrados de extensão, era uma única cidade. A população, no seu ápice, passava dos quarenta bilhões. Essa enorme população era dedicada quase inteiramente às necessidades administrativas do Império, e percebeu que era pouca para as complicações da tarefa. (Deve-se lembrar que a impossibilidade de uma administração adequada do Império Galáctico, sob a liderança pouco inspirada dos últimos imperadores, foi um fator considerável na Queda.) Diariamente, frotas de naves, contadas às dezenas de milhares, traziam a produção de vinte mundos agrícolas para as mesas de jantar de Trantor...

Sua dependência dos mundos exteriores para comida e, na verdade, para todas as necessidades da vida, tornou Trantor cada vez mais vulnerável à conquista por cerco. No último milênio do Império, as revoltas, monotonamente numerosas, fizeram um imperador atrás do outro consciente disso, e a política imperial se tornou pouco mais do que a proteção da delicada veia jugular de Trantor...

ENCICLOPÉDIA GALÁCTICA

3.

Gaal não tinha certeza se o sol brilhava, e nem, para dizer a verdade, se era dia ou noite. Teve vergonha de perguntar. O planeta inteiro parecia viver sob metal. A refeição que tinha acabado de consumir havia sido rotulada como almoço, mas havia muitos planetas que viviam uma escala de tempo padrão que não levava em conta a alternância, talvez inconveniente, entre dia e noite. A taxa de rotações planetárias diferia, e ele não sabia como era em Trantor.

No começo, acompanhou ansioso as placas que levavam ao "Salão Solar" e descobriu que era apenas uma câmara para as pessoas se banharem em radiação artificial. Ficou ali um instante e, depois, voltou ao saguão principal do Luxor.

– Onde é que eu posso comprar um bilhete para uma excursão planetária? – perguntou ao recepcionista.

– Aqui mesmo.

– E quando ela começa?

– O senhor acabou de perdê-la. Teremos outra amanhã. Compre um bilhete agora e reservamos um lugar para o senhor.

– Ah. – Amanhã seria tarde demais. Amanhã ele teria de estar na Universidade. – Não haveria uma torre de observação... ou coisa parecida? – perguntou. – Quero dizer, a céu aberto.

– Claro! Se o senhor quiser, posso lhe vender um bilhete para isso. É melhor eu verificar se está chovendo – ele fechou um contato perto do cotovelo e leu as letras que correram por uma tela translúcida. Gaal leu junto com ele.

– Está fazendo um tempo ótimo! – disse o recepcionista. – Pensando bem, acho mesmo que estamos na estação seca agora – e acrescentou, a título de conversação –, eu mesmo não ligo muito para o lado de fora. A última vez em que estive lá foi há três anos. Sabe, você vê uma vez e pronto, não há mais o que ver... aqui está seu bilhete. Elevador especial nos fundos. Onde está escrito "Para a Torre". É só entrar nele.

O elevador era daquele tipo novo que funcionava movido por repulsão gravitacional. Gaal entrou e outros o seguiram. O ascensorista fechou um contato. Por um momento, Gaal se sentiu suspenso no espaço, quando a gravidade passou para zero e, então, voltou a ter um pouco de peso, quando o elevador acelerou para cima. A desaceleração veio em seguida e seus pés deixaram o chão. Soltou um grito sem querer.

O ascensorista gritou:

– Enfie os pés embaixo do corrimão. Não leu a placa?

Era o que os outros haviam feito. Eles sorriam enquanto o rapaz tentava loucamente, e em vão, descer a parede. Os sapatos das pessoas estavam presos no cromo dos corrimãos que se estendiam pelo chão paralelamente, a intervalos de sessenta centímetros. Ele havia notado os corrimões ao entrar, mas os ignorara.

Então, alguém estendeu uma mão e o puxou para baixo.

Ele soltou um "obrigado" sem fôlego quando o elevador parou.

Saiu em um terraço aberto, banhado numa luz brilhante branca que lhe doeu os olhos. O homem que o ajudara estava imediatamente atrás dele e disse, gentilmente:

– Aqui não falta lugar.

Gaal fechou a boca (estava de queixo caído) e disse:

– É, é o que parece mesmo – ele começou a ir automaticamente na direção das cadeiras, mas parou. – Se o senhor não se importa – disse –, vou um instante até a amurada. Eu... eu quero olhar um pouquinho.

O homem fez um gesto bem-humorado para que ele fosse e Gaal se inclinou sobre a amurada na altura dos ombros, fartando-se com o panorama.

Ele não conseguia ver o chão. Estava perdido, nas complexidades cada vez maiores de estruturas feitas pelo homem. Não conseguia ver outro horizonte que não o de metal contra céu, estendendo-se até um tom quase uniforme de cinza, e sabia que estava tudo muito acima da superfície do planeta. Quase não havia movimento para ver – alguns veículos de lazer podiam ser vistos navegando contra o céu –, mas todo o tráfego pesado de bilhões de homens seguia, ele sabia, sob a pele metálica do mundo.

Não havia verde; nada de verde, nada de solo, nenhuma outra vida que não o homem. Em algum lugar do mundo, ele percebeu vagamente, ficava o palácio do Imperador, encravado no meio de 260 quilômetros quadrados de solo natural, verde com árvores, com flores de todas as cores do arco-íris. Era uma minúscula ilha no meio de um oceano de aço, mas não era visível de onde ele estava. Podia ficar a quinze mil quilômetros de distância. Ele não sabia.

Precisava fazer logo sua excursão!

Soltou um suspiro alto, e finalmente percebeu que, enfim, estava em Trantor; no planeta que era o centro de toda a Galáxia e coração da raça humana. Ele não via nenhuma de suas fraquezas. Não viu nenhuma nave de comida pousando. Não estava ciente de uma jugular conectando delicadamente os quarenta bilhões de Trantor ao resto da Galáxia. Ele só estava consciente do feito mais poderoso do homem. A conquista completa e quase desprezivelmente final de um mundo.

Recuou, um pouco zonzo. Seu amigo do elevador indicou uma cadeira ao seu lado e Gaal se sentou nela.

– Meu nome é Jerril – disse o homem, sorrindo. – Sua primeira vez em Trantor?

– Sim, Sr. Jerril.

– Eu tinha imaginado. Jerril é meu primeiro nome. Trantor mexe com você, se tiver um temperamento poético. Mas os trantorianos nunca vêm até aqui. Não gostam. Ficam nervosos.

– Nervosos? Meu nome é Gaal, a propósito. Por que ficam nervosos? Isto aqui é glorioso!

– É uma opinião subjetiva, Gaal. Se você nasceu num cubículo, cresceu num corredor, trabalha num cubículo e tira férias em um solário superlotado, então subir a céu aberto com nada, a não ser o horizonte, sobre você, pode simplesmente provocar um ataque de nervos. Eles fazem as crianças virem aqui em cima uma vez por ano, depois que completam cinco anos de idade. Não sei se faz algum bem. Mas não é o bastante, e das primeiras vezes elas ficam gritando, histéricas. Deviam começar assim que são desmamadas e fazer esse passeio uma vez por semana.

– Naturalmente – ele continuou –, não faz diferença. E se eles nunca saírem? São felizes lá embaixo, e são eles quem dirigem o Império. A que altura você pensa que estamos?

– Oitocentos metros? – perguntou Gaal, imaginando se estava sendo ingênuo.

E devia estar sendo mesmo, porque Jerril deu um risinho, dizendo:

– Não. Apenas cento e cinquenta metros.

– O quê? Mas o elevador levou...?

– Eu sei. Mas a maior parte do tempo foi só para chegar ao nível da superfície. Trantor tem túneis que chegam a mais de um quilômetro e meio de profundidade. É como um iceberg. Nove décimos dele ficam fora de vista. Chega, até mesmo, a se estender alguns quilômetros para o solo suboceânico. Na verdade, estamos tão baixo que podemos utilizar a diferença de temperatura entre o nível da superfície e três quilômetros abaixo para nos fornecer toda a energia de que precisamos. Sabia disso?

– Não, pensei que vocês usassem geradores atômicos.

– Já usamos. Mas isto é mais barato.

– Imagino que sim.

– O que você está achando de tudo? – por um momento, a boa natureza do homem se evaporou em um ar sagaz. Parecia quase malicioso.

Gaal ficou sem jeito.

– Glorioso – disse novamente.

– Aqui de férias? Viajando? Turismo?

– Não exatamente. Quer dizer, eu sempre quis visitar Trantor, mas vim aqui para um emprego.

– Ah, é?

Gaal se sentiu na obrigação de explicar:

– Com o projeto do Dr. Seldon na Universidade de Trantor.

– Corvo Seldon?

– Não, ora essa. Eu estou falando é de Hari Seldon: o psico-historiador Hari Seldon. Não conheço nenhum Corvo Seldon.

– Mas eu estou me referindo é ao Hari, mesmo. Eles o chamam de Corvo. Gíria, você sabe. Ele não para de ficar prevendo desastres.

– É mesmo? – Gaal ficou genuinamente assombrado.

– Claro, você deve saber disso – Jerril não estava sorrindo. – Está vindo trabalhar com ele, não está?

– Sim, ora, eu sou matemático. Por que é que ele prevê desastres? Que tipo de desastre?

– Que tipo você acha que é?

– Receio não ter a menor ideia. Já li os artigos que o Dr. Seldon e seu grupo têm publicado. São sobre teoria matemática.

– Sim, aqueles que eles publicam.

Gaal estava começando a se irritar, por isso disse:

– Acho que vou para o meu quarto, agora. Muito prazer em conhecê-lo.

Jerril fez um aceno indiferente de despedida.

Gaal encontrou um homem esperando por ele em seu quarto. Por um momento, ficou assustado demais para colocar em palavras o inevitável "O que você está fazendo aqui?" que surgiu em seus lábios.

O homem se levantou. Era velho, quase careca, e caminhava mancando, mas seus olhos eram muito azuis e brilhantes.

Ele disse:

– Sou Hari Seldon – um instante antes que o cérebro confuso de Gaal ligasse esse rosto à memória das muitas vezes em que o havia visto em fotos.

Psico-história... Gaal Dornick, utilizando conceitos não matemáticos, definiu a psico-história como o ramo da matemática que trata das reações dos conglomerados humanos a estímulos sociais e econômicos fixos...

... Implícita em todas essas definições está a suposição de que o conglomerado humano que está em foco é suficientemente grande para um tratamento estatístico válido. O tamanho necessário de tal conglomerado pode ser determinado pelo Primeiro Teorema de Seldon, que... Uma suposição necessária posterior é que o conglomerado humano esteja ele próprio inconsciente da análise psico-histórica para que suas reações sejam verdadeiramente aleatórias...

A base de toda a psico-história válida baseia-se no desenvolvimento das Funções Seldon, que exibem propriedades congruentes com as de forças sociais e econômicas como...

ENCICLOPÉDIA GALÁCTICA

4.

— Boa tarde, senhor — disse Gaal. — Eu... Eu...

— Você não achava que fôssemos nos ver antes de amanhã? Normalmente, não mesmo. É que, se formos utilizar seus serviços, precisamos trabalhar rápido. Está ficando cada vez mais difícil obter recrutas.

— Não estou entendendo, senhor.

— Você estava conversando com um homem na torre de observação, não estava?

— Sim. O primeiro nome dele é Jerril. Não sei mais nada sobre ele.

— O nome dele não é nada. Ele é agente da Comissão de Segurança Pública. Ele o seguiu desde o espaçoporto.

— Mas por quê? Sinto muito, mas estou muito confuso.

— O homem da torre não disse nada a meu respeito?

Gaal hesitou.

— Ele se referiu ao senhor como Corvo Seldon.

— Ele disse por quê?

— Disse que o senhor prevê desastres.

— E prevejo. O que Trantor significa para você?

Todos pareciam estar perguntando sua opinião sobre Trantor. Gaal se sentia incapaz de responder outra coisa além da palavra "glorioso".

— Você disse isso sem pensar. E se usar a psico-história?

— Não pensei em aplicá-la ao problema.

— Antes de acabar seu trabalho comigo, jovem, aprenderá a aplicar a psico-história a todos os problemas de forma natural; observe — Seldon tirou sua calculadora do bolso do cinto. Diziam que ele guardava uma dessas debaixo do travesseiro, para usar em momentos de insônia. Seu acabamento cinza brilhante estava ligeiramente desgastado pelo uso. Os dedos ágeis de Seldon, cheios de manchas da idade, brincavam com arquivos e teclas que preenchiam sua superfície. Símbolos vermelhos despontavam na parte superior.

— Isto representa a condição do Império atualmente — ele afirmou.

Ficou esperando.

Por fim, Gaal disse:

– Certamente, isso não é uma representação completa.

– Não, não é completa – disse Seldon. – Fico feliz por você não ter aceito minha palavra cegamente. Entretanto, é uma aproximação que servirá para demonstrar a proposição. Você aceita isso?

– Se for submetida à minha verificação posterior da derivação da função, sim. – Gaal estava evitando, cuidadosamente, uma possível armadilha.

– Ótimo. Adicione a isso a conhecida probabilidade de assassinato imperial, revoltas de vice-reis, a recorrência contemporânea de períodos de depressão econômica, a taxa cada vez menor de explorações planetárias, a...

E continuou. À medida que cada item era mencionado, novos símbolos ganhavam vida ao seu toque, e se fundiam à função básica que se expandia e se modificava.

Gaal só o interrompeu uma vez.

– Não vejo a validade dessa transformação de conjunto.

Seldon a repetiu mais devagar.

– Mas isso – disse Gaal – é feito por meio de uma␣ssiooperação proibida.

– Ótimo. Você é rápido, mas ainda não é rápido o bastante. Ela não é proibida nesta conexão. Deixe-me fazer isso por expansões.

O procedimento demorou muito mais e, no final, Gaal disse, humildemente:

– Agora percebi.

Finalmente, Seldon parou.

– Isto é Trantor daqui a três séculos. Como você interpreta isso? Hein? – inclinou a cabeça para o lado e ficou esperando.

Gaal disse, sem acreditar:

– Destruição total! Mas... Mas isso é impossível. Trantor nunca foi...

Seldon estava repleto da intensa empolgação de um homem que só havia envelhecido no corpo.

– Vamos, vamos. Você viu como se chegou ao resultado. Coloque isso em palavras. Esqueça o simbolismo por um momento.

– À medida que Trantor se tornar mais especializado, vai se tornar mais vulnerável, menos capaz de se defender – disse Gaal. – Além disso, à medida que ele se torna, cada vez mais, o centro administrativo do Império, também se torna um prêmio maior. À medida que a sucessão imperial se tornar cada vez mais incerta e as rixas entre as grandes famílias crescerem mais, a responsabilidade social desaparece.

– Chega. E a probabilidade numérica de destruição total em três séculos?

– Não saberia dizer.

– Mas certamente você sabe realizar uma diferenciação de campo?

Gaal se sentiu sob pressão. Seldon não lhe ofereceu a calculadora. Ela estava sendo mostrada a uns trinta centímetros de seus olhos. Calculou furiosamente e sentiu a testa molhada de suor.

– Cerca de 85%? – ele perguntou.

– Não está mal – disse Seldon, projetando o lábio inferior –, mas não está bom. A cifra correta é 92,5%.

– E por isso o senhor é chamado Corvo Seldon? – disse Gaal. – Nunca vi nada disso nas publicações acadêmicas.

– Mas é claro que não. Esse tipo de coisa não se publica. Você supõe que o Império poderia expor sua fragilidade dessa maneira? Esta é uma demonstração muito simples de psico-história. Mas alguns dos nossos resultados vazaram para a aristocracia.

– Isso é ruim.

– Não necessariamente. Tudo é levado em conta.

– Mas é por isso que estou sendo investigado?

– Sim. Tudo a respeito do meu projeto está sendo investigado.

– O senhor está em perigo?

– Ah, sim. Há uma probabilidade de 1,7% de que eu seja executado, mas naturalmente isso não deterá o projeto. Também já levamos isso em consideração. Bem, não importa. Você me encontrará, suponho, na Universidade amanhã?

– Sim – disse Gaal.

Comissão de Segurança Pública... O círculo aristocrata subiu ao poder após o assassinato de Cleon I, último dos Entuns. Basicamente, eles formaram um elemento de ordem durante os séculos de instabilidade e incerteza no Império. Normalmente sob o controle das grandes famílias dos Chens e dos Divarts, ele degenerou em um instrumento cego para a manutenção do status quo... Eles não foram completamente removidos do poder do Estado até depois da subida ao poder do último imperador forte, Cleon II. O primeiro Comissário-Chefe...

... De certa forma, o começo do declínio da Comissão pode remontar ao julgamento de Hari Seldon, dois anos antes do início da Era da Fundação. Esse julgamento é descrito na biografia de Hari Seldon que Gaal Dornick escreveu...

ENCICLOPÉDIA GALÁCTICA

5.

Gaal não cumpriu sua promessa. Foi despertado na manhã seguinte por uma campainha baixa. Ele a atendeu, e a voz do recepcionista, também tão baixa, educada e depreciativa quanto poderia ser, informou-lhe que estava sob detenção, por ordem da Comissão de Segurança Pública.

Gaal correu até a porta, num salto, e descobriu que ela não abria mais. Só pôde se vestir e esperar.

Apareceram para buscá-lo e o levaram a outro lugar, mas ainda estava detido. Fizeram perguntas com muita educação. Tudo foi muito civilizado. Ele explicou que era um provinciano de Synnax; que havia frequentado tais e tais escolas e obtido um doutorado em Matemática em tal data. Ele se candidatara para um cargo na equipe do Dr. Seldon e fora aceito. Ele deu esses detalhes repetidas vezes; e repetidas vezes eles voltaram à questão de sua entrada no Projeto Seldon. Como ele havia ouvido falar nisso; quais seriam suas tarefas; que instruções secretas ele recebera; do que se tratava, afinal?

Respondeu que não sabia. Não tinha nenhuma instrução secreta. Era acadêmico e matemático. Não tinha o menor interesse em política.

E, finalmente, o gentil inquisidor perguntou:

– Quando Trantor será destruído?

Gaal hesitou.

– Eu não saberia responder isso de conhecimento próprio.

– E isso seria do conhecimento de alguém?

– Como eu poderia falar por outra pessoa? – sentia calor; muito calor.

O inquisidor perguntou:

– Alguém falou a você sobre essa destruição? Estipulou uma data? – e, como o jovem hesitasse, continuou. – Você foi seguido, doutor. Estávamos no aeroporto quando chegou; na torre de observação quando esperava por sua reunião; e, naturalmente, fomos capazes de ouvir sua conversa com o Dr. Seldon.

– Então – disse Gaal –, vocês sabem a opinião dele sobre esse assunto.

– Talvez. Mas gostaríamos de ouvi-la de sua boca.

– Ele é da opinião de que Trantor seria destruído dentro de trezentos anos.

– Ele provou isso...ahn... matematicamente?

— Sim, provou — desafiador.

— Você sustenta que a... ahn... matemática é válida, suponho?

— Se o Dr. Seldon sustenta que sim, ela é válida.

— Então, nós voltaremos.

— Espere. Eu tenho direito a um advogado. Exijo meus direitos como cidadão imperial.

— Você os terá.

E teve.

Foi um homem alto quem acabou entrando, um homem cujo rosto parecia todo composto de linhas verticais e tão magro que Gaal ficou se perguntando se ali haveria espaço para um sorriso.

Gaal levantou a cabeça. Ele se sentia todo desgrenhado e esgotado. Tanta coisa havia acontecido e ele estava em Trantor há menos de trinta horas.

— Sou Lors Avakim — disse o homem. — O Dr. Seldon me orientou para representar o senhor.

— É mesmo? Bem, então, escute aqui. Eu exijo um apelo imediato ao Imperador. Estou sendo detido sem motivos. Sou inocente de qualquer coisa, de *qualquer coisa* — ele esticou as mãos com as palmas para baixo. — Você precisa arrumar uma audiência com o Imperador agora mesmo.

Avakim estava esvaziando cuidadosamente o conteúdo de uma pasta fina no chão. Se Gaal tivesse tido estômago para tanto, poderia ter reconhecido formulários jurídicos de Cellomet, finos como metal e com aspecto de fitas, adaptados para inserção em uma minúscula cápsula pessoal. Ele também poderia ter reconhecido um gravador de bolso.

Sem prestar atenção à explosão de Gaal, Avakim finalmente levantou a cabeça e disse:

— A Comissão, naturalmente, tem um raio espião escutando nossa conversa. Isso é contra a lei, mas eles usarão um assim mesmo.

Gaal rangeu os dentes.

— Entretanto — e Avakim se sentou deliberadamente —, o gravador que coloquei sobre a mesa, que para todos os efeitos é um gravador perfeitamente comum e executa bem suas funções, tem a propriedade adicional de bloquear completamente o raio espião. Isso é uma coisa que eles não vão descobrir de saída.

– Então, posso falar.

– É claro.

– Então, quero uma audiência com o Imperador.

Avakim deu um sorriso gelado e Gaal viu que havia espaço no rosto fino dele, afinal de contas. Suas bochechas se enrugaram para abrir espaço.

– Você é da província – falou o advogado.

– Não obstante, sou cidadão imperial. Tão bom quanto você ou qualquer um dessa Comissão de Segurança Pública.

– Sem dúvida; sem dúvida. É apenas que, como habitante de província, você não entende a vida em Trantor. Não existem audiências perante o Imperador.

– Para quem mais se pode apelar acima desta Comissão? Existe outro procedimento?

– Nenhum. Não existe recurso, num sentido prático. Juridicamente, você pode apelar para o Imperador, mas não receberia audiência. Sabe, o Imperador hoje não é como os imperadores de uma dinastia Entun. Receio que Trantor esteja nas mãos das famílias aristocráticas, cujos membros compõem a Comissão de Segurança Pública. Este é um desenvolvimento que está bem previsto pela psico-história.

– É mesmo? – disse Gaal. – Neste caso, se o Dr. Seldon pode prever a história de Trantor trezentos anos no futuro...

– Ele pode prevê-la mil e quinhentos anos no futuro.

– Que sejam mil e quinhentos. Por que, ontem, ele não podia ter previsto os acontecimentos desta manhã e me avisado?... Não, desculpe – Gaal se sentou e repousou a cabeça numa palma suada. – Eu até consigo entender que a psico-história é uma ciência estatística e não pode prever o futuro de um único homem com precisão. Você entenderá que estou aborrecido.

– Mas você está errado. O Dr. Seldon era de opinião que o senhor seria preso esta manhã.

– O quê?

– Infelizmente, é verdade. A Comissão tem sido cada vez mais hostil em suas atividades. Novos membros que entram no grupo têm sofrido interferências cada vez maiores. Os gráficos mostraram que, para nossos propósitos, seria melhor que as coisas chegassem a um clímax agora. A Comissão propriamente dita estava andando um pouco devagar, então o

Dr. Seldon o visitou ontem para o propósito de forçar a mão deles. Por nenhum outro motivo.

Gaal prendeu o fôlego.

– Eu estou ofendido...

– Por favor. Era necessário. O senhor não foi escolhido por nenhuma razão pessoal. Precisa entender que os planos do Dr. Seldon, que são preparados com base na matemática desenvolvida ao longo de dezoito anos, incluem todas as eventualidades com probabilidades significativas. Esta é uma delas. Fui enviado para cá por nenhum outro motivo além de assegurar ao senhor que não precisa ter medo. Tudo vai terminar bem; quase certamente para o projeto; e, com razoável probabilidade, para o senhor.

– Quais são os números? – Gaal exigiu saber.

– Para o projeto, mais de 99,9%.

– E para mim?

– Fui instruído de que essa probabilidade é de 77,2%.

– Então tenho mais de uma chance em cinco de ser sentenciado à prisão ou à morte.

– Esta última opção é de menos de um por cento.

– Certo. Os cálculos a respeito de um homem nada significam. Envie o Dr. Seldon para falar comigo.

– Infelizmente, não posso. O Dr. Seldon também foi preso.

A porta foi escancarada antes que Gaal, que se levantava, pudesse fazer mais do que começar um grito. Um guarda entrou, foi até a mesa, apanhou o gravador, olhou para todos os lados do objeto e o colocou no bolso.

– Vou precisar desse instrumento – disse Avakim, baixinho.

– Vamos lhe fornecer um, advogado, um que não ative um campo de estática.

– Neste caso, minha entrevista acabou.

Gaal o viu partir e ficou sozinho.

6.

O julgamento (Gaal supôs que fosse um julgamento, embora tivesse pouca semelhança, juridicamente, com as elaboradas técnicas de julgamento sobre as quais ele havia lido) não durou muito. Estava no seu terceiro dia. Mesmo assim, Gaal não conseguia mais puxar suficientemente a memória até a lembrança exata do começo.

Ele próprio não havia sido muito interrogado. As armas pesadas foram todas usadas contra o próprio Dr. Seldon. Hari Seldon, entretanto, estava sentado ali, imperturbável. Para Gaal, ele era o único ponto de estabilidade que permanecia no mundo.

A audiência era pequena e composta, exclusivamente, por Barões do Império. Imprensa e público foram excluídos e havia dúvidas de que uma quantidade significativa de pessoas de fora até mesmo soubesse que um julgamento de Seldon estava se realizando. A atmosfera era de hostilidade aberta contra os acusados.

Cinco membros da Comissão de Segurança Pública estavam sentados atrás da mesa elevada. Vestiam uniformes escarlate e ouro e os quepes plásticos reluzentes e justos que eram a marca registrada de sua função judicial. No centro estava o Comissário-Chefe Linge Chen. Gaal jamais havia visto antes um senhor tão grandioso e observou-o fascinado. No decorrer do julgamento, Chen mal disse uma palavra sequer. Deixara muito claro que falar muito estaria abaixo de sua dignidade.

O Promotor da Comissão consultou suas anotações e a arguição continuou, com Seldon ainda na tribuna:

P. Senão, vejamos, Dr. Seldon. Quantos homens estão agora participando do projeto que o senhor chefia?

R. Cinquenta matemáticos.

P. Incluindo o Dr. Gaal Dornick?

R. O Dr. Dornick é o quinquagésimo primeiro.

P. Ah, temos cinquenta e um então? Vasculhe sua memória, Dr. Seldon. Talvez sejam cinquenta e dois ou cinquenta e três? Ou quem sabe até mais?

R. O Dr. Dornick ainda não entrou formalmente para a minha organização.

Quando entrar, teremos cinquenta e um membros. Agora são cinquenta, conforme eu disse.

P. Não seriam talvez quase cem mil?

R. Matemáticos? Não.

P. Eu não disse matemáticos. Existem cem mil em todas as áreas?

R. Em todas as áreas, a sua cifra pode estar correta.

P. *Pode* estar? Eu digo que está *sim*. Eu digo que os homens em seu projeto somam noventa e oito mil, quinhentos e setenta e dois.

R. Creio que você está contando mulheres e crianças.

P. (levantando a voz) Noventa e oito mil, quinhentos e setenta e dois é a intenção da minha declaração. Não há necessidade de discutir isso.

R. Eu aceito os números.

P. (consultando suas anotações) Vamos deixar isso de lado por um momento, então, e voltar a um assunto que já discutimos razoavelmente. O senhor repetiria, Dr. Seldon, seus pensamentos com relação ao futuro de Trantor?

R. Eu já disse antes, e digo novamente, que Trantor estará em ruínas nos próximos trezentos anos.

P. O senhor não considera sua declaração como sendo desleal?

R. Não, senhor. A verdade científica está além de lealdade e deslealdade.

P. O senhor tem certeza de que suas declarações representam a verdade científica?

R. Tenho.

P. Com base em quê?

R. Com base na matemática da psico-história.

P. O senhor pode provar que essa matemática é válida?

R. Apenas para outro matemático.

P. (com um sorriso) A sua afirmação, então, é que sua verdade é de natureza tão esotérica que está além da compreensão de um homem comum. A mim me parece que a verdade deveria ser mais clara que isso, menos misteriosa, mais aberta à mente.

R. Para algumas mentes, ela não oferece nenhuma dificuldade. A física da transferência de energia, que conhecemos como termodinâmica, tem sido clara e verdadeira por toda a história do homem desde as eras míticas, mas pode haver pessoas presentes que achem impossível projetar um gerador de energia. Pessoas de grande inteligência também. Duvido que os estudados Comissários...

***

Neste ponto, um dos Comissários se inclinou na direção do Advogado. Suas palavras não foram ouvidas, mas o sibilar da voz transmitia certa aspereza. O Advogado corou e interrompeu Seldon.

P. Não estamos aqui para escutar discursos, Dr. Seldon. Vamos supor que o senhor tenha deixado clara sua posição. Deixe-me sugerir ao senhor que suas previsões de desastre possam ter a intenção de destruir a confiança pública no governo imperial com finalidades pessoais.

R. Isso não é verdade.

P. Deixe-me sugerir que o senhor pretende declarar que um período de tempo antecedendo a assim chamada ruína de Trantor será repleto de distúrbios de vários tipos.

R. Isso está correto.

P. E que pela mera previsão disso, o senhor espera provocar esse estado e ter, então, um exército de cem mil à sua disposição.

R. Em primeiro lugar, isso não é verdade. E, se fosse, a investigação mostrará a você que nem dez mil são homens em idade militar, e que nenhum deles tem treinamento com armas.

P. O senhor está agindo como agente para outra pessoa?

R. Não estou sendo pago por ninguém, Sr. Advogado.

P. O senhor não tem interesse algum? Serve somente à ciência?

R. Sim.

P. Então vejamos como. O futuro pode ser mudado, Dr. Seldon?

R. Obviamente. Este tribunal pode explodir nas próximas horas, ou não. Se explodir, o futuro seria indubitavelmente alterado em alguns aspectos menores.

P. O senhor está tergiversando, Dr. Seldon. Pode a história da raça humana como um todo ser alterada?

R. Sim.

P. Facilmente?

R. Não. Com grande dificuldade.

P. Por quê?

R. A tendência psico-histórica de um planeta inteiro cheio de pessoas contém uma inércia imensa. Para que ela seja alterada, deve ser confrontada com algo que possua uma inércia semelhante. Ou muitas pessoas devem ser levadas em conta ou, se o número de pessoas for relativamente pequeno, um tempo enorme para mudanças deve ser permitido. Você compreende?

P. Acho que sim. Trantor não precisa ser arruinada, se uma grande quantidade de pessoas decidir agir para que isso não ocorra.

R. Isto é correto.

P. Digamos, cem mil pessoas?

R. Não, senhor. Isto é muito pouco.

P. O senhor tem certeza?

R. Leve em consideração o fato de que Trantor tem uma população de mais de quarenta bilhões. Leve em consideração, ainda, o fato de que a tendência que leva à ruína não pertence a Trantor somente, mas ao Império como um todo, e o Império contém quase um quintilhão de seres humanos.

P. Compreendo. Então, talvez cem mil pessoas possam mudar a tendência, se elas e seus descendentes trabalharem por trezentos anos.

R. Receio que não. Trezentos anos é muito pouco tempo.

P. Ah! Neste caso, Dr. Seldon, ficamos com essa dedução a ser feita a partir de suas declarações. O senhor reuniu cem mil pessoas dentro dos confins do seu projeto. São insuficientes para mudar a história de Trantor em trezentos anos. Em outras palavras, elas não podem impedir a destruição de Trantor, não importa o que façam.

R. Infelizmente, o senhor está correto.

P. E por outro lado, seus cem mil não foram reunidos com nenhum propósito ilegal.

R. Exatamente.

P. (lentamente e com satisfação) Neste caso, Dr. Seldon... agora preste atenção, senhor, com muito cuidado, pois queremos uma resposta bem pensada. Qual é o objetivo de seus cem mil?

A voz do Advogado havia ficado estridente. Ele havia montado sua armadilha; encurralara Seldon num canto; ele o levara astutamente até um ponto onde parecia não existir resposta.

Ouviu-se um burburinho cada vez maior de conversa que varreu as fileiras dos nobres na audiência e invadiu até mesmo a fileira dos Comissários. Eles se curvavam na direção uns dos outros em suas roupas douradas e escarlates; somente o Chefe permanecia imóvel.

Hari Seldon permaneceu imóvel. Esperou que o burburinho se dissipasse.

R. Para minimizar os efeitos dessa destruição.

P. E exatamente o que o senhor quer dizer com isso?

R. É bastante simples. A destruição futura de Trantor não é um acontecimento fechado em si mesmo, isolado no esquema do desenvolvimento humano. Ele será o clímax de um intrincado drama que começou séculos atrás e que está se acelerando constantemente. Refiro-me, cavalheiros, ao declínio e queda do Império Galáctico.

O burburinho se tornou, agora, um rugido baixo. O Advogado, sem perceber, já gritava.

– O senhor está declarando abertamente que... – e parou porque os gritos de "traição" da audiência demonstravam que a questão havia sido compreendida sem ser preciso forçar nada.

Lentamente, o Comissário-Chefe levantou seu martelo uma vez e o deixou cair. O som foi o de um gongo suave. Quando a reverberação cessou, o burburinho da audiência também parou. O Advogado respirou fundo.

P. (teatralmente) O senhor percebe, Dr. Seldon, que está falando de um império que existe há doze mil anos, e passou impávido por todas as vicissitudes das gerações, e que tem por trás dele o apoio e o amor de um quatrilhão de seres humanos?

R. Estou ciente, tanto do status atual quanto da história passada do Império. Sem desrespeito, devo afirmar que possuo um conhecimento bem maior do que qualquer pessoa presente nesta sala.

R. E o senhor prevê sua ruína?

P. É uma previsão que é feita pela matemática. Não faço julgamentos morais. Pessoalmente, lamento essa perspectiva. Mesmo que o Império fosse reconhecido como algo ruim (algo que não digo), o estado de anarquia que se seguiria à sua queda seria pior. É esse estado de anarquia que meu projeto jurou combater. Entretanto, a queda do Império, cavalheiros, é uma coisa sólida e não será fácil evitá-la. Ela é ditada por uma burocracia em ascensão, um dinamismo em declínio, um congelamento de castas, um represamento da curiosidade... e uma centena de outros fatores. Já vem acontecendo, como eu disse, há séculos, e é um movimento por demais majestoso e maciço para ser interrompido.

P. Não é óbvio a todos que o Império é tão forte quanto jamais foi?

R. A aparência de força é o que vocês veem. Aparentemente, ele pode durar para sempre. Entretanto, Sr. Advogado, o tronco de árvore podre, até o instante exato em que a rajada de vento da tempestade o parte ao meio, tem todo o aspecto de poder que sempre teve. O vento da tempestade sopra pelos galhos do Império neste momento. Escutem com os ouvidos da psico-história, e vocês ouvirão o ranger.

P. (inseguro) Não estamos aqui, Dr. Seldon, para escu...

R. (com firmeza) O Império irá desaparecer e todo o bem que ele fez, também. Seu conhecimento acumulado entrará em decomposição e a ordem que impôs desaparecerá. Guerras interestelares serão intermináveis; o comércio interestelar entrará em declínio; a população declinará; mundos perderão o contato com o principal corpo da Galáxia – e assim as coisas permanecerão.

P. (uma minúscula voz, no meio de um vasto silêncio) Para sempre?

R. A psico-história, que pode prever a queda, pode fazer declarações relacionadas às eras de trevas que se sucederão. O Império, cavalheiros, como acabou de ser dito, existe há doze mil anos. As eras de trevas que virão durarão não doze, mas *trinta* mil anos. Um Segundo Império se erguerá, mas entre ele e nossa civilização se passarão mil gerações de humanidade em sofrimento. Precisamos combater isso.

P. (recuperando um pouco a compostura) O senhor se contradiz. O senhor havia dito antes que não podia impedir a destruição de Trantor; daí, presumivelmente, a queda – a *pretensa* queda do Império.

R. Não digo, agora, que possamos impedir a queda. Mas ainda não é tarde demais para encurtar o interregno que se seguirá. É possível, cavalheiros, reduzir a duração da anarquia a um único milênio, se meu grupo tiver a permissão de agir agora. Estamos em um momento delicado da história. A massa enorme e avassaladora de eventos deverá ser desviada apenas um pouco – apenas um pouco. Não pode ser muito, mas pode ser o bastante para remover vinte e nove mil anos de sofrimento da história humana.

P. Como o senhor propõe fazer isso?

R. Preservando o conhecimento da raça. A soma do saber humano está além de qualquer homem individualmente; mesmo de mil homens. Com a destruição de nosso tecido social, a ciência se quebrará em um milhão de pedacinhos. Os indivíduos saberão muito das facetas incrivelmente pequenas do que existe para se saber. Eles estarão indefesos e inúteis por si mesmos. Os fragmentos de mitos, sem sentido, não serão transmitidos. Serão perdidos entre as gerações. *Mas*, se prepararmos agora um gigantesco resumo de *todo* o conhecimento, ele jamais será perdido. As gerações futuras serão construídas com base nele e não terão de redescobri-lo por si mesmas. Um milênio fará o trabalho de trinta mil.

P. Tudo isso...

R. Todo o meu projeto; meus trinta mil homens com suas mulheres e filhos, estão se dedicando à preparação de uma *Enciclopédia Galáctica*. Eles não a completarão durante suas vidas. Eu sequer estarei vivo para vê-la começar de modo apropriado. Mas, quando Trantor cair, ela estará completa, e cópias existirão em todas as grandes bibliotecas da Galáxia.

O martelo do Comissário-Chefe se ergueu e caiu. Hari Seldon deixou o púlpito e voltou, silenciosamente, a se sentar ao lado de Gaal.

Ele sorriu e disse:

– Gostou do espetáculo?

– O senhor roubou o show – disse Gaal. – Mas o que vai acontecer agora?

– Eles farão um recesso no julgamento e tentarão entrar num acordo privado comigo.

– Como o senhor sabe?

– Vou ser honesto – disse Seldon. – Eu não sei. Depende do Comissário-Chefe. Eu o tenho estudado há anos. Tenho tentado analisar seu funcionamento, mas você sabe como é arriscado introduzir os caprichos de um indivíduo nas equações psico-históricas. Mesmo assim, tenho lá minhas esperanças.

7.

Avakim se aproximou, cumprimentou Gaal e curvou-se para sussurrar para Seldon. A campainha da suspensão da sessão soou e os guardas os separaram. Gaal foi levado embora.

As audiências do dia seguinte foram inteiramente diferentes. Hari Seldon e Gaal Dornick ficaram sozinhos com a Comissão. Estavam sentados em uma mesa; praticamente não havia separação entre os cinco juízes e os dois acusados. Chegaram até mesmo a oferecer-lhes charutos de uma caixa de plástico iridescente que tinha o aspecto de água, fluindo incessantemente. Os olhos eram enganados com a sensação de movimento, embora os dedos testemunhassem que o material era duro e seco.

Seldon aceitou um; Gaal recusou.

Seldon disse:

— Meu advogado não está presente.

Um Comissário respondeu:

— Isto não é mais um julgamento, Dr. Seldon. Estamos aqui para discutir a segurança do Estado.

Linge Chen disse:

— *Eu* vou falar — e os outros Comissários voltaram a se recostar em suas poltronas, preparados para ouvir. Ao redor de Chen, formou-se um silêncio no qual ele poderia lançar suas palavras.

Gaal prendeu a respiração. Chen, magro e duro, aparentando ser mais velho do que sua idade real, era de fato o verdadeiro imperador de toda a Galáxia. A criança que tinha o título era apenas um símbolo fabricado por Chen, e não o primeiro do tipo.

— Dr. Seldon, o senhor perturba a paz do reinado do Imperador — disse Chen. — Dos quatrilhões que vivem hoje, ninguém, entre todas as estrelas da Galáxia, estará vivo daqui a um século. Por que, então, deveríamos nos preocupar com acontecimentos de daqui a três séculos?

— Eu não estarei vivo daqui a meia década — disse Seldon — e, não obstante, isso é de uma preocupação fundamental para mim. Chame de idealismo. Chame de uma identificação minha com a da generalização mística à qual nos referimos pelo termo "humanidade".

— Não quero me dar ao trabalho de compreender misticismo. Pode me dizer por que não posso me livrar do senhor e de um futuro desconfortável e desnecessário de três séculos, que jamais verei, mandando executá-lo esta noite?

— Há uma semana — Seldon disse, despreocupado —, o senhor poderia ter feito isso e, quem sabe, conservado uma probabilidade de um em dez de permanecer vivo no fim do ano. Hoje, a probabilidade de um em dez praticamente não chega a uma em dez mil.

Houve murmúrios e movimentos desconfortáveis no grupo. Gaal sentiu os cabelinhos da nuca se arrepiarem todos. As pálpebras de Chen se fecharam um pouco.

— Como assim? — ele perguntou.

— A queda de Trantor — disse Seldon — não pode ser detida por nenhum esforço concebível. Entretanto, pode ser facilmente apressada. A história do meu julgamento interrompido se espalhará pela Galáxia. A frustração de meus planos em suavizar o desastre convencerá as pessoas de que o futuro não contém nenhuma promessa para eles, que já se lembram das vidas de seus avós com inveja. Verão que as revoluções políticas e a estagnação comercial irão aumentar. O sentimento que percorrerá a Galáxia será o de que só o que um homem puder conseguir para si mesmo, naquele momento, valerá de alguma coisa. Homens ambiciosos não vão esperar e homens inescrupulosos não se conterão. Cada ação deles ajudará a apressar a queda dos mundos. Mande me matar e Trantor cairá não em trezentos anos, mas em cinquenta, e o senhor, em um ano.

— Palavras para assustar crianças — disse Chen —, no entanto sua morte não é a única resposta que nos satisfará.

Ele ergueu a mão esguia de cima dos papéis sobre os quais repousava, de modo que apenas dois dedos continuaram tocando a folha de cima.

— Diga-me — disse. — Sua única atividade será a de preparar essa enciclopédia de que fala?

— Será.

— E isso precisa ser feito em Trantor?

— Trantor, milorde, possui a Biblioteca Imperial, bem como os recursos acadêmicos da Universidade de Trantor.

— Mas se você ficasse localizado em outro lugar; digamos, num planeta onde a pressa e as distrações de uma metrópole não irão interferir com devaneios escolásticos; onde seus homens possam se dedicar inteiramente e de modo concentrado ao trabalho... isso não poderia ter suas vantagens?

– Algumas poucas, talvez.

– Então um mundo desse tipo foi escolhido. O senhor, doutor, pode trabalhar à vontade, com seus cem mil ao redor. A Galáxia saberá que o senhor está trabalhando e lutando contra a Queda. Vamos até dizer a eles que o senhor impedirá a Queda – sorriu. – Como eu não acredito em tantas coisas assim, não é difícil para mim não acreditar na Queda também, de modo que estou inteiramente convencido de que estarei dizendo a verdade para as pessoas. E, enquanto isso, doutor, o senhor não causará problemas em Trantor e não haverá perturbação da paz do Imperador. A alternativa é morte para o senhor e para tantos seguidores seus quanto parecer necessário. Desconsidero suas ameaças anteriores. A oportunidade para escolher entre morte e exílio lhe está sendo dada por um período de tempo que compreende este momento até daqui a cinco minutos.

– Qual é o mundo escolhido, milorde? – perguntou Seldon.

– Ele se chama, acredito, Terminus – disse Chen. De modo negligente, virou os papéis sobre sua mesa com as pontas dos dedos para que eles ficassem de frente para Seldon. – É desabitado, mas bem habitável, e pode ser moldado para se adequar às necessidades de acadêmicos. É um tanto afastado...

Seldon interrompeu.

– Fica no limite da Galáxia, senhor.

– Como eu disse, um tanto afastado. Será adequado às suas necessidades de concentração. Vamos lá, você tem mais dois minutos.

– Vamos precisar de tempo para organizar uma viagem dessas – disse Seldon. – São vinte mil famílias envolvidas.

– O senhor terá tempo.

Seldon pensou por um momento, e o último minuto começou a acabar. Então, disse:

– Aceito o exílio.

O coração de Gaal quase parou com essas palavras. Em grande parte, ele estava cheio de uma alegria tremenda (e quem não estaria?), por ter escapado da morte. Mesmo assim, com todo o seu vasto alívio, encontrou espaço para lamentar um pouco o fato de que Seldon havia sido derrotado.

8.

Por um longo tempo, eles ficaram sentados em silêncio enquanto o táxi zumbia por entre as centenas de quilômetros de túneis em forma de vermes na direção da Universidade. E então, Gaal começou a ficar inquieto. Disse:

— O que o senhor disse ao Comissário é verdade? Sua execução teria realmente apressado a Queda?

— Eu nunca minto sobre descobertas psico-históricas — disse Seldon. — E também não teria me valido de nada, neste caso. Chen sabia que eu falava a verdade. Ele é um político muito esperto, e políticos, pela própria natureza de seu trabalho, precisam ter um sentimento intuitivo pelas verdades da psico-história.

— Então o senhor precisava ter aceito o exílio? — Gaal perguntou, mas Seldon não respondeu.

Quando entraram no terreno da Universidade, os músculos de Gaal começaram a se comportar sozinhos; ou melhor, a não se comportar. Ele quase precisou ser carregado para fora do táxi.

A Universidade estava toda iluminada. Gaal havia quase esquecido que um sol podia existir.

As estruturas da Universidade não tinham o cinza-metálico duro do resto de Trantor. Eram prateadas. O brilho metálico era de uma cor quase marfim.

— Soldados, ao que parece — disse Seldon.

— O quê? — Gaal baixou os olhos para o chão prosaico e encontrou uma sentinela à frente deles.

Pararam diante dele, e um capitão de fala macia se materializou em uma porta próxima.

— Dr. Seldon? — ele perguntou.

— Sim.

— Estávamos esperando pelo senhor. O senhor e seus homens estão sob lei marcial a partir de agora. Recebi instruções para informá-lo que seis meses de preparação lhe serão concedidos para partir para Terminus.

— Seis meses! — começou Gaal, mas os dedos de Seldon seguraram o rapaz pelo cotovelo e fizeram uma pressão suave.

— Estas são minhas instruções — repetiu o capitão.

Ele foi embora, e Gaal se virou para Seldon.

– Ora, o que é que pode ser feito em seis meses? Isto é um homicídio em fogo lento.

– Quieto. Quieto. Vamos até o meu escritório.

Não era um escritório grande, mas era à prova de espiões e de um modo indetectável. Raios espiões apontados para ele recebiam não um silêncio suspeito, nem uma estática mais suspeita ainda. Recebiam, em vez disso, uma conversa construída de modo aleatório a partir de um vasto estoque de frases inócuas em vários tons e vozes.

– Agora – disse Seldon, à vontade –, seis meses serão suficientes.

– Não vejo como.

– Porque, meu rapaz, num plano como o nosso, as ações dos outros se curvam às nossas necessidades. Eu já não disse a você que o temperamento de Chen foi sujeito a uma pesquisa maior do que a de qualquer outro homem na história? Não foi permitido que o julgamento começasse até que o tempo e as circunstâncias estivessem corretos para o resultado de nossa própria escolha.

– Mas o senhor poderia ter arrumado...

– ...para ser exilado em Terminus? Por que não? – ele colocou os dedos em um ponto determinado de sua mesa e uma pequena seção da parede atrás dele deslizou para o lado. Apenas seus próprios dedos poderiam ter feito isso, pois apenas seu padrão de impressões particular poderia ter ativado o scanner abaixo.

– Você encontrará diversos microfilmes ali dentro – disse Seldon. – Pegue o que está marcado com a letra T.

Gaal fez isso e esperou enquanto Seldon o fixava dentro do projetor e entregava ao jovem um par de óculos. Gaal os ajustou e viu o filme se desenrolar diante de seus olhos.

Ele disse:

– Mas então...

– O que o surpreende? – perguntou Seldon.

– O senhor estava se preparando para partir havia dois anos?

– Dois anos e meio. Claro, não poderíamos ter certeza de que seria

Terminus que ele escolheria, mas estávamos torcendo para que fosse e agimos segundo essa suposição...

– Mas por quê, Dr. Seldon? Se o senhor organizou todo o exílio, por quê? Os acontecimentos não poderiam ser mais bem controlados aqui em Trantor?

– Existem alguns motivos para isso, ora. Trabalhando em Terminus, teremos apoio imperial sem jamais despertar o medo de que pudéssemos colocar em perigo a segurança imperial.

– Mas o senhor despertou esse medo apenas para forçar o exílio – disse Gaal. – Ainda não estou entendendo.

– Talvez vinte mil famílias não viajassem para o fim da Galáxia por livre e espontânea vontade.

– Mas por que elas deveriam ser forçadas a ir para lá? – Gaal fez uma pausa. – Posso saber?

– Ainda não – disse Seldon. – Por enquanto, basta que você saiba que um refúgio científico será estabelecido em Terminus. E outro será estabelecido na outra extremidade da Galáxia, digamos assim – e ele sorriu –, no Fim da Estrela. E, quanto ao resto, eu morrerei em breve, e você verá mais do que eu... não, não. Poupe-me do seu choque e dos votos de boa saúde. Meus médicos me dizem que não tenho mais que um ou dois anos de vida. Mas, pelo menos, já realizei em vida o que pretendia, e sob que circunstâncias se poderia morrer melhor?

– E depois que o senhor morrer?

– Haverá sucessores, ora; talvez até você mesmo. E esses sucessores serão capazes de aplicar o toque final ao esquema e instigar a revolta em Anacreon na hora certa e da maneira certa. A partir daí, os acontecimentos poderão se desenrolar sem problema.

– Não estou entendendo.

– Você vai entender – o rosto enrugado de Seldon demonstrava calma e cansaço ao mesmo tempo. – A maioria de nós partirá para Terminus, mas alguns ficarão. Isso será fácil de arrumar. Mas, quanto a mim – e ele concluiu num sussurro, de modo que Gaal quase não o ouviu –, fui até o fim.

Parte 2
Os enciclopedistas

Terminus... Sua localização (vide mapa) era estranha para o papel que foi convocado a desempenhar na história galáctica, e no entanto, como muitos escritores nunca se cansaram de ressaltar, inevitável. Localizado na própria fronteira da espiral galáctica, planeta único de um sol isolado, pobre de recursos e de valor econômico desprezível, ele nunca foi colonizado nos cinco séculos após sua descoberta, até o pouso dos Enciclopedistas...

Era inevitável que, com o crescimento de uma nova geração, Terminus se tornasse algo mais do que um apêndice dos psico-historiadores de Trantor. Com a revolta de Anacreon e a ascensão de Salvor Hardin ao poder, o primeiro da grande linha de...

ENCICLOPÉDIA GALÁCTICA

1.

Lewis Pirenne estava ocupado em sua escrivaninha, no único canto bem iluminado do aposento. O trabalho precisava ser coordenado. Os esforços tinham de ser organizados. Linhas tinham de ser trançadas para formar um padrão.

Cinquenta anos agora; cinquenta anos para se estabelecerem e tornar a Fundação Número Um da Enciclopédia, uma unidade de funcionamento eficiente. Cinquenta anos para coletar a matéria-prima. Cinquenta anos para se preparar.

Isso fora feito. Mais cinco anos e aconteceria a publicação do primeiro volume da mais monumental obra que a Galáxia já havia concebido. E depois, a intervalos de dez anos – regularmente, como um relógio – um volume depois do outro. E com eles haveria suplementos, artigos especiais sobre eventos de interesse atual, até...

Pirenne se assustou quando a campainha silenciosa em sua mesa vibrou, teimosa. Ele havia quase se esquecido do compromisso. Empurrou a trava da porta e, pelo canto distraído de um dos olhos, viu a porta se abrir e a figura ampla de Salvor Hardin entrar. Pirenne não levantou a cabeça.

Hardin sorriu consigo mesmo. Ele estava com pressa, mas sabia que não devia se ofender com o tratamento arrogante que Pirenne reservava a tudo ou a todos que o perturbassem em seu trabalho. Ele se enterrou na poltrona do outro lado da mesa e ficou aguardando.

O *stylus* de Pirenne fez um som levíssimo de raspagem ao correr pelo papel. Tirando isso, nem movimento, nem som. E então Hardin retirou uma moeda de dois créditos do bolso de seu colete. Jogou-a para o alto e sua superfície de aço inoxidável captou fragmentos de luz em suas cambalhotas pelo ar. Ele a pegou e jogou de novo, vendo preguiçoso os reflexos. O aço inoxidável era um bom meio de troca num planeta onde todo o metal tinha de ser importado.

Pirenne levantou a cabeça e piscou.

– Pare com isso! – reclamou.

– Hein?

– Essa moeda infernal que você fica jogando. Pare com isso.

– Ah. – Hardin enfiou o disco metálico no bolso. – Avise quando estiver pronto, sim? Prometi estar de volta à reunião do Conselho da Cidade antes que o projeto para o novo aqueduto seja posto em votação.

Pirenne deu um suspiro e se afastou da mesa:

– Estou pronto. Mas espero que você não venha me incomodar com questões da cidade. Por favor, cuide dessas coisas você mesmo. A Enciclopédia toma todo o meu tempo.

– Já ouviu a novidade? – Hardin questionou fleumaticamente.

– Que novidade?

– A novidade que o aparelho de ultraondas da Cidade de Terminus recebeu há duas horas. O Governador Real da Prefeitura de Anacreon assumiu o título de rei.

– Sim? E daí?

– Isso quer dizer – respondeu Hardin – que estamos isolados das regiões mais interiores do Império. Já estávamos esperando, mas isso não torna as coisas mais confortáveis. Anacreon fica bem no meio do que era nossa última rota comercial restante para Santanni, Trantor e até mesmo Vega! De onde virá nosso metal agora? Não temos conseguido obter um carregamento de aço ou de alumínio em seis meses e agora não conseguiremos obter nada mesmo, a não ser pelas boas graças do Rei de Anacreon.

Pirenne demonstrou impaciência.

– Então, consiga tudo por intermédio dele.

– Mas será que podemos? Escute, Pirenne, segundo os estatutos que estabeleceram esta Fundação, o Conselho Diretor da Comissão da Enciclopédia recebeu poderes administrativos completos. Eu, como Prefeito da Cidade de Terminus, tenho apenas poder suficiente para assoar o nariz e, talvez, espirrar, se você me der uma ordem assinada concedendo a permissão. É com você e seu Conselho, então. Estou pedindo em nome da Cidade, cuja prosperidade depende da não-interrupção do comércio com a Galáxia, que você convoque uma reunião de emergência...

– Pare! Um discurso de campanha está fora de cogitação. Agora, Hardin, o Conselho não proibiu o estabelecimento de um governo municipal em Terminus. Nós entendemos que um governo assim é necessário por causa do aumento da população desde que a Fundação foi estabelecida, há cinquenta anos, e devido ao número cada vez maior de pessoas envolvidas em assuntos não ligados à Enciclopédia. *Mas* isso não quer dizer que o primeiro e *único* objetivo da Fundação não seja mais publicar a Enciclopédia definitiva de todo o conhecimento humano. Nós somos uma instituição científica apoiada pelo Estado, Hardin. Não podemos, não devemos e *não* iremos interferir na política local.

— Política local! Pelo dedão do pé esquerdo do Imperador, Pirenne, é uma questão de vida ou morte. O planeta Terminus, por si só, não tem como sustentar uma civilização mecanizada. Ele não tem metais. Você sabe disso. Não tem um vestígio sequer de ferro, cobre ou alumínio nas rochas de superfície e muito pouco de qualquer outro. O que você acha que vai acontecer à Enciclopédia se esse diacho desse Rei de Anacreon cair em cima de nós?

— De nós? Você está se esquecendo de que estamos sob controle direto do próprio Imperador? Não somos parte da Prefeitura de Anacreon ou de qualquer outra prefeitura. Memorize isso! Fazemos parte é do domínio pessoal do Imperador e ninguém encosta na gente. O Imperador pode proteger os seus.

— Então, por que é que ele não impediu que o Governador Real de Anacreon chutasse o balde? E é só Anacreon? Pelo menos vinte das prefeituras mais distantes da Galáxia, toda a Periferia na verdade, começaram a dirigir as coisas ao seu bel-prazer. Estou lhe dizendo, estou com uma tremenda insegurança com relação ao Império e sua capacidade de nos proteger.

— Bobagem! Governadores reais, reis, qual é a diferença? O Império está sempre salpicado com uma certa quantidade de políticos e homens diferentes puxando para um lado e para o outro. Governadores se rebelam e, de fato, imperadores já foram depostos ou assassinados antes disso. Mas o que isso tem a ver com o Império propriamente dito? Esqueça, Hardin. Não é da nossa conta. Somos, em primeiro e em último lugar, cientistas. E nossa preocupação é a Enciclopédia. Ah, sim, eu já ia esquecendo. Hardin!

— Sim?

— Tome alguma providência com relação àquele seu jornal! — a voz de Pirenne estava zangada.

— O *Diário* da Cidade de Terminus? Ele não é meu; é de propriedade privada. O que ele andou fazendo?

— Há semanas ele tem recomendado que o aniversário de cinquenta anos do estabelecimento da Fundação se torne a ocasião para feriados públicos e comemorações bastante inadequadas.

– E por que não? O relógio computadorizado abrirá o Cofre em três meses. Eu chamaria isso de uma grande ocasião, você não?

– Não para desfiles bobos, Hardin. O Cofre e sua abertura só dizem respeito ao Conselho. Qualquer coisa de importância será comunicada ao povo. Isso é definitivo e, por favor, esclareça isso no *Diário*.

– Desculpe, Pirenne, mas a Convenção da Cidade garante uma certa coisinha conhecida como liberdade de imprensa.

– Pode ser. Mas o Conselho não garante isso. Eu sou o representante do Imperador em Terminus, Hardin, e tenho plenos poderes nesse assunto.

A expressão no rosto de Hardin se tornou a de um homem contando até dez mentalmente. Ele disse, sério:

– Então, já que estamos falando de seu status como representante do Imperador, tenho uma última notícia a lhe dar.

– Sobre Anacreon? – os lábios de Pirenne se apertaram. Ele estava irritado.

– Sim. Um enviado especial de Anacreon virá para cá. Em duas semanas.

– Um enviado? Aqui? De Anacreon? – Pirenne ficou remoendo isso. – Para quê?

Hardin se levantou, e empurrou com força a cadeira contra a mesa.

– Eu lhe dou uma chance para adivinhar.

E saiu – sem a menor cerimônia.

2.

Anselm haut Rodric – o termo "haut" significava sangue nobre – subprefeito de Pluema e Enviado Extraordinário de Sua Alteza de Anacreon, além de meia dúzia de outros títulos – foi recebido por Salvor Hardin no espaçoporto com todo o ritual imponente de uma ocasião de Estado.

Com um sorriso forçado e uma mesura ligeira, o subprefeito retirou sua arma de raios do coldre e o apresentou a Hardin com a coronha para a frente. Hardin retribuiu o cumprimento com uma arma de raios especificamente emprestada para a ocasião. Amizade e boa vontade estavam assim estabelecidas e, se Hardin notou o discreto volume no ombro de Haut Rodric, manteve-se prudentemente calado.

O carro terrestre que os transportou – precedido, ladeado e seguido pela nuvem adequada de funcionários menores – seguiu de maneira lenta e cerimoniosa até a Praça da Ciclopédia, ovacionado, durante o trajeto, por uma multidão convenientemente entusiasmada.

O subprefeito Anselm recebeu as ovações com a indiferença complacente de um soldado e um nobre.

Perguntou a Hardin:

– E esta cidade é todo o seu mundo?

Hardin levantou a voz para se fazer ouvir acima do clamor:

– Somos um mundo jovem, sua eminência. Em nossa curta história, pouquíssimos membros da alta nobreza visitaram nosso pobre planeta. Daí o nosso entusiasmo.

Uma coisa certa é que "alta nobreza" não reconhece ironia quando a ouve. Ele disse, pensativo:

– Fundada há cinquenta anos. Hmmmmm! Vocês têm muita terra inexplorada aqui, prefeito. O senhor nunca pensou em dividi-la em propriedades?

– Ainda não há necessidade. Somos extremamente centralizados; precisamos ser, por causa da Enciclopédia. Um dia, talvez, quando nossa população tiver crescido...

– Que mundo estranho! Vocês não têm camponeses?

Hardin refletiu que não era necessária muita inteligência para dizer que sua eminência tinha modos brutos e pouco refinados. Respondeu, afetando distração:

– Não... nem nobreza.

Haut Rodric ergueu as sobrancelhas.

– E seu líder, o homem com o qual vou me encontrar?

– O senhor está falando do Dr. Pirenne? Sim! Ele é o Presidente do Conselho... e representante pessoal do Imperador.

– *Doutor*? Nenhum outro título? Um *acadêmico*? E ele está acima da autoridade civil?

– Ora, certamente – Hardin respondeu, simpático. – Aqui somos todos mais ou menos acadêmicos. Afinal, somos mais uma fundação científica que um mundo... e sob o controle direto do Imperador.

Houve uma leve ênfase na última frase que pareceu desconcertar o subprefeito. Ele continuou silencioso e pensativo durante o resto do lento caminho até a Praça Ciclopédia.

Se Hardin achou chatas toda aquela tarde e a noite que se seguiu, teve pelo menos a satisfação de perceber que Pirenne e Haut Rodric – depois de se encontrarem com altos e mútuos protestos de estima e consideração – estavam detestando a companhia um do outro ainda mais.

Haut Rodric assistira, com olhos sonolentos, à palestra de Pirenne durante a "visita de inspeção" do Edifício da Enciclopédia. Com um sorriso educado e vazio, ouvira o palavrório acelerado do outro enquanto passavam pelos vastos armazéns de filmes de referência e as numerosas salas de projeção.

Foi somente depois que havia descido todos os níveis e passado pelos departamentos de composição, de edição, de publicação e de filmagem que fez a primeira declaração abrangente.

– Isso é tudo muito interessante – ele disse –, mas parece uma estranha ocupação para homens crescidos. Para que serve isso?

Era um comentário, reparou Hardin, para o qual Pirenne não encontrou resposta, embora a expressão em sua face fosse bastante eloquente.

O jantar naquela noite foi a imagem espelhada dos eventos daquela tarde, pois Haut Rodric monopolizou a conversa descrevendo – com detalhes técnicos minuciosos e um entusiasmo incrível – seus próprios feitos como chefe de batalhão durante a recente guerra entre Anacreon e o vizinho recém-proclamado Reino de Smyrno.

Os detalhes do relato do subprefeito não terminaram até o fim do jantar e, uma a uma, as autoridades menores haviam saído de fininho. O último fragmento de descrição triunfante de espaçonaves destruídas foi dito no momento em que ele acompanhou Pirenne e Hardin até a varanda e relaxou no ar quente da noite de verão.

– E agora – ele disse, com uma jovialidade forçada –, aos assuntos sérios.

– Por favor – murmurou Hardin, acendendo um charuto comprido de tabaco vegano (não lhe restavam muitos, pensou) e equilibrando a cadeira para trás, em duas pernas.

A Galáxia ia alta no céu, e seu formato nebuloso de lente se estendia, preguiçoso, de um horizonte a outro. Em contrapartida, as poucas estrelas ali, na própria borda do universo, eram brilhos insignificantes.

– Naturalmente – disse o subprefeito –, todas as discussões formais... a assinatura de documentos e essas tecnicalidades chatas, quero dizer... acontecerão perante... como você chama seu Conselho?

– Conselho Diretor – Pirenne respondeu com frieza.

– Que nome estranho! De qualquer maneira, isso fica para amanhã. Podemos aproveitar o momento e limpar o terreno um pouco, de homem para homem, agora mesmo, hein?

– E isso quer dizer... – Hardin quis saber.

– Apenas isso. Houve uma certa mudança de situação aqui na Periferia e o status do seu planeta se tornou um pouco incerto. Seria muito conveniente se pudéssemos chegar a um acordo sobre como fica essa questão. A propósito, prefeito, o senhor tem mais um desses charutos?

Hardin lhe ofereceu um com relutância.

Anselm haut Rodric cheirou o charuto e soltou um estalo de prazer.

– Tabaco de Vega! Onde foi que o senhor conseguiu isso?

– Recebemos um pouco no último carregamento. Está quase no final. Sabe lá o espaço quando receberemos mais. Se é que receberemos.

Pirenne fechou a cara. Ele não fumava – e, além disso, detestava o odor:

– Deixe-me entender uma coisa, sua eminência. Sua missão é meramente uma missão de esclarecimento?

Haut Rodric assentiu por entre a fumaça de suas primeiras baforadas de prazer.

– Neste caso, essa missão está chegando ao fim. A situação com relação à Fundação da Enciclopédia é a que sempre foi.

– Ah! E qual é essa situação, que sempre foi?

– Apenas esta: uma instituição científica com apoio do Estado e parte do domínio pessoal de sua augusta majestade, o Imperador.

O subprefeito não parecia impressionado. Soprou anéis de fumaça.

– Bela teoria, Dr. Pirenne. Imagino que o senhor tenha constituições com o Selo Imperial nelas... mas qual é a situação de fato? Qual a posição de vocês com relação a Smyrno? Vocês não estão nem a cinquenta parsecs da capital de Smyrmo, sabiam? E quanto a Konom e Daribow?

– Não temos nada a ver com nenhuma prefeitura – disse Pirenne. – Como parte do domínio do Imperador...

– Não são prefeituras – lembrou Haut Rodric. – São reinos agora.

– Reinos, então. Nada temos a ver com eles. Como uma instituição científica...

– A ciência que se dane! – xingou o outro. – O que diabos isso tem a ver com o fato de que, a qualquer momento, poderemos ver Terminus invadido por Smyrno?

– E o Imperador? Ele ficaria sentado sem fazer nada?

Haut Rodric se acalmou e disse:

– Ora, Dr. Pirenne, o senhor respeita a propriedade do Imperador e Anacreon também, mas pode ser que Smyrno não. Lembre-se, nós acabamos de assinar um tratado com o Imperador; apresentarei uma cópia a esse seu Conselho amanhã, que coloca sobre nós a responsabilidade de manter a ordem dentro das fronteiras da velha Prefeitura de Anacreon, em nome do Imperador. Nosso dever, então, está claro agora, não está?

– Certamente. Mas Terminus não faz parte da Prefeitura de Anacreon.

– E Smyrno...

– Também não faz parte da Prefeitura de Smyrno. Não faz parte de prefeitura nenhuma.

– E Smyrno sabe disso?

– Não me interessa o que eles sabem.

– Interessa a *nós*. Acabamos de terminar uma guerra e eles ainda dominam dois sistemas estelares que são nossos. Terminus ocupa um ponto extremamente estratégico entre as duas nações.

Hardin se sentia esgotado. Interrompeu:

– Qual é a sua proposta, sua eminência?

O subprefeito parecia pronto a parar de esgrimir e adotar uma abordagem mais direta. Disse, ríspido:

– Parece perfeitamente óbvio que, já que Terminus não pode se defender, Anacreon precisa assumir essa função para si. Compreenda que não temos o menor desejo de interferir na administração interna...

– A-hã – Hardin soltou um grunhido seco.

– ...mas acreditamos que seria melhor, para todos os envolvidos, se Anacreon estabelecesse uma base militar no planeta.

– E isso é tudo o que vocês querem: uma base militar em uma parte deste vasto território desocupado... e fica por isso mesmo?

– Bem, naturalmente, haveria a questão de sustentar as forças de proteção.

A cadeira de Hardin desceu com um estrondo e ele fincou os cotovelos nos joelhos:

– Agora estamos chegando ao que interessa. Vamos traduzir isso em palavras. Terminus será um protetorado e pagará tributo.

– Tributo, não. Impostos. Vamos protegê-los. Vocês pagam por isso.

Pirenne bateu a mão na cadeira com violência súbita.

– Deixe-me falar, Hardin. Sua eminência, não dou uma moedinha de meio crédito enferrujada por Anacreon, Smyrno ou todas as suas políticas locais e guerras mesquinhas. Eu lhe digo que esta é uma instituição financiada pelo Estado e livre de impostos.

– Apoiada pelo Estado? Mas nós somos o Estado, Dr. Pirenne, e não estamos financiando.

Pirenne se levantou, irritado:

– Sua eminência, eu sou o representante direto de...

– ...de sua augusta majestade, o Imperador – Anselm haut Rodric fez coro, amargamente –, e eu sou o representante direto do Rei de Anacreon. Anacreon fica bem mais perto, Dr. Pirenne.

– Vamos voltar aos negócios – Hardin pediu. – Como é que o senhor coletaria essas ditos impostos, sua eminência? O senhor os aceitaria em espécie: trigo, batatas, vegetais, gado?

O subprefeito ficou olhando, pasmo, para eles.

— Mas que diabos? Para que precisamos dessas coisas? Nós temos superávit de produção. Ouro, claro. Cromo ou vanádio seriam ainda melhores, por acaso, se vocês tiverem esses metais em quantidade.

Hardin deu uma gargalhada.

— Quantidade! Não temos nem ferro em quantidade! Ouro! Aqui, dê uma olhada na nossa moeda — ele jogou uma moeda para o enviado.

Haut Rodric pegou-a no ar.

— Do que é feita? Aço?

— Isso mesmo.

— Não estou entendendo.

— Terminus é um planeta praticamente sem metais. Nós importamos tudo. Consequentemente, não temos ouro, e nada com que pagar, a menos que vocês queiram alguns milhares de sacos de batatas.

— Bem... então, artigos manufaturados.

— Sem metal? Do que fazemos nossas máquinas?

Fez-se uma pausa e Pirenne tentou novamente:

— Toda esta discussão não tem sentido. Terminus não é um planeta, mas uma fundação científica preparando uma grande enciclopédia. Pelo espaço, homem, você não tem respeito pela ciência?

— Enciclopédias não ganham guerras — Haut Rodric franziu a testa. — Um mundo completamente improdutivo, então, e praticamente desocupado. Bem, vocês podem pagar com terra.

— Como assim? — perguntou Pirenne.

— Este mundo é praticamente vazio e a terra não ocupada provavelmente é fértil. Muitos membros da nobreza de Anacreon gostariam de acrescentar terra às suas propriedades.

— O senhor não pode propor tamanha...

— Não há necessidade de ficar tão alarmado, Dr. Pirenne. Há muito espaço para todos nós. Se a coisa chegar a esse ponto e vocês cooperarem, provavelmente poderíamos dar um jeito para que não percam nada. Títulos podem ser conferidos e propriedades, garantidas. O senhor me entende, creio eu.

— Obrigado! — Pirenne disse entre dentes.

E então Hardin disse, engenhosamente:

— Será que Anacreon poderia fornecer quantidades adequadas de plutônio para nossa usina nuclear? Só temos suprimento para mais alguns anos.

Pirenne se engasgou e um silêncio mortal se fez por minutos. Quando Haut Rodric falou, foi numa voz bem diferente da que vinha usando até então:

— Vocês têm energia nuclear?

— Certamente. O que há de estranho nisso? Imagino que a energia nuclear deva ter uns cinquenta mil anos de idade. Por que não deveríamos tê-la? Só que é um pouco difícil obter plutônio.

— Sim... sim – o enviado fez uma pausa e acrescentou, pouco à vontade.

— Bem, cavalheiros, vamos continuar o assunto amanhã. Os senhores me deem licença...

Pirenne levou-o à saída e depois disse, rangendo os dentes:

— Esse burro descerebrado! Esse...

Hardin interrompeu:

— Nem um pouco. Ele é meramente o produto de seu ambiente. Não entende muita coisa além de "eu tenho uma arma, você não tem".

Pirenne girou e partiu exasperado para cima dele.

— O que no espaço você quis dizer falando sobre bases militares e tributos? Está maluco?

— Não. Eu somente dei corda e deixei que ele falasse. Você há de reparar que ele acabou revelando as verdadeiras intenções de Anacreon: isto é, a divisão de Terminus em propriedades. Naturalmente, não pretendo deixar que isso aconteça.

— Você não pretende. Você não. E quem é você? E posso lhe perguntar o que quis, abrindo o bico sobre nossa usina nuclear? Ora, é justamente o tipo de coisa que daria um alvo militar.

— Sim – sorriu Hardin. – Um alvo militar do qual manter distância. Não é óbvio por que eu abordei o assunto? Só veio a confirmar uma suspeita muito forte que eu tinha.

— E que suspeita é essa?

— Que Anacreon não tem mais uma economia de base nuclear. Se tivessem, nosso amigo sem dúvida teria percebido que plutônio, a não ser na tradição antiga, não é usado em usinas de energia. E, portanto, concluímos que o resto da Periferia também não tem mais energia nuclear. Certamente Smyrno não tem, ou Anacreon não teria vencido a maioria das batalhas na guerra recente entre os dois. Interessante, não acha?

– Bah! – Pirenne saiu com um péssimo humor e Hardin sorriu gentilmente. Jogou seu charuto fora e levantou a cabeça para olhar a Galáxia estendida.

– Quer dizer então que eles voltaram ao petróleo e ao carvão, hein? – murmurou... e guardou para si o resto de seus pensamentos.

3.

Quando Hardin negou ser o dono do *Diário*, talvez estivesse tecnicamente correto, mas não muito. Hardin era o espírito de liderança no movimento para incorporar Terminus em uma municipalidade autônoma – fora eleito seu primeiro prefeito –; portanto, não era de surpreender que, embora nem uma ação sequer do *Diário* estivesse em seu nome, cerca de 60% fossem controladas por ele, de formas mais indiretas.

Havia maneiras.

Consequentemente, quando Hardin começou a sugerir a Pirenne que tivesse permissão de ir a reuniões do Conselho, não foi coincidência que o *Diário* começasse uma campanha semelhante. E a primeira reunião em massa na história da Fundação foi realizada, exigindo representação da Cidade no governo "nacional".

E, no fim das contas, Pirenne capitulou de má vontade.

Sentado ao pé da mesa, Hardin ficou especulando, distraído, sobre por que cientistas da área de exatas davam administradores tão medíocres. Podia ser simplesmente porque estivessem acostumados demais aos fatos inflexíveis, e desacostumados demais a pessoas flexíveis.

De qualquer maneira, ali estavam Tomaz Sutt e Jord Fara à sua esquerda; Lundin Crast e Yate Fulham à sua direita; com o próprio Pirenne presidindo. Ele conhecia todos, naturalmente, mas eles pareciam ter assumido um ar especialmente pomposo para a ocasião.

Hardin quase cochilou durante as formalidades iniciais e, em seguida, se endireitou quando Pirenne tomou um gole do copo com água à sua frente, à guisa de preparação, e disse:

– Acho muito gratificante ser capaz de informar ao Conselho que, desde nosso último encontro, recebi a notícia de que Lorde Dorwin, Chanceler do Império, chegará a Terminus em duas semanas. Pode-se ter como garantido que nossas relações com Anacreon serão amaciadas para nossa completa satisfação, assim que o Imperador for informado da situação.

Sorriu e dirigiu a palavra para Hardin, do outro lado da mesa.

– Informações a esse respeito já foram encaminhadas ao *Diário.*

Hardin deu um risinho disfarçado. Parecia evidente que o desejo de Pirenne de lançar essa informação diante dele havia sido um dos motivos para que fosse admitido naquele santuário.

Ele disse, tranquilo:

– Deixando expressões vagas de lado, o que você espera que Lorde Dorwin faça?

Tomaz Sutt respondeu. Ele tinha o péssimo hábito de dirigir-se a alguém na terceira pessoa quando estava em seu temperamento mais formal.

– É deveras evidente – observou – que o Prefeito Hardin é um cínico profissional. Ele praticamente não pode deixar de perceber que seria muito improvável que o Imperador permitisse que suas prerrogativas pessoais fossem atingidas.

– Por quê? O que ele faria, caso isso acontecesse?

Todos se mexeram, desconfortáveis. Pirenne disse:

– O senhor está fora da pauta – e, como um pensamento posterior –, além disso, está fazendo afirmações que soam quase como traição.

– Devo me considerar respondido?

– Sim! Se o senhor não tiver nada mais a dizer...

– Não tire conclusões apressadas. Eu gostaria de fazer uma pergunta. Além desse toque de diplomacia, que pode ou não significar alguma coisa, algo de concreto foi feito para enfrentar a ameaça anacreônica?

Yate Fulham passou a mão por seu bigode ruivo espesso:

– O senhor vê uma ameaça aí, não vê?

– E você não?

– Dificilmente – falou com indulgência. – O Imperador...

– Grande espaço! – Hardin se sentiu irritado. – O que é isso? Muito de vez em quando alguém menciona "Imperador" ou "Império" como se fosse uma palavra mágica. O Imperador está a milhares de parsecs de distância e eu duvido que ele ligue a mínima para nós. E, se ligar, o que ele pode fazer? O que existia da marinha imperial, nestas regiões, está nas mãos dos quatro reinos agora, e Anacreon tem sua parcela. Escutem, precisamos lutar com armas, não com palavras. Agora, entendam uma coisa. Nós nos salvamos por dois meses até agora, principalmente porque demos a Anacreon a ideia de que temos armas nucleares. Bem, todos nós sabemos que essa é uma mentirinha.

Energia nuclear nós temos, mas somente para usos comerciais e pouco mais que isso. Eles vão descobrir logo e, se vocês acham que vão gostar de terem sido enrolados, estão muito enganados.

– Meu caro senhor...

– Espere um instante: não acabei – Hardin estava se aquecendo. Ele gostava daquilo. – Está muito bem arrastar chanceleres para isso, mas seria muito melhor trazer algumas grandes armas de cerco feitas para se colocar belas bombas nucleares. Já perdemos dois meses, cavalheiros, e podemos não ter outros dois meses a perder. O que os senhores propõem fazer?

Disse Lundin Crast, franzindo, nervoso, o nariz comprido:

– Se o senhor está propondo a militarização da Fundação, não quero ouvir nem mais uma palavra. Isso marcaria nossa entrada aberta no campo da política. Nós, Senhor Prefeito, somos uma fundação científica e mais nada.

– Além do mais – acrescentou Sutt –, ele não percebe que construir armamentos significaria retirar homens, homens valiosos, da Enciclopédia. Isso não pode ser feito, aconteça o que acontecer.

– Muito justo – concordou Pirenne. – A Enciclopédia primeiro: sempre.

Hardin gemeu em espírito. O Conselho parecia sofrer violentamente de enciclopedite cerebral aguda.

– Já ocorreu a este Conselho que é possível que Terminus possa ter outros interesses além da Enciclopédia? – falou, com frieza.

– Eu não concebo, Hardin – respondeu Pirenne –, que a Fundação possa ter qualquer outro interesse que não a Enciclopédia.

– Eu não disse a Fundação; eu disse Terminus. Receio que você não esteja entendendo a situação. Há um bom milhão de nós aqui em Terminus, e não mais de cento e cinquenta mil estão trabalhando diretamente na Enciclopédia. Para o resto de nós, isto aqui é nosso *lar*. Nascemos aqui. Estamos vivendo aqui. Comparada com nossas fazendas, nossas casas e nossas fábricas, a Enciclopédia pouco significa para nós. Nós as queremos protegidas...

Gritaram para que ele se calasse.

– A Enciclopédia primeiro – grasnou Crast. – Temos uma missão a cumprir.

– Missão o diabo – gritou Hardin. – Isso podia ser verdade há cinquenta anos. Mas esta é uma nova geração.

— Uma coisa não tem nada a ver com a outra – replicou Pirenne. – Somos cientistas.

E Hardin aproveitou a brecha.

– É mesmo? É uma bela de uma alucinação, não é? Seu grupo aqui é um exemplo perfeito do que andou errado com toda a galáxia por milhares de anos. Que espécie de ciência é ficar aqui, preso por séculos, classificando a obra de cientistas do milênio passado? Vocês já pensaram em trabalhar olhando para a frente, estendendo o conhecimento deles e o aprimorando? Não! Vocês estão estagnados e felizes. Toda a Galáxia está assim e sabe lá o espaço há quanto tempo. É por isso que a Periferia está se revoltando; é por isso que as comunicações estão se deteriorando; é por isso que guerras mesquinhas estão se tornando eternas; é por isso que sistemas inteiros estão perdendo a energia nuclear e voltando a técnicas bárbaras da energia química. Se vocês querem saber a minha opinião – ele gritou – *o Império Galáctico está morrendo!*

Parou e caiu em sua poltrona para recuperar o fôlego, sem prestar atenção aos dois ou três que estavam tentando, simultaneamente, responder a ele.

Crast conseguiu ser o primeiro:

– Não sei o que o senhor está tentando ganhar com suas declarações histéricas, Senhor Prefeito. Certamente, o senhor não está acrescentando nada de construtivo à discussão. Eu peço uma moção, Senhor Presidente, para que os comentários do orador sejam retirados e que a discussão seja retomada do ponto em que foi interrompida.

Jord Fara se mexeu pela primeira vez. Até aquele instante, Fara não havia participado da discussão, nem mesmo no seu momento mais agitado. Mas agora sua voz ponderada, tão ponderada quanto seu corpo de cento e trinta quilos, explodiu em seu tom grave.

– Não estamos esquecendo de uma coisa, cavalheiros?

– O quê? – Pirenne perguntou irritado.

– Que em um mês vamos comemorar nosso aniversário de cinquenta anos – Fara tinha um truque que consistia em afirmar as coisas mais óbvias com grande profundidade.

– E daí?

– E que nesse aniversário – Fara continuou, plácido –, o Cofre de Hari

Seldon se abrirá. Os senhores já pararam para pensar no que pode estar contido no Cofre?

– Eu não sei. Questões de rotina. Talvez um discurso de parabéns. Acho que não será necessário atribuir grande importância ao Cofre... embora o *Diário* – e ele olhou fuzilando para Hardin, que lhe sorriu, debochado – tenha tentado tratar do assunto. Eu mesmo dei um fim nisso.

– Ah – disse Fara –, mas talvez o senhor esteja errado. Será que não lhe passou pela cabeça – ele parou e levou um dedo ao seu nariz pequeno e redondo – que o Cofre está se abrindo numa hora muito conveniente?

– Muito *inconveniente*, o senhor quer dizer – resmungou Fulham. – Temos outras coisas com que nos preocupar.

– Outras coisas mais importantes do que uma mensagem de Hari Seldon? Acho que não – Fara estava ficando mais pomposo do que nunca, e Hardin o olhou, pensativo. Aonde ele estava querendo chegar?

– Na verdade – Fara disse, animado –, vocês todos parecem esquecer que Seldon foi o maior psicólogo de nosso tempo e que ele foi o fundador de nossa Fundação. Parece razoável supor que ele utilizou sua ciência para determinar o curso provável da história do futuro imediato. Se o fez, como parece provável, repito, ele certamente teria conseguido encontrar uma maneira de nos avisar de perigos e, quem sabe, apontar uma solução. A Enciclopédia era muito cara a ele, vocês sabem.

Uma aura de dúvida intrigada prevalecia. Pirenne murmurou:

– Bem, agora, eu não sei. Psicologia é uma grande ciência, mas... não há psicólogos aqui entre nós no momento, acredito. Parece-me que estamos pisando em terreno incerto.

Fara se voltou para Hardin.

– O senhor não estudou psicologia com Alurin?

Hardin respondeu, meio como que devaneando:

– Sim, mas nunca terminei meus estudos. Cansei da teoria. Eu queria ser um engenheiro psicológico, mas não tínhamos instalações para isso, então fiz a segunda melhor coisa: entrei para a política. É praticamente a mesma coisa.

– Bem, o que o senhor acha do Cofre?

E Hardin respondeu, cautelosamente:

– Não sei.

Ele não disse uma palavra pelo resto da reunião... muito embora ela voltasse ao tema do Chanceler do Império.

Na verdade, sequer estava escutando. Ele havia visto um outro caminho e as coisas estavam se encaixando... apenas um pouco. Pequenos ângulos estavam se encaixando: um ou dois.

E a psicologia era a chave. Tinha certeza disso.

Ele estava tentando desesperadamente se lembrar da teoria psicológica que havia aprendido um dia... e dela tirou uma coisa bem no começo.

Um grande psicólogo como Seldon podia desvendar as emoções e as reações humanas o suficiente para ser capaz de prever as linhas gerais do vasto panorama histórico do futuro.

E o que isso poderia significar?

4.

Lorde Dorwin cheirava rapé. Ele também tinha cabelos compridos, intricadamente e, o que era bastante óbvio, artificialmente encaracolados, aos quais foram acrescentados um par de suíças louras e afofadas, que ele acariciava de modo afetuoso. E, além disso, falava por meio de declarações de precisão exagerada e com a língua presa.

Naquele momento, Hardin não tinha tempo de pensar em mais motivos para detestar instantaneamente o nobre chanceler. Ah, sim, os gestos elegantes de uma das mãos com a qual acompanhava suas observações e a condescendência estudada com a qual acompanhava até mesmo uma simples afirmativa. Mas, de qualquer maneira, o problema agora era localizá-lo. Ele havia desaparecido com Pirenne meia hora antes – sumido bem diante dos olhos dele, maldito.

Hardin tinha certeza de que sua própria ausência durante as discussões preliminares seria muito conveniente para Pirenne.

Mas Pirenne havia sido visto naquela ala e naquele andar. Era simplesmente uma questão de experimentar cada uma das portas. Na metade do corredor, ele disse: "Ah!" e entrou no aposento escurecido. O perfil do intricado penteado de Lorde Dorwin era inconfundível contra a tela iluminada.

Lorde Dorwin levantou a cabeça e disse:

– Ah, Hartin. Estafa nos procuranto, sem túvita? – estendeu sua caixa de rapé, exageradamente cheia de adornos e com um péssimo trabalho artesanal, Hardin reparou, e recebeu uma recusa educada, ao passo que ele próprio se serviu de uma pitada e sorriu graciosamente.

Pirenne franziu a testa e Hardin encarou isso com uma expressão de indiferença neutra.

O único som a quebrar o curto silêncio que se seguiu foi o clique da tampa da caixa de rapé de Lorde Dorwin se fechando. Ele a pôs de lado e disse:

– Uma grante realissação, esta sua Enciclopétia, Hartin. Um feito e tanto, ompreanto com as realissações mais majesstossas de todos os tempos.

– É o que a maioria de nós acha, milorde. É uma realização que, entretanto, ainda não foi totalmente realizada.

— To pouco que fi da eficiência de sua Funtação, não tenho temores a esse resspeito — e assentiu para Pirenne, que respondeu com uma mesura deliciada.

Mas que festival de puxa-saquismo, pensou Hardin.

— Eu não estava reclamando da falta de eficiência, milorde, mas do excesso de eficiência dos anacreonianos... ainda que em outra, e mais destrutiva, direção.

— Ah, sim. Anacreon — um gesto negligente da mão. — Acapei te foltar te lá. Um planeta pastante párparo. É inteiramente inconcepífel que seres humanos possam fifer assim na Periferia. A falta tos requerimentos mais elementares te um cafalheiro culto; a aussência tas coissas necessárias mais funtamentais para conforto e confeniências... o profunto tescasso com o qual eles...

Hardin interrompeu com secura:

— Os anacreonianos, infelizmente, possuem todos os requerimentos elementares para guerra e todas as coisas necessárias fundamentais para a destruição.

— Sim, sim — Lorde Dorwin parecia irritado, talvez por ser interrompido no meio de sua frase. — Mas não famos tisscutir negócios agora, não é? Eu estou muito cansado. Toutor Pirenne, o senhor não fai me mosstrar o segunto folume? Mosstre, por fafor.

As luzes se apagaram e, durante a meia hora seguinte, era como se Hardin estivesse em Anacreon, por toda a atenção que lhe deram. O livro sobre a tela não fazia muito sentido para ele, e tampouco se deu ao trabalho de tentar acompanhá-lo, mas Lorde Dorwin ficou bastante empolgado em determinados momentos. Hardin notou que, durante os momentos de empolgação, a pronúncia do chanceler era perfeita.

Quando as luzes se acenderam novamente, Lorde Dorwin disse:

— Marafilhosso. Fertateiramente marafilhosso. O senhor por acaso não estaria interessato em arqueologia, estaria, Hartin?

— Hein? — Hardin saiu de um devaneio abstrato. — Não, milorde. Não posso dizer que esteja. Sou psicólogo por intenção original e político por decisão final.

— Ah! Sem túfita são estutos interessantes. Eu próprio, sape — serviu-se de uma grande pitada de rapé —, tenho meus interesses em arqueologia.

— É mesmo?

— Lorde Dorwin — interrompeu Pirenne — está bastante familiarizado com a área.

— Pem, talfess eu essteja, talfess eu essteja — Lorde Dorwin disse, complacente. — Eu já fiss muitos trapalhos científicos. Sou extremamente culto, na fertate. Estutei tota a opra de Jagtun, Opijasi, Kwomill... ah, totos eles, focê sape.

— Já ouvi falar neles, claro — disse Hardin. — Mas nunca os li.

— Teferia fasser isso um tia, caro amigo. Isso ampliaria seus horissontes. Ora, eu certamente consitero que fale a fiagem até a Periferia só para fer esta cópia de Lameth. Focê acretitaria que minha Piplioteca não tem nenhum essemplar? A propóssito, Toutor Pirenne, o senhor não essqueceu sua promessa de transtesenfolfer uma cópia para mim antes te eu partir?

— Terei o maior prazer.

— Lameth, como focê tefe saper — continuou o chanceler, pomposamente —, apressenta uma atição nofa e mui interessante ao meu conhecimento anterior ta "Questão ta Origem".

— Que questão? — perguntou Hardin.

— A "Questão ta Origem". O lugar ta origem ta esspécie humana. Certamente focê tefe saper que se acha que, originalmente, a raça humana ocupafa somente um sisstema planetário.

— Bem, sim, sei disso.

— É claro que ninguém sape essatamente qual sisstema é esse, pertito nas néfoas da antiguitate. Mas essistem teorias; Sírius, dissem alguns. Outros insisstem em Alfa Centauro, ou Sol, ou 61 Cygni... totos no setor de Sírius, entente?

— E o que Lameth diz?

— Pem, ele segue um caminho completamente nofo. Ele tenta mosstrar que resstos arqueológicos no terceiro planeta to sisstema acturiano temonstram que a humanitate essistiu ali antes te qualquer intício de fiagens esspaciais.

— E isso significa que esse foi o planeta natal da humanidade?

— Talfess. Preciso ler isso com cuitato e pessar as efitências antes te tisser com certesa. Tefemos fer se as opserfações dele são confiáfeis.

Hardin permaneceu em silêncio por um momento. Depois disse:

— Quando Lameth escreveu esse livro?

— Ah... Acho que há oitocentos anos. É claro que ele o passeou em grante parte na opra anterior de Gleen.

— Então, por que confiar nele? Por que não ir a Arcturus e estudar os vestígios por si mesmo?

Lorde Dorwin ergueu as sobrancelhas e aspirou apressado uma pitada de rapé.

– Ora, para quê, meu caro amigo?

– Para obter as informações em primeira mão, claro.

– Mas qual a necessitate tisso? Parece um métoto anormalmente enrolato te se chegar a algum lugar. Escute aqui, eu tenho as opras te totos os felhos messtres: os grantes arqueológos to passato. Eu comparo uns com os outros, equilipro as tiscortâncias, analisso as afirmações conflitantes, tecito o que profafelmente se conecta e chego a uma conclussão. Este é o métoto científico. Pelo menos – disse, de modo condescendente –, como *eu* o fejo. Como seria incrifelmente primitifo ir a Arcturus, ou a Sol, por essemplo, e sair passeanto por lá, quanto os felhos mestres já copriram os territórios te moto muito mais eficiente to que poteríamos possifelmente essperar.

– Entendo – Hardin murmurou, educadamente.

Método científico o diabo! Por isso a Galáxia estava indo pras cucuias.

– Venha, milorde – disse Pirenne. – Acho que é melhor voltarmos.

– Ah, sim. Talvess seja melhor.

Quando iam deixando o aposento, Hardin disse, subitamente:

– Milorde, posso fazer uma pergunta?

Lorde Dorwin sorriu inexpressivamente e enfatizou sua resposta com um gracioso gesto de mão.

– Certamente, querito amigo. Fico feliss em poter ajutar. Se puter lhe ajutar te algum jeito, com meu popre conhecimento...

– Não é exatamente sobre arqueologia, milorde.

– Não?

– Não. É o seguinte: no ano passado recebemos notícias, aqui em Terminus, sobre a explosão de uma usina de energia no Planeta V em Gama Andrômeda. Mal conseguimos notícias sobre o acidente: nenhum detalhe. Será que o senhor poderia me dizer exatamente o que aconteceu?

Pirenne torceu a boca.

– Por que você está incomodando milorde com perguntas sobre assuntos totalmente irrelevantes?

– Nem um pouco, Toutor Pirenne – intercedeu o chanceler. – Está tuto pem. Não há muito o que tisser a respeito, te qualquer maneira. Creio que milhões te pessoas morreram e pelo menos metate to planeta ficou em ruínas. O goferno está consiterando seriamente a colocação te tiverssas restrições sopre o usso intisscriminato te energia nuclear... empora isso não seja matéria para puplicação geral, focê sape.

— Sei — disse Hardin. — Mas o que houve de errado com a usina?

— Pem, na fertate — Lorde Dorwin respondeu, indiferente —, quem sape? Ela já hafia tito proplemas alguns anos antes e tissem que as peças de reposição são muito inferiores. É *tão* tifícil encontrar hoje em tia homens que *realmente* ententam os detalhes mais técnicos te nossos sisstemas te energia. — e inalou uma lamentosa porção de rapé.

— O senhor percebe — disse Hardin — que os reinos independentes da Periferia perderam completamente a energia nuclear?

— É messmo? Não estou nem um pouco surpresso. Planetas párparos... Ah, mas meu caro amigo, não os chame de indepententes. Eles não o são, sapia? Os tratatos que assinamos com eles são profa possitifa tisso. Eles reconhecem a soperania do Império. Eles precissam, é claro, ou não faríamos tratatos com eles.

— Pode ser, mas eles têm uma liberdade considerável de ação.

— Sim, suponho que sim. Consiteráfel. Mas isso pouco importa. O Império está pem melhor assim, com a Periferia trapalhanto com seus próprios recursos; mais ou menos, na fertate. Sape, eles não são tão pons assim para nós. São planetas *muito* párparos. Quase não são cifilissatos.

— Eles foram civilizados, no passado. Anacreon foi uma das mais ricas províncias de fronteira. Pelo que sei, ela se comparava até a Vega.

— Ah, mas, Hartin, isso foi há séculos. Focê não pote tirar conclussões tisso. As coisas eram tiferentes nos felhos e grantes tias. Nós não somos mais os homens que costumáfamos ser, focê sape. Mas, Hartin, famos lá, focê é um sujeito um tanto insistente. Eu já lhe tisse que simplesmente não tiscutirei negócios hoje. O Toutor Pirenne me preparou para focê. Ele me tisse que focê tentaria me importunar, mas eu sou muito preparato para essas coissas. Famos deixar isso para amanhã.

E foi isso.

5.

Aquela era a segunda reunião do Conselho à qual Hardin ia, excluindo-se as conversas informais que os membros do Conselho tiveram com Lorde Dorwin, que partira há pouco. Mas o prefeito tinha uma ideia perfeitamente definida de que pelo menos mais uma reunião, e possivelmente duas ou três, havia sido realizada, para as quais ele sequer recebera um convite.

Tampouco, ao que lhe parecia, teria recebido notificação daquela, se não fosse pelo ultimato.

Pelo menos a coisa equivalia a um ultimato, embora uma leitura superficial do documento visigrafado pudesse levar alguém a supor que fosse uma troca amigável de cumprimentos entre dois governantes.

Hardin o manuseou cautelosamente. Começava num estilo todo florido, com uma saudação de "Sua Poderosa Majestade, o Rei de Anacreon, ao seu amigo e irmão, Dr. Lewis Pirenne, Presidente do Conselho, da Fundação Número Um da Enciclopédia", e terminou ainda mais florido com um selo gigantesco e multicolorido do mais complexo simbolismo.

Mas que era um ultimato, era.

– Acontece – disse Hardin – que não tínhamos muito tempo afinal: apenas três meses. Mas, por menos tempo que fosse, nós o descartamos sem usar. Esta coisa aqui nos dá uma semana. O que fazemos agora?

Pirenne franziu a testa, preocupado.

– Deve haver uma brecha. É absolutamente inacreditável que eles levem as coisas a extremos em face do que Lorde Dorwin nos garantiu em relação à atitude do Imperador e do Império.

Hardin quase deu um pulo.

– Sei. Você já informou o Rei de Anacreon dessa suposta atitude?

– Já... depois de ter feito uma proposta de votação ao Conselho e de ter recebido aprovação unânime.

– E quando aconteceu essa votação?

Pirenne se escorou em sua dignidade.

– Eu não acredito que seja obrigado a lhe dar nenhuma resposta, Prefeito Hardin.

— Está certo. Não estou tão desesperadamente interessado. É apenas a minha opinião que foi sua transmissão diplomática da valiosa contribuição de Lorde Dorwin para a situação — ele levantou o canto da boca num meio sorriso amargo —, que foi a causa direta desta notinha amigável. Eles poderiam ter demorado mais, de outra forma... embora eu ache que o tempo adicional não teria ajudado Terminus em grande coisa, considerando a atitude do Conselho.

Yate Fulham disse:

— E como o senhor chega a essa notável conclusão, Sr. Prefeito?

— De maneira bastante simples. Meramente, exigiu o uso de uma mercadoria muito negligenciada: o bom senso. Sabem, existe um ramo do conhecimento humano conhecido como lógica simbólica, que pode ser usado para aparar todos os galhos mortos que entopem e atulham a linguagem humana.

— E daí? — perguntou Fulham.

— Eu a apliquei. Entre outras coisas, apliquei-a a este documento aqui. Eu não precisava realmente fazer isso porque sabia do que se tratava, mas acho que posso explicar com mais facilidade a cinco cientistas exatos por símbolos, em vez de palavras.

Hardin retirou algumas folhas de papel do bloco debaixo de seu braço e os espalhou sobre a mesa.

— Não fiz isto sozinho, a propósito — ele disse. — Muller Holk, da Divisão de Lógica, assinou as análises, como podem ver.

Pirenne inclinou-se sobre a mesa para olhar melhor e Hardin prosseguiu:

— A mensagem de Anacreon foi um problema simples, naturalmente, pois os homens que a escreveram eram homens de ação, e não de palavras. A coisa se resume, fácil e diretamente, na afirmação incondicional, quando é vista em símbolos e que, em palavras, traduzida por cima, significa: "Vocês nos dão o que queremos em uma semana ou vamos tomá-lo pela força".

Houve silêncio quando os cinco membros do Conselho leram a linha de símbolos. Então, Pirenne se sentou e tossiu, desconfortável.

Hardin disse:

— Não há uma lacuna aí, há, Dr. Pirenne?

— Parece que não.

— Está certo — Hardin trocou as folhas. — À sua frente agora vocês veem uma cópia do tratado entre o Império e Anacreon... tratado, incidentalmente, que está assinado em nome do Imperador pelo mesmo Lorde Dorwin que esteve aqui na semana passada; e, com ele, uma análise simbólica.

O tratado tinha cinco páginas de linhas minúsculas e a análise estava rabiscada em pouco menos de meia página.

– Conforme os senhores veem, cavalheiros, algo como 90% do tratado saiu da análise como não fazendo o menor sentido, e o que sobrou pode ser descrito da seguinte maneira interessante:

"Obrigações de Anacreon para com o Império: *Nenhuma*!

Poderes do Império sobre Anacreon: *Nenhum*!"

Mais uma vez os cinco seguiram ansiosos o raciocínio, verificando cuidadosamente o tratado, e quando terminaram, Pirenne disse, preocupado:

– Isso parece estar correto.

– O senhor admite, então, que o tratado não passa de uma declaração de total independência da parte de Anacreon e um reconhecimento desse status pelo Império?

– Parece que sim.

– E o senhor supõe que Anacreon não percebe isso e não está ansioso para enfatizar a posição de independência... de modo que naturalmente tendesse a se ressentir de qualquer aparência de ameaça da parte do Império? Particularmente, quando fica claro que o Império não tem poder para cumprir nenhuma dessas ameaças, ou jamais teria permitido a independência.

– Mas então – Sutt interpôs –, como o Prefeito Hardin explica as garantias que Lorde Dorwin fez, de apoio do Império? Elas pareceram... – ele deu de ombros. – Bem, elas pareceram satisfatórias.

Hardin voltou a se recostar na cadeira.

– Sabe, esta é a parte mais interessante dessa história toda. Admito que eu havia achado Lorde Dorwin a mais rematada besta quando o conheci... mas acontece que ele era realmente um diplomata de talento e um homem muito inteligente. Tomei a liberdade de gravar todas as suas declarações.

Houve um alvoroço, e Pirenne abriu a boca horrorizado.

– O que foi? – Hardin perguntou. – Percebo que foi uma quebra grosseira de hospitalidade e uma coisa que nenhum cavalheiro digno desse nome faria. Além disso, que se milorde tivesse descoberto, as coisas poderiam ter ficado desagradáveis; mas ele não descobriu e eu tenho a gravação, e é isso. Peguei a gravação, mandei transcrevê-la e também a enviei a Holk para analisar.

— E onde está a análise? — perguntou Lundin Crest.

— Esta — respondeu Hardin — é que é a coisa interessante. A análise foi a mais difícil das três, de longe. Quando Holk, depois de dois dias de trabalho ininterrupto, conseguiu eliminar declarações sem sentido, bobagens vagas, qualificações inúteis, resumindo, todo o blablablá, ele descobriu que não havia restado nada. Tudo anulado. Lorde Dorwin, cavalheiros, em cinco dias de discussão, *não disse sequer uma coisa que prestasse*, e fez isso de um modo que vocês nem notaram. *Aí estão* as garantias que vocês tiveram de seu precioso Império.

Hardin poderia ter colocado uma bomba de efeito moral acesa em cima da mesa e não teria criado mais confusão do que a que se formou depois de sua última frase. Ele esperou, com paciência cansada, até ela acabar.

— Então — ele concluiu —, quando vocês enviaram ameaças (e era exatamente isso o que elas eram) solicitando uma ação do Império contra Anacreon, vocês merecente irritaram um monarca mais esperto. Naturalmente, o ego dele exigiria ação imediata e o ultimato é o resultado... o que me leva à minha afirmação original. Só nos resta uma semana, e o que faremos agora?

— Parece — disse Sutt — que não temos escolha a não ser permitir que Anacreon estabeleça bases militares em Terminus.

— Nisso eu concordo com você — replicou Hardin —, mas o que faremos para chutá-los pra fora daqui na primeira oportunidade?

O bigode de Yate Fulham tremeu:

— Isso soa como se você tivesse decidido que se deve usar de violência contra eles.

— A violência — veio a resposta — é o último refúgio do incompetente. Mas eu certamente não pretendo colocar o tapetinho de boas-vindas e deixar a casa toda arrumada para eles usarem.

— Ainda não estou gostando da maneira como você coloca isso — insistiu Fulham. — É uma atitude perigosa; mais perigosa ainda porque temos notado, ultimamente, que uma parte considerável da população parece acatar todas as suas sugestões. Eu também poderia aproveitar para lhe dizer, Prefeito Hardin, que o Conselho não está cego às suas atividades recentes.

Ele fez uma pausa e houve um murmúrio geral de aprovação. Hardin deu de ombros.

Fulham continuou:

— Se você inflamar a cidade para um ato de violência, vai propiciar um suicídio elaborado; e nós não pretendemos permitir isso. Nossa política tem somente um princípio fundamental, e é a Enciclopédia. Seja qual for a nossa decisão, ela será tomada com base no que for necessário para manter essa Enciclopédia a salvo.

— Então — disse Hardin —, vocês chegaram à conclusão de que devemos continuar nossa campanha intensiva de não fazer nada.

Pirenne disse, amargo:

— Você mesmo demonstrou que o Império não pode nos ajudar; embora como e por que, eu não entendo. Se é necessário um acordo...

Hardin teve a sensação desagradável de um pesadelo, como se estivesse correndo em velocidade máxima e não chegando a lugar algum.

— Não há acordo! Vocês não percebem que essa conversa fiada sobre bases militares é um tipo particularmente rasteiro de embromação? Haut Rodric nos contou o que Anacreon está querendo: anexação imediata e imposição, a nós, de seu próprio sistema feudal de propriedades e economia camponeses--aristocratas. O que restou de nosso blefe de energia nuclear pode forçá-los a andar mais devagar, mas eles vão andar assim mesmo.

Ele havia se levantado indignado, e o resto se levantou com ele — menos Jord Fara.

E então, Jord Fara disse:

— Todos poderiam se sentar, por gentileza? Acho que já fomos longe demais. Vamos, Prefeito Hardin, não há por que ficar tão furioso; nenhum de nós cometeu traição.

— Você vai ter de me convencer disso!

Fara sorriu com gentileza:

— Você sabe que não está falando sério. Deixe-me falar!

Seus olhinhos astutos estavam semicerrados, e a transpiração reluzia em seu queixo enorme e liso.

— Parece não haver motivo para esconder que o Conselho chegou à decisão de que a verdadeira solução para o problema anacreoniano está no que nos será revelado quando o Cofre se abrir, daqui a seis dias.

— É esta a sua contribuição para essa questão?

— Sim.

— Então não devemos fazer nada a não ser aguardar, em profunda serenidade e grande fé, que o *deus ex machina* surja de dentro do Cofre?

— Eliminando sua fraseologia emotiva, a ideia é essa.

— Mas que escapismo óbvio! Realmente, Dr. Fara, essa loucura tem um toque de gênio. Uma mente inferior não seria capaz de tal coisa.

Fara sorriu, indulgente.

— Seu gosto por epigramas é divertido, Hardin, mas está deslocado aqui. Na verdade, acho que você se lembra de minha linha de raciocínio com relação ao Cofre, há cerca de três semanas.

— Sim, eu me lembro. Não nego que não foi uma ideia imbecil, do ponto de vista da lógica dedutiva. O senhor disse, e me corrija quando eu cometer um erro, que Hari Seldon era o maior psicólogo do Sistema; e, logo, ele poderia prever o ponto exato e desconfortável em que estamos agora; daí, assim, ele estabeleceu o Cofre como um método de nos dizer a saída.

— Você captou a essência da ideia.

— O senhor ficaria surpreso se soubesse que pensei consideravelmente no assunto nessas últimas semanas?

— Muito lisonjeiro. Com que resultado?

— Com o resultado de que dedução pura não basta. Mais uma vez, o que é necessário é uma pitadinha de bom senso.

— Por exemplo?

— Por exemplo, se ele previu a confusão anacreoniana, por que não nos colocou em algum outro planeta, mais próximo dos centros galácticos? Sabe-se muito bem que Seldon manobrou os Comissários de Trantor para que mandassem a Fundação se estabelecer em Terminus. Mas por que ele fez isso? Por que nos colocar aqui, se ele podia ver com antecedência a interrupção das linhas de comunicação, nosso isolamento da Galáxia, a ameaça de nossos vizinhos... e nossa fragilidade de defesa, por causa da falta de metais em Terminus? Isso, acima de tudo! Ou, se ele previu tudo isso, por que não avisou os colonos originais com antecedência para que tivessem tido tempo de se preparar antes disso, em vez de esperar, como está fazendo, até ficarmos com um pé sobre o abismo? E não se esqueça de uma coisa. Muito embora ele pudesse prever o problema na época, nós podemos vê-lo igualmente agora. Portanto, se ele podia prever a solução na época, deveríamos ser capazes de vê-la agora. Afinal, Seldon não era mágico. Não existem truques mágicos para fugir de um dilema que ele pode ver e nós não.

— Mas, Hardin — Fara lembrou — nós não podemos!

— Mas vocês não tentaram. Não tentaram uma vez sequer. Primeiro, vocês se recusaram a admitir que existia uma ameaça! Então, colocaram uma fé absolutamente cega no Imperador! Agora, a deslocaram para Hari Seldon. Durante esse tempo todo, vocês invariavelmente confiaram na autoridade ou no passado... e nunca em si próprios — ele abria e fechava os punhos em espasmos. — No final, isso é uma atitude doentia, um reflexo condicionado que põe de lado a independência de suas mentes sempre que é uma questão de se opor à autoridade. Parece não haver dúvida alguma em suas mentes de que o Imperador é mais poderoso do que vocês, ou que Hari Seldon é mais sábio. E isso é errado, vocês não veem?

Por algum motivo, ninguém se deu ao trabalho de responder.

Hardin continuou:

— Não são só vocês. É toda a Galáxia. Pirenne ouviu a ideia de Lorde Dorwin sobre a pesquisa científica. Lorde Dorwin achava que ser um bom arqueólogo era ler todos os livros sobre o assunto... escritos por homens que morreram há séculos. Ele achava que a forma de resolver enigmas arqueológicos era comparar as autoridades opostas. E Pirenne ouviu e não fez objeção alguma a isso. Vocês não estão vendo que há algo de errado nisso?

Mais uma vez, sua voz chegou às raias do desespero. E mais uma vez, não obteve resposta. Ele continuou:

— E metade de Terminus também está tão ruim quanto. Ficamos sentados aqui, achando que a Enciclopédia é tudo o que há. Consideramos que o maior objetivo da ciência é a classificação de dados passados. É importante, mas não há outros trabalhos por fazer? Estamos regredindo e esquecendo, não veem? Aqui na Periferia, eles perderam a energia nuclear. Em Gama Andrômeda, uma usina de energia explodiu devido a uma péssima manutenção e o Chanceler do Império reclama que há escassez de técnicos nucleares. E a solução? Treinar novos? Nunca! Então eles restringiram a energia nuclear.

E, pela terceira vez:

– Vocês não veem? Isso abrange toda a Galáxia. É um culto ao passado. É uma deterioração... uma estagnação!

Ele encarou um a um e eles olharam fixamente em resposta.

Fara foi o primeiro a se recuperar:

– Bem, filosofia mística não vai nos ajudar aqui. Sejamos concretos. Você nega que Hari Seldon poderia facilmente ter deduzido tendências históricas do futuro simplesmente usando técnicas psicológicas?

– Não, é claro que não – Hardin gritou. – Mas não podemos confiar nele em busca de uma solução. Na melhor das hipóteses, ele poderia indicar o problema, mas se uma solução existir, nós devemos procurá-la sozinhos. Ele não pode fazer isso por nós.

Fulham falou bruscamente:

– O que você quer dizer com "indicar o problema"? Nós sabemos qual é o problema!

Hardin virou-se para ele.

– Você é que pensa que sabe! Você pensa que Anacreon é tudo com que Hari Seldon deveria estar preocupado? Eu lhes digo, cavalheiros, que nenhum de vocês tem ainda a menor ideia do que realmente está acontecendo.

– E você tem? – Pirenne perguntou com hostilidade.

– Acho que tenho! – Hardin se levantou de um salto e empurrou a cadeira longe. Seus olhos eram duros e frios. – Se existe uma coisa que é definitiva, é o fato de que alguma coisa não está cheirando bem em toda essa situação; algo que é maior do que qualquer coisa sobre a qual já conversamos. É só vocês se perguntarem o seguinte: por que, entre a população original da Fundação, não havia um psicólogo de primeira classe, a não ser Bor Alurin? E ele evitou cuidadosamente treinar seus pupilos além dos fundamentos.

Um silêncio curto, e Fara disse:

– Certo. E por quê?

– Talvez porque um psicólogo pudesse ter captado o que isso tudo significava... e rápido demais para agradar a Hari Seldon. Do jeito que as coisas estão, estamos tropeçando cegos, tendo apenas vislumbres nebulosos da verdade e nada mais. E era isso o que Hari Seldon queria.

Ele deu uma gargalhada amarga. – Bom dia, cavalheiros!

E saiu irritado da sala.

6.

O Prefeito Hardin mastigava a ponta do charuto, que estava apagado, mas ele nem havia notado. Não dormira a noite anterior e tinha quase certeza de que também não dormiria esta. Seus olhos demonstravam isso. Ele perguntou, cansado:

– E isso é tudo?

– Acho que sim – Yohan Lee levou a mão ao queixo. – O que você acha?

– Não está ruim. Precisa ser feito, você entende, com ousadia. Ou seja, não pode haver hesitação; não pode haver tempo para apreender a situação. Assim que estivermos em posição de dar ordens, ora, devemos dá-las como se tivéssemos nascido para a coisa, eles obedecerão por hábito. Esta é a essência de um golpe.

– Se o Conselho permanecer irredutível ainda que por...

– O Conselho? Eles estão fora. Depois de amanhã, a importância deles como um fator nos assuntos de Terminus não valerá um meio crédito enferrujado.

Lee assentiu, lentamente.

– Mas é estranho que não tenham feito nada para nos deter até agora. Você disse que eles não estavam inteiramente no escuro.

– Fara chegou perto do problema. Às vezes, ele me deixa nervoso. E Pirenne suspeita de mim desde que fui eleito. Mas, sabe, eles nunca tiveram a capacidade de compreender realmente o que estava acontecendo. Todo o treinamento deles foi autoritário. Têm certeza de que o Imperador, só porque é imperador, é todo-poderoso. E têm certeza de que o Conselho Diretor, simplesmente porque é o Conselho Diretor agindo em nome do Imperador, não pode estar em posição de não dar as ordens. Essa incapacidade de reconhecer a possibilidade de revolta é a nossa melhor aliada.

Ele se levantou com dificuldade de sua cadeira e foi até o bebedouro.

– Eles não são maus sujeitos, Lee, quando ficam com a Enciclopédia deles... e vamos fazer com que fiquem apenas com isso no futuro. São terrivelmente incompetentes quando se trata de governar Terminus. Vá agora e comece a fazer com que as coisas aconteçam. Quero ficar sozinho.

Ele se sentou no canto de sua mesa e ficou olhando para o copo com água.

Espaço! Se ao menos ele estivesse tão confiante quanto fingia! Os anacreonianos iam pousar em dois dias e o que ele tinha, a não ser um conjunto de ideias e de suspeitas quanto ao que Hari Seldon desenvolvera cinquenta anos atrás? Ele não era sequer um psicólogo de verdade; apenas um curioso, com um pouco de treinamento, tentando adivinhar o que estava por trás da maior mente de sua era.

Se Fara tivesse razão; se Anacreon fosse todos os problemas que Hari Seldon tivesse previsto; se a Enciclopédia fosse tudo em que ele estava interessado em preservar... então, qual seria o preço desse *coup d'état*?

Deu de ombros e bebeu a água.

7.

O Cofre estava mobiliado com bem mais que seis cadeiras, como se um grupo maior tivesse sido esperado. Hardin notou isso e se sentou, cansado, num canto o mais distante possível dos outros cinco.

Os membros do Conselho não fizeram objeções a essa disposição. Conversavam entre si em sussurros, que se transformaram em monossílabos sibilantes e, depois, em mais nada. De todos eles, apenas Jord Fara parecia razoavelmente calmo. Ele tinha um relógio e estava olhando sério para ele.

Hardin olhou para seu próprio relógio e depois para o cubículo de vidro – absolutamente vazio – que dominava metade da sala. Era a única coisa incomum do aposento, pois além disso não havia nenhuma indicação de que em algum lugar um computador estava separando instantes de tempo até aquele preciso momento em que uma corrente de múons fluiria, uma conexão seria feita e...

As luzes diminuíram de intensidade!

Elas não se apagaram, mas ficaram amareladas e diminuíram com uma velocidade que fez Hardin dar um pulo. Ele levantou a cabeça assustado e quando a abaixou o cubículo de vidro não estava mais vazio.

Havia uma figura dentro dele... Uma figura numa cadeira de rodas!

Ela ficou por alguns momentos em silêncio, mas fechou o livro que estava em seu colo e mexeu nele, distraído. Então sorriu e o rosto parecia cheio de vida.

– Eu sou Hari Seldon – disse, a voz era velha e suave.

Hardin quase se levantou para cumprimentá-lo, mas conseguiu se segurar.

A voz continuou, em tom de conversa.

– Como vocês veem, estou confinado a esta cadeira e não posso me levantar para saudá-los. Seus avós partiram para Terminus alguns meses atrás em meu tempo e, desde então, sofri uma paralisia um tanto inconveniente. Como vocês sabem, não posso vê-los e, por isso, não posso cumprimentá-los de modo adequado. Não sei sequer quantos de vocês estão aí, por isso, tudo deve ser conduzido informalmente. Se algum de vocês estiver de pé, por favor, sente-se; e, se quiserem fumar, eu não me incomodo – deu um risinho. – E por que deveria? Eu não estou aí mesmo.

Hardin procurou um charuto quase automaticamente, mas pensou duas vezes.

Hari Seldon pôs o livro de lado – como se o colocasse sobre uma mesa ao seu lado – e, quando soltou os dedos, o livro desapareceu.

– Já se passaram cinquenta anos desde que esta Fundação foi criada – falou –, cinquenta anos nos quais os membros da Fundação não souberam no que estavam trabalhando. Era necessário que eles fossem ignorantes, mas agora essa necessidade acabou. A Fundação da Enciclopédia, para começar, é uma fraude e sempre foi!

Atrás de si, Hardin ouviu um som de algo se mexendo e uma ou duas exclamações abafadas, mas não se virou.

Hari Seldon, obviamente, não se perturbou. Continuou:

– Ela é uma fraude no sentido de que nem eu, nem meus colegas, nos importamos se um volume sequer da Enciclopédia for publicado. Ela serviu ao seu objetivo, já que conseguimos uma constituição imperial com o Imperador e, por meio disso, atraímos os cem mil humanos necessários para nosso esquema, além de mantê-los ocupados enquanto os eventos tomavam forma, até ser tarde demais para qualquer um deles recuar. Nos cinquenta anos em que vocês trabalharam neste projeto fraudulento... não há por que suavizar a expressão... a rota de fuga foi cortada, e agora vocês não têm escolha a não ser prosseguir no projeto infinitamente mais importante que era, ou é, nosso verdadeiro plano. Com esse propósito, nós colocamos vocês num planeta e numa época tais que, em cinquenta anos, vocês foram levados até um ponto onde não têm mais liberdade de ação. De agora em diante, e nos próximos séculos, o caminho que devem tomar é inevitável. Vocês enfrentarão uma série de crises, como esta primeira que estão enfrentando agora e, em cada caso, sua liberdade de ação se tornará circunscrita de forma semelhante, de modo que sejam forçados a trilhar um, e somente um, caminho. É este caminho que nossa psicologia tem trabalhado, e por uma razão. Por séculos, a civilização galáctica tem sofrido estagnação e declínio, embora poucos de nós sequer percebessem isso. Mas agora, finalmente, a Periferia está se fragmentando e a unidade política do Império está abalada. Em algum ponto nos cinquenta anos que se passaram, os historiadores do futuro colocarão uma linha arbitrária e dirão: "Esta linha marca a Queda do Império Galáctico". E eles estarão certos, embora praticamente ninguém venha a reconhecer essa Queda por mais alguns séculos. E, depois da Queda, virá a inevitável barbárie, um período que, nossa psico-história nos diz, deveria, sob circunstâncias comuns, durar trinta mil anos. Não podemos impedir a Queda. E tampouco desejamos, pois a cultura do Império perdeu a virilidade e o valor que teve um dia. Mas podemos encurtar o período de barbárie que deverá se seguir para um único milênio. Não podemos lhes contar os meandros desse encurtamento, assim como não pudemos lhes dizer a verdade sobre a Fundação cinquenta anos atrás. Se vocês descobrissem esses meandros, nosso plano poderia falhar; o mesmo teria acontecido se vocês tivessem descoberto a fraude da Enciclopédia antes; pois assim, por conhecimento, sua liberdade de ação seria expandida e o número de variáveis adicionais se tornaria maior do que nossa psicologia conseguiria lidar. Mas vocês não descobrirão, pois não há psicólogos em Terminus, e nunca houve, a não ser por Alurin... e ele era um dos nossos. Mas isto eu posso dizer a vocês: Terminus e sua fundação companheira, no outro lado da Galáxia, são as sementes do Renascimento e as futuras fundadoras de um Segundo Império Galáctico. E é a crise atual que está lançando Terminus a este clímax. Esta crise, a propósito, é um tanto direta, muito mais simples que muitas das que ainda virão. Para reduzi-la a seus elementos fundamentais, é o seguinte: vocês são um planeta subitamente cortado dos centros ainda civilizados da Galáxia e ameaçados por seus vizinhos mais fortes. São um pequeno mundo de cientistas, cercado por uma vasta onda de barbárie, em rápida expansão. São uma ilha de energia nuclear em um oceano cada vez maior de energia mais primitiva; mas, apesar disso, estão indefesos, devido à sua falta de metais. Vocês percebem, então, que estão encarando uma dura necessidade, e que são forçados à ação. A natureza dessa ação... isto é, a solução do seu dilema... é, claro, óbvia!

A imagem de Hari Seldon estendeu o braço a um espaço vazio e o livro reapareceu em sua mão. Ele o abriu e disse:

— Mas seja qual for o curso tortuoso que sua história futura possa vir a tomar, sempre avisem seus descendentes que o caminho já foi traçado e que, ao final, surgirá um império novo e maior!

E quando ele abaixou a cabeça para ler seu livro, a imagem tremeluziu e se apagou, enquanto as luzes voltavam a se acender.

Hardin olhou para cima e encontrou os olhos de Pirenne: tinham um ar trágico, e seus lábios tremiam.

A voz do presidente do Conselho era firme, mas neutra.

– Ao que parece, você tinha razão. Se quiser se reunir conosco às seis, o Conselho irá se consultar com você quanto ao nosso próximo movimento.

Eles apertaram sua mão, um a um, e foram embora; Hardin sorriu consigo mesmo. Eles estavam sendo fundamentalmente honestos; pois eram cientistas o bastante para reconhecer que estavam errados – mas, para eles, era tarde demais.

Olhou seu relógio. Àquela altura, tudo estava acabado. Os homens de Lee estavam no controle e o Conselho não dava mais ordens.

Os anacreonianos pousariam suas primeiras espaçonaves amanhã, mas estava tudo bem. Em seis meses, eles *também* não estariam mais dando ordens.

Na verdade, como Hari Seldon havia dito, e como Salvor Hardin havia adivinhado desde o dia em que Anselm haut Rodric primeiro lhe revelara a falta de energia nuclear de Anacreon – a solução dessa primeira crise era óbvia.

Óbvia como o diabo!

Parte 3
Os prefeitos

Os Quatro Reinos... Nome dado a essas partes da Província de Anacreon que romperam com o Primeiro Império nos primeiros anos da Era Fundacional para formar reinos independentes e de vida curta. O maior e mais poderoso desses reinos foi Anacreon, que em área...

...Indubitavelmente, o aspecto mais interessante da história dos Quatro Reinos envolve a estranha sociedade que lhes foi temporariamente imposta durante o governo de Salvor Hardin...

ENCICLOPÉDIA GALÁCTICA

1.

Uma delegação!

O fato de que Salvor Hardin sabia que isso iria acontecer não tornava as coisas mais agradáveis. Pelo contrário, ele achava que expectativas eram coisas bastante irritantes.

Yohan Lee defendia medidas extremas.

– Não sei, Hardin – disse ele –, por que precisamos perder mais tempo. Eles não podem fazer nada até as próximas eleições, pelo menos não legalmente, e isso nos dá um ano. Dê um chega-pra-lá neles.

Hardin mordeu os lábios.

– Lee, você não aprende nunca. Nos quarenta anos em que nos conhecemos, em nenhuma vez você aprendeu a arte cavalheiresca de chegar de mansinho por trás.

– Não é meu jeito de lutar – Lee resmungou.

– Sim, eu sei. Suponho que é por isso que você é o único homem em quem confio – ele fez uma pausa e pegou um charuto. – Já percorremos um longo caminho, Lee, desde que engendramos nosso golpe contra os enciclopedistas há tanto tempo. Estou ficando velho. Sessenta e dois anos. Você costuma pensar em como esses trinta anos correram?

Lee soltou um suspiro.

– *Eu* não me sinto velho, e estou com sessenta e seis.

– Sim, mas eu não tenho uma digestão boa como a sua – Hardin ficou chupando o charuto, preguiçosamente. Há muito deixara de desejar o suave tabaco vegano de sua juventude. Os dias em que o planeta Terminus traficava com todas as partes da Galáxia pertenciam ao limbo para o qual todos os Bons e Velhos Dias vão. Em direção ao mesmo limbo para o qual o Império Galáctico estava se encaminhando. Ele ficou se perguntando quem era o novo imperador – ou se havia algum imperador – ou algum império. Pelo espaço! Por trinta anos agora, desde a interrupção das comunicações ali na borda da Galáxia, todo o universo de Terminus havia consistido de si mesmo e dos quatro reinos que o cercavam.

Como os poderosos haviam caído! *Reinos!* Eles eram prefeitos nos velhos tempos, todos parte da mesma província que, por sua vez, fora parte de um setor, que por sua vez fora parte de um quadrante, que por sua vez fora parte de um Império Galáctico que a tudo abrangia. E agora que o Império havia perdido o controle sobre os confins mais distantes da Galáxia, esses pequenos grupos dissidentes de planetas se tornaram reinos – com reis e nobres de opereta e guerrinhas mesquinhas e sem sentido, além de uma vida que seguia, patética, por entre as ruínas.

Uma civilização decaindo. Energia nuclear esquecida. Ciência se desvanecendo e virando mitologia – até a Fundação intervir. A Fundação que Hari Seldon havia estabelecido justo para esse propósito, ali em Terminus.

Lee estava perto da janela e sua voz interrompeu o devaneio de Hardin.

– Eles chegaram – falou – num carro terrestre de último tipo, os fedelhos – deu alguns passos inseguros na direção da porta e olhou para trás.

Hardin sorriu e o chamou de volta.

– Já dei ordens para que eles fossem trazidos até aqui em cima.

– Aqui? Para quê? Você está dando muita importância para eles.

– Por que passar por todas as cerimônias da audiência oficial do prefeito? Estou ficando muito velho para toda pompa. Além do que, lisonjas são úteis quando você lida com jovens... particularmente quando não se compromete com nada – ele piscou. – Sente-se, Lee, e me dê seu apoio moral. Vou precisar dele, com esse jovem Sermak.

– Esse sujeito, Sermak – Lee disse com dureza –, é perigoso. Ele tem seguidores, Hardin, por isso não o subestime.

– E eu já subestimei alguém?

– Bem, então prenda-o! Você pode acusá-lo de uma coisa ou outra depois.

Hardin ignorou esse último conselho.

– Aí estão eles, Lee – em resposta ao sinal, ele pisou no pedal embaixo de sua mesa e a porta se abriu, deslizando para o lado.

Eles entraram em fila, os quatro que compunham a delegação, e Hardin fez um gesto educado, indicando as poltronas que ficavam de frente para sua mesa em um semicírculo. Eles se curvaram em mesuras e esperaram que o prefeito falasse primeiro.

Hardin abriu a tampa de prata curiosamente esculpida da caixa de charutos que um dia pertencera a Jord Fara, do antigo Conselho Diretor, nos dias há muito mortos dos Enciclopedistas. Era um genuíno produto imperial de

Santanni, embora os charutos que ela continha agora fossem de casa, mesmo. Um a um, com grave solenidade, os quatro membros da delegação aceitaram os charutos de modo ritual.

Sef Sermak era o segundo a contar da direita, o mais jovem do jovem grupo – e o mais interessante, com seu bigode louro arrepiado penteado com precisão e os olhos fundos de cor indefinida. Os outros três, Hardin ignorou quase imediatamente; eles não eram dirigentes, e isso estava estampado em suas caras. Foi em Sermak que ele se concentrou, o Sermak que já havia, em seu primeiro mandato no Conselho da Cidade, virado aquele indolente corpo político de pernas para o ar mais de uma vez, e foi a Sermak que ele falou:

– Eu estava particularmente ansioso para vê-lo, Conselheiro, desde seu excelente discurso no mês passado. Seu ataque contra a política externa deste governo foi bem competente.

Os olhos de Sermak o fuzilaram.

– Seu interesse me honra. O ataque pode ter sido competente ou não, mas certamente foi justificado.

– Talvez! Suas opiniões são suas, é claro. Mas o senhor ainda é muito jovem.

– É um defeito do qual a maioria das pessoas é culpada em algum momento de suas vidas – foi a resposta seca. – Quando o senhor se tornou prefeito da Cidade, tinha dois anos a menos que eu hoje.

Hardin sorriu para si mesmo. O moleque era osso duro de roer.

Ele disse:

– Percebo agora que o senhor veio me ver para tratar dessa mesma política externa que o irrita tanto na Câmara do Conselho. O senhor está falando por seus três colegas, ou devo ouvir a cada um de vocês em separado?

Olhares rápidos mútuos trocados entre os quatro jovens, um piscar rápido de pálpebras e Sermak disse, sério:

– Eu falo pelo povo de Terminus – um povo que não é verdadeiramente representado no corpo burocrático que eles chamam de Conselho.

– Entendo. Vá em frente, então!

– A questão é a seguinte, Sr. Prefeito. Nós estamos insatisfeitos...

– Quando diz "nós" o senhor quer dizer "o povo", não?

Sermak o encarou com hostilidade e, sentindo uma armadilha, respondeu com frieza:

– Creio que minha visão reflete a da maioria dos eleitores de Terminus. Está bom para o senhor?

– Ora, uma declaração dessas precisa ser comprovada, mas vá em frente, de qualquer maneira. Os senhores estão insatisfeitos.

– Sim, insatisfeitos com a política que, por trinta anos, tem deixado Terminus indefesa contra o inevitável ataque de fora.

– Sei. E...? Continue, continue.

– É bom que o senhor tenha previsto isso. E, assim, estamos formando um novo partido político; um partido que defenderá as necessidades imediatas de Terminus e não um "destino manifesto" místico do futuro império. Vamos colocar o senhor e seu grupelho de puxa-sacos apaziguadores para fora da Prefeitura... e vai ser em breve.

– A não ser que...? Porque sempre há um "a não ser que", você sabe.

– Não é grande coisa, neste caso: a não ser que o senhor renuncie já. Não estou lhe pedindo que mude sua política: eu não confio no senhor a esse ponto. Suas promessas não valem nada. Uma renúncia direta é tudo o que aceitaremos.

– Sei – Hardin cruzou as pernas e balançou a cadeira para trás. – Este é o seu ultimato. Elegante da sua parte me dar um aviso prévio. Mas, sabe, acho que vou ignorá-lo.

– Não pense que foi um aviso, Sr. Prefeito. Foi um anúncio de princípios e de ação. O novo partido já foi formado e começará suas atividades oficiais amanhã. Não há nem espaço, nem desejo, para acordos e, francamente, apenas nosso reconhecimento pelos seus serviços para a Cidade nos trouxe aqui para oferecer a saída mais fácil. Eu não achei que o senhor fosse aceitar, mas minha consciência está limpa. A próxima eleição será outro lembrete, mais forçoso e irresistível, de que a renúncia é necessária.

Ele se levantou e fez um gesto para que o resto o acompanhasse. Hardin levantou o braço:

– Espere! Sente-se!

Sef Sermak tornou a se sentar com um entusiasmo um pouco acima do normal, e Hardin sorriu por trás de um rosto sério. Apesar de suas palavras, ele estava esperando uma oferta.

– Exatamente de que maneira você quer que nossa política externa mude?

— perguntou Hardin. — Você quer que nós ataquemos os Quatro Reinos, agora, imediatamente, e todos os quatro ao mesmo tempo?

— Eu não sugeri nada disso, Sr. Prefeito. A nossa proposta simples é que toda a atitude de pacificação cesse imediatamente. Por intermédio de sua administração, o senhor efetuou uma política de apoio científico aos Reinos. O senhor lhes deu energia nuclear. O senhor os ajudou a reconstruir usinas em seus territórios. O senhor abriu clínicas médicas, laboratórios e fábricas químicas.

— Bem? E qual é sua objeção?

— O senhor fez isso para evitar que eles nos atacassem. Com essas coisas como suborno, o senhor bancou o idiota num colossal jogo de chantagem, no qual permitiu que Terminus fosse sugado... com o resultado de que agora estamos à mercê desses bárbaros.

— De que maneira?

— Como o senhor lhes deu energia, armas, chegou até a consertar as naves de suas marinhas, eles são infinitamente mais fortes do que há três décadas. As exigências deles estão aumentando e, com suas armas novas, acabarão por satisfazer todas as suas exigências de uma vez só, por uma anexação violenta de Terminus. Não é assim que uma chantagem normalmente termina?

— E sua solução?

— Pare com os subornos imediatamente, enquanto pode. Gaste seus esforços fortalecendo Terminus... e ataque primeiro!

Hardin olhava o bigodinho louro do rapaz com um interesse quase mórbido. Sermak estava seguro de si, ou não falaria tanto. Não havia dúvida de que suas observações eram o reflexo de um segmento bem grande da população; talvez imenso.

Sua voz não traiu a corrente ligeiramente perturbada de seus pensamentos. Era quase negligente.

— Terminou?

— Por ora.

— Bem, então, você consegue ver a frase emoldurada na parede atrás de mim? Leia, por gentileza!

Sermak retorceu os lábios:

— "A violência é o último refúgio do incompetente". Essa é a doutrina de um velho, Sr. Prefeito.

– Eu a apliquei quando jovem, Sr. Conselheiro... e com sucesso. Você estava ocupado nascendo quando isso aconteceu, mas talvez possa ter lido algo a respeito na escola – ele olhou Sermak de perto e continuou em tons medidos. – Quando Hari Seldon estabeleceu a Fundação aqui, foi com a finalidade ostensiva de produzir uma grande Enciclopédia e, por cinquenta anos, nós seguimos esse sonho impossível, antes de descobrir do que ele realmente estava atrás. Naquele momento, quase já era muito tarde. Quando as comunicações com as regiões centrais do velho império foram interrompidas, descobrimos que éramos um mundo de cientistas concentrados numa única cidade, que não possuía indústrias e estava cercado por reinos recém-criados, hostis e, em grande parte, bárbaros. Nós éramos uma minúscula ilha de energia nuclear neste oceano de barbárie e um prêmio de valor infinito. Anacreon, que era na época o que é hoje, o mais poderoso dos Quatro Reinos, exigiu e chegou a estabelecer uma base militar em Terminus, e os então governantes da Cidade, os Enciclopedistas, sabiam muito bem que aquilo era apenas uma preliminar para a tomada do planeta inteiro. Era assim que as coisas estavam quando eu... ahn... assumi o atual governo. O que você teria feito?

Sermak deu de ombros.

– É uma questão acadêmica. É claro, eu sei o que *você* fez.

– Mas vou repetir assim mesmo. Talvez você não tenha entendido direito. A tentação de reunir as forças que tínhamos e iniciar um combate foi grande. É a saída mais fácil e a mais satisfatória para a autoestima... mas, de forma quase invariável, é a mais burra. *Você* teria feito isso; você e seu papo de "atacar primeiro". O que eu fiz, em vez disso, foi visitar os três outros reinos, um a um; ressaltar a cada um deles que permitir que o segredo da energia nuclear caísse nas mãos de Anacreon era o meio mais rápido de cortarem as próprias gargantas; e sugeri gentilmente que fizessem o que era mais óbvio. E isso foi tudo. Um mês depois que a força anacreoniana pousou em Terminus, o rei deles recebeu um ultimato conjunto de seus três vizinhos. Em sete dias, o último anacreoniano estava fora de Terminus. Agora me diga: onde estava a necessidade de violência?

O jovem conselheiro ficou olhando para a ponta de seu charuto pensativamente, e jogou-o no incinerador.

– Não consigo ver a analogia. Insulina traz um diabético ao normal sem a menor necessidade de uma faca, mas apendicite precisa de uma cirurgia. Não se pode evitar isso. Quando outros cursos de ação fracassam, o que resta a não ser, como o senhor disse, o último refúgio? A culpa de estarmos nesse ponto agora é sua.

– Minha? Ah, sim, novamente, minha política de apaziguamento. Parece que você ainda não entendeu as necessidades fundamentais de nossa posição. Nosso problema não acabou com a partida dos anacreonianos. Eles só haviam começado. Os Quatro Reinos eram mais nossos inimigos do que nunca, pois cada um deles queria energia nuclear... e cada um deles foi mantido longe de nossas gargantas apenas por medo dos outros três. Nós estamos equilibrados na ponta de uma espada muito afiada, e o menor deslize em qualquer direção; se, por exemplo, um reino se tornar forte demais, ou se dois reinos formarem uma coalizão... Você entendeu?

– Certamente. Era essa a hora de fazer preparativos para a guerra.

– Pelo contrário. Essa era a hora de começar a prevenção total da guerra. Eu os joguei uns contra os outros. E ajudei um de cada vez. Ofereci a eles ciência, comércio, educação, medicina científica. Fiz com que Terminus tivesse mais valor para eles como um mundo florescente do que como troféu militar. Funcionou por trinta anos.

– Sim, mas o senhor foi forçado a cercar esses presentes científicos das pantomimas mais ultrajantes. O senhor fez disso metade religião, metade conversa fiada. O senhor erigiu uma hierarquia de sacerdotes e rituais complicados e sem sentido.

– E daí? – Hardin franziu a testa. – Não vejo o que isso possa ter a ver com a questão. Comecei assim porque os bárbaros olhavam para nossa ciência como uma espécie de feitiçaria, e era mais fácil fazer com que eles aceitassem isso nessa base. O clero se autocriou e se os ajudamos, é porque estamos apenas seguindo a linha de menor resistência. É uma questão menor.

– Mas esses sacerdotes estão encarregados das usinas nucleares. Esta *não é* uma questão menor.

– É verdade, mas *nós* os treinamos. O conhecimento que eles têm sobre as ferramentas é puramente empírico; e eles têm uma firme crença nas pantomimas que os cercam.

– E se um deles enxergar além da pantomima e tiver a ideia de colocar o empirismo de lado, como faremos para impedi-lo de aprender técnicas verdadeiras e vendê-las para quem der mais? Quanto valor teremos para os reinos, então?

— Há pouca chance de isso acontecer, Sermak. Você está sendo superficial. Os melhores homens dos planetas dos reinos são enviados aqui para a Fundação todos os anos e educados no sacerdócio. E, destes, os melhores permanecem aqui, como estudantes pesquisadores. Se você pensa que os que restam, que não têm praticamente nenhum conhecimento dos elementos da ciência, ou, pior ainda, com o conhecimento distorcido que os sacerdotes recebem, poderiam penetrar as fronteiras da energia nuclear, da eletrônica, da teoria da hiperdobra... você tem uma ideia muito romântica e muito tola da ciência. São necessárias vidas inteiras e um excelente cérebro para chegar tão longe.

Yohan Lee havia se levantado bruscamente durante o discurso e deixado a sala. Agora já estava de volta, e quando Hardin terminou de falar, ele se curvou e disse algo no ouvido de seu superior. Um sussurro foi trocado e um cilindro de chumbo foi entregue. Então, com um rápido olhar hostil para a delegação, Lee voltou para a sua cadeira.

Hardin ficou girando o cilindro de ponta a ponta em suas mãos, vendo a delegação por entre olhos semicerrados. E então ele o abriu com um giro rápido e súbito, e apenas Sermak teve o bom senso de não dar uma rápida olhada no papel enrolado que caiu.

— Resumindo, cavalheiros — disse. — O Governo é de opinião de que sabe o que está fazendo.

Ele lia enquanto falava. Havia linhas de um código intricado e sem sentido que cobriam a página e três palavras escritas a lápis num canto que transmitiam a mensagem. Ele olhou-a num relance e jogou o papel, despreocupadamente, no tubo do incinerador.

— Isso — Hardin disse então — conclui a entrevista, receio. Foi um prazer receber todos vocês. Obrigado por terem vindo — apertou superficialmente a mão de cada um e eles saíram em fila.

Hardin quase se livrara do hábito de dar gargalhadas, mas depois que Sermak e seus três parceiros silenciosos estavam bem longe, ele se permitiu um riso seco e deu uma olhada divertida para Lee.

— Gostou dessa batalha de blefes, Lee?

Lee grunhiu, rabugento:

— Não tenho certeza se *ele* estava blefando. Trate-o com luvas de pelica e é bem capaz de que o rapaz vença a próxima eleição, assim como está dizendo.

— Ah, é bem capaz, bem capaz... Se nada acontecer antes.

— Certifique-se de que elas não aconteçam na direção errada desta vez, Hardin. Estou lhe dizendo, esse Sermak tem seguidores. E se ele não esperar até a próxima eleição? Houve um tempo em que você e eu resolvíamos as coisas pela violência, apesar de seu slogan sobre o que é a violência.

Hardin ergueu uma sobrancelha.

— Você está *mesmo* pessimista hoje, Lee. E, singularmente do contra também, caso contrário não falaria de violência. Nosso próprio pequeno *putsch* foi feito sem perda de vidas, lembre-se disso. Foi uma medida necessária, efetuada no momento adequado, e correu tranquilamente, de forma indolor e praticamente sem esforços. Quanto a Sermak, ele está contra uma proposição diferente. Você e eu, Lee, não somos os Enciclopedistas. *Nós* estamos preparados. Coloque seus homens para vigiar esses jovens de modo sutil, velho amigo. Não deixe que eles saibam que estão sendo vigiados... mas olho vivo, entendeu?

Lee riu com divertimento ácido:

— Eu seria muito bom mesmo se ficasse esperando pelas suas ordens, não é, Hardin? Sermak e seus homens já estão sob vigilância há um mês.

O prefeito riu.

— Você já se adiantou, hein? Tudo bem. A propósito — ele observou, e acrescentou suavemente —, o Embaixador Verisof está voltando a Terminus. Temporariamente, espero.

Houve um breve silêncio, ligeiramente aterrorizado, e então Lee disse:

— Era essa a mensagem? As coisas já estão desabando?

— Não sei. Não saberei dizer até ouvir o que Verisof tem a dizer. Mas pode ser. Afinal, elas *têm de* acontecer antes da eleição. Mas por que você está com essa cara tão desanimada?

— Porque não sei como isso tudo vai acabar. Você está indo muito fundo, Hardin, e está jogando de forma muito perigosa.

— Até você? — murmurou Hardin. E, em voz alta: — Isso quer dizer que você vai entrar para o novo partido de Sermak?

Lee sorriu, contrariado.

— Está certo. Você venceu. Que tal um almoço agora?

2.

Existem muitos epigramas atribuídos a Hardin – que era um epigramista empedernido –, muitos dos quais são provavelmente apócrifos. Não obstante, é relatado que, em certa ocasião, ele disse:

– Ser óbvio compensa, especialmente se você tiver uma reputação de sutileza.

Poly Verisof já tinha tido a ocasião de agir com base nesse conselho mais de uma vez, pois ele estava agora no décimo quarto ano de seu status duplo em Anacreon – um status duplo cuja manutenção o lembrava, com frequência e de modo desagradável, uma dança executada de pés descalços sobre uma chapa de metal quente.

Para o povo de Anacreon, ele era sumo sacerdote, representante daquela Fundação que, para aqueles "bárbaros", era o ápice do mistério e o centro físico da religião que eles haviam criado – com a ajuda de Hardin – nas últimas três décadas. Como tal, ele recebia uma homenagem que havia se tornado terrivelmente desgastante, pois desprezava, com sua alma, o ritual de que era o centro.

Mas para o Rei de Anacreon – o velho anterior, e o jovem neto que estava agora no trono – ele era, simplesmente, o embaixador de uma potência outrora temida e cobiçada.

No todo, era um trabalho incômodo, e sua primeira viagem à Fundação em três anos, apesar do incidente perturbador que a tornara necessária, era quase como umas férias.

E como não era a primeira vez em que ele tinha de viajar em sigilo absoluto, mais uma vez fez uso do epigrama de Hardin quanto aos usos do óbvio.

Colocou suas roupas civis – o que por si só constituía um feriado – e embarcou em um cruzador de passageiros que ia para a Fundação, de segunda classe. Assim que chegou a Terminus, abriu caminho por entre a multidão no espaçoporto e ligou para a Prefeitura num visifone público.

– Meu nome é Jan Smite – falou. – Tenho uma reunião marcada com o prefeito hoje à tarde.

A jovem de voz morta, porém eficiente, do outro lado fez uma segunda ligação e trocou algumas rápidas palavras, e então disse para Verisof em um tom seco e mecânico:

– O Prefeito Hardin o verá em meia hora, senhor – e a tela escureceu.

E então o embaixador da Fundação em Anacreon comprou a última edição do *Diário* da Cidade de Terminus, caminhou devagar até o Parque da Prefeitura e, sentando-se no primeiro banco vazio que encontrou, leu o editorial, a seção de esporte e os quadrinhos enquanto esperava. Ao final de meia hora, enfiou o jornal debaixo do braço, entrou na Prefeitura e se apresentou na antessala.

Durante todo esse tempo, ele permaneceu segura e completamente irreconhecível, pois como estava tão inteiramente óbvio, ninguém olhava em sua direção duas vezes.

Hardin levantou a cabeça, olhou para ele e sorriu.

– Quer um charuto? Como foi a viagem?

Verisof pegou um charuto.

– Interessante. Havia um sacerdote na cabine ao lado que estava vindo para cá, a fim de fazer um curso especial de preparação de produtos sintéticos radioativos... para tratamento de câncer, você sabe...

– Mas certamente eles não chamam isso de produtos sintéticos radioativos, chamam?

– Lógico que *não*! Para ele, isso era o Alimento Sagrado.

– Continue – o prefeito sorriu.

– Ele me pegou numa discussão teológica e deu o melhor de si para me elevar acima do materialismo sórdido.

– E não reconheceu seu próprio sumo sacerdote?

– Sem meu manto rubro? Além do mais, era um smyrniano. Mas foi uma experiência interessante. É *realmente* notável, Hardin, como a religião da ciência pegou. Já escrevi um ensaio sobre o assunto... inteiramente para meu próprio divertimento; ele não poderia ser publicado. Tratando o problema sociologicamente, é como se, quando o velho império começou a apodrecer pelas beiradas, poderia ser considerado que a ciência, como ciência, tivesse fracassado nos mundos externos. Para voltar a ser aceita, ela teria de se apresentar com outro disfarce: e foi exatamente o que ela fez. Funciona lindamente quando se usa lógica simbólica para ajudar.

– Que interessante! – o prefeito apoiou a nuca nas mãos entrelaçadas e disse, subitamente: – Comece a falar sobre a situação em Anacreon!

O embaixador franziu a testa e tirou o charuto da boca. Olhou para ele com nojo e o apagou.

— Bem, está muito ruim.

— Senão, você não estaria aqui.

— Dificilmente. Eis a posição. O homem-chave em Anacreon é o Príncipe Regente, Wienis. Ele é tio do Rei Lepold.

— Eu sei. Mas Lepold vai atingir a maioridade no ano que vem, não vai? Creio que ele completará dezesseis anos em fevereiro.

— Isso — pausa, e depois um acréscimo seco. — *Se* ele sobreviver. O pai do rei morreu sob circunstâncias suspeitas. Uma bala-agulha no peito, durante uma caçada. Disseram que foi acidente.

— Humf. Acho que me lembro de Wienis da primeira vez em que estive em Anacreon, quando os chutamos para fora de Terminus. Isso foi antes do seu tempo. Vamos ver agora. Se bem me lembro, ele era um sujeito moreno e jovem, de cabelos pretos e o olho direito meio caído. Tinha um nariz gozado, meio aquilino.

— É ele. O nariz e o olho estão no mesmo lugar, mas os cabelos agora são grisalhos. Ele joga sujo. Por sorte, é a mais rematada besta do planeta. Gosta de se exibir como um sujeito ardiloso também, o que torna suas maquinações mais transparentes.

— Geralmente, o negócio é esse mesmo.

— A ideia que ele tem de quebrar um ovo é com uma explosão nuclear. É só testemunhar o imposto sobre a propriedade do Templo que tentou impor logo após a morte do velho rei, dois anos atrás. Lembra?

Hardin assentiu pensativo, e então sorriu.

— Os sacerdotes botaram a boca no trombone.

— Eles fizeram um escândalo que você podia ouvir até em Lucreza. Desde então, ele passou a demonstrar mais cautela na hora de lidar com os sacerdotes, mas ainda consegue fazer as coisas da maneira mais difícil. De certa forma, é uma infelicidade para nós; ele tem uma autoconfiança ilimitada.

— Provavelmente um complexo de inferioridade supercompensado. Filhos mais novos da realeza ficam assim, sabia?

— Mas, no fundo, é a mesma coisa. Ele está espumando de ansiedade para atacar a Fundação. Ele mal se dá ao trabalho de esconder isso. E está em posição de fazê-lo, também, do ponto de vista de armamentos. O velho rei construiu uma magnífica marinha e Wienis não tem parado quieto há dois anos. Na verdade, os impostos sobre a propriedade do Templo tinham, originalmente, o objetivo de ampliar o armamento e, quando isso falhou, ele dobrou o imposto de renda.

– Alguém reclamou?

– Nada sério. Obediência à autoridade do momento era o texto de todos os sermões no reino, havia semanas. Não que Wienis demonstrasse qualquer gratidão.

– Está certo. Já entendi o plano geral. Agora, o que aconteceu?

– Há duas semanas, uma nave mercante anacreoniano deu de cara com um cruzador de batalha perdido, da antiga marinha imperial. Ele deve ter ficado vagando no espaço por pelo menos três séculos.

Os olhos de Hardin brilharam de interesse. Ele se sentou ereto.

– Sim, ouvi falar nisso. O Conselho de Navegação me enviou uma petição pedindo para obter a nave para fins de estudo. Está em boas condições, pelo que sei.

– Em condições boas até demais – Verisof respondeu, seco. – Quando Wienis recebeu sua sugestão, semana passada, de que entregasse a nave para a Fundação, ele quase teve um troço.

– Ele ainda não respondeu.

– E nem vai... a não ser que seja com armas, ou pelo menos é o que ele pensa. Sabe, ele me procurou no dia em que deixei Anacreon e solicitou que a Fundação colocasse esse cruzador em condições de combate e o entregasse à marinha de Anacreon. Ele teve o desplante infernal de dizer que sua nota da semana passada indicava um plano da Fundação para atacar Anacreon. E que a recusa em consertar o cruzador de batalha confirmaria suas suspeitas; indicou que seria forçado a tomar medidas para a autodefesa de Anacreon. Essas foram as palavras dele. Seria forçado! E é por isso que estou aqui.

Hardin riu, achando a maior graça. Verisof sorriu e continuou.

– Naturalmente, ele espera uma recusa, e isso seria uma desculpa perfeita, aos olhos dele, para um ataque imediato.

– Isso eu sei, Verisof. Bem, nós temos pelo menos seis meses de vantagem, então mande consertar a nave e devolva-a com meus cumprimentos. Mande rebatizá-la de Wienis, como sinal de nossa estima e afeto.

Tornou a rir.

E mais uma vez Verisof respondeu com um vestígio ínfimo de sorriso.

— Suponho que seja o passo lógico a se tomar, Hardin... mas estou preocupado.

— Com o quê?

— É uma *nave*! Eles *sabiam construir* naqueles tempos. A capacidade cúbica dela é de uma vez e meia a de toda a marinha anacreoniana. Ela tem rajadas nucleares capazes de explodir um planeta, e um escudo que podia resistir a um raio-Q sem produzir radiação. É bom demais, Hardin...

— Superficial, Verisof, superficial. Nós sabemos que o armamento que ele tem agora poderia derrotar Terminus prontamente, muito antes que conseguíssemos consertar o cruzador para nosso próprio uso. O que importa, então, se lhe dermos o cruzador também? Você sabe que a coisa nunca vai chegar à guerra de fato.

— Suponho que sim. Sim — o embaixador olhou para cima. — Mas, Hardin...

— Bem? Por que você parou? Continue.

— Escute. Esta aqui não é minha província. Mas andei dando uma lida no jornal — ele colocou o *Diário* sobre a mesa e indicou a primeira página. — O que é isto?

Hardin deu uma olhada casual.

— "Um grupo de Conselheiros está formando um novo partido político."

— É o que está dizendo aí — Verisof estava sem graça. — Eu sei que você está mais ligado às questões internas que eu, mas eles estão atacando você com tudo, menos violência física. Qual a força que possuem?

— Muita. Eles provavelmente irão controlar o Conselho depois da próxima eleição.

— Não antes? — Verisof olhou de banda para o prefeito. — Existem maneiras de se obter controle sem eleições.

— Você me toma por Wienis?

— Não. Mas consertar a nave levará meses, e um ataque depois é certo. Se cedermos, isso será visto como um sinal de fraqueza e a adição do cruzador imperial simplesmente dobrará a força da marinha de Wienis. Ele atacará, tão certo quanto eu sou um sumo sacerdote. Por que correr riscos? Faça uma coisa: ou revele o plano da campanha para o Conselho ou force a questão com Anacreon agora!

Hardin franziu a testa.

– Forçar a questão agora? Antes que a crise surja? Essa é exatamente a coisa que não devo fazer. Hari Seldon e o Plano, você sabe.

Verisof hesitou, e então resmungou:

– Então você tem certeza absoluta de que existe um Plano?

– Eu dificilmente poderia ter qualquer dúvida – foi a resposta ríspida. – Estava presente na abertura do Cofre do Tempo e vi a gravação de Seldon revelada na ocasião.

– Eu não quis dizer isso, Hardin. Só não entendo como poderia ser possível mapear a história com mil anos de antecedência. Talvez Seldon tenha se superestimado – ele se encolheu um pouco com o sorriso irônico de Hardin, e acrescentou: – Bem, eu não sou psicólogo.

– Exatamente. Nenhum de nós é. Mas recebi algum treinamento elementar na juventude... o suficiente para saber do que a psicologia é capaz, ainda que eu não possa explorar suas capacidades por conta própria. Não há dúvidas de que Seldon fez exatamente o que afirma ter feito. A Fundação, como ele diz, foi estabelecida como um refúgio científico... o meio pelo qual a ciência e a cultura do Império moribundo seriam preservadas durante os séculos de barbárie que começaram, para serem reacendidas no fim, em um Segundo Império.

Verisof assentiu, com um pouco de dúvida.

– Todo mundo sabe que isso é o que *deveria* ser. Mas será que podemos nos dar ao luxo de correr riscos? Podemos arriscar o presente por um futuro nebuloso?

– Precisamos... pois o futuro não é nebuloso. Ele foi calculado por Seldon e mapeado. Cada crise sucessiva em nossa história é mapeada e cada uma delas depende, em certa medida, da conclusão bem-sucedida das anteriores. Esta é somente a segunda crise e, sabe lá o espaço, que efeito até mesmo um ínfimo desvio teria no fim.

– Essa é uma especulação vazia.

– *Não!* Hari Seldon disse, no Cofre do Tempo, que em cada crise nossa liberdade de ação se tornaria circunscrita ao ponto onde apenas um curso de ação seria possível.

– Para nos manter sempre no caminho reto?

— Para evitar que nos desviemos, sim. Mas enquanto *mais de um* curso de ação for possível, a crise ainda não chegou. Nós *precisamos* deixar as coisas seguirem seu curso enquanto pudermos, e, pelo espaço, é isso o que eu pretendo fazer.

Verisof não respondeu. Ficou mordendo o lábio inferior num silêncio irritado. Hardin havia discutido aquilo com ele no ano anterior: o verdadeiro problema; o problema de conter as preparações hostis de Anacreon. E somente porque ele, Verisof, havia resistido ferozmente a um apaziguamento maior.

Hardin pareceu seguir os pensamentos de seu embaixador.

— Eu preferiria nunca ter dito nada a você sobre isso.

— Por que você diz isso? — Verisof gritou surpreso.

— Porque neste momento há seis pessoas, você e eu, os outros três embaixadores e Yohan Lee, que têm uma boa ideia do que está vindo à frente; e estou com um medo danado de que a ideia de Seldon era de que ninguém soubesse.

— Por quê?

— Porque mesmo a psicologia avançada de Seldon era limitada. Ele não podia lidar com muitas variáveis independentes. Ele não podia trabalhar com indivíduos em nenhum período de tempo; assim como você não conseguiria aplicar a teoria cinética dos gases a moléculas individuais. Ele trabalhava com multidões, populações de planetas inteiros, e somente multidões *cegas* que não têm conhecimento prévio dos resultados de suas próprias ações.

— Isso não está claro.

— Não posso evitar. Não sou psicólogo o suficiente para explicar isso de modo científico. Mas disso você sabe. Não existem psicólogos treinados em Terminus, e nenhum texto matemático sobre essa ciência. Está claro que ele queria que ninguém em Terminus fosse capaz de pensar com antecedência no futuro. Seldon queria que avançássemos cegos... e portanto corretamente... segundo a lei da psicologia de massas. Assim como lhe contei um dia, eu nunca soube para onde estávamos indo quando afastei os anacreonianos pela primeira vez. Minha ideia tinha sido a de manter o equilíbrio de poder, nada mais que isso. Foi apenas depois que achei ter visto um padrão nos eventos; mas dei o melhor de mim para não agir com base nesse conhecimento. Interferência vinculada à antecipação teria destruído o Plano.

Verisof assentiu pensativo.

— Já ouvi argumentos quase tão complicados nos Templos lá em Anacreon. Como você espera detectar o momento exato para agir?

— Ele já foi detectado. Você admite que, assim que consertarmos o cruzador, nada impedirá Wienis de nos atacar. Não haverá mais nenhuma alternativa nesse ponto.

— Isso.

— Está certo. Isso dá conta do aspecto externo. Enquanto isso, você também admite que a próxima eleição verá um Conselho novo e hostil que forçará uma ação contra Anacreon. Não há alternativa a isso.

— Sim.

— E assim que todas as alternativas desaparecerem, a crise chega. Mesmo assim... estou preocupado.

Fez uma pausa, e Verisof aguardou. Lentamente, de modo quase relutante. Hardin continuou:

— Tenho a ideia... é apenas uma noção... de que as pressões externas e internas foram planejadas para acontecer simultaneamente. Do jeito que estamos, há uma diferença de alguns meses. Wienis provavelmente atacará antes da primavera, e as eleições ainda estão a um ano de distância.

— Isso não parece importante.

— Não sei. Pode ser devido a erros inevitáveis de cálculo ou ao fato de que eu sabia demais. Nunca tentei deixar o que já sabia influenciar minhas ações, mas como posso saber? E que efeito essa discrepância terá? De qualquer maneira — ele levantou a cabeça –, há uma coisa que decidi.

— E o que é?

— Quando a crise começar a surgir, irei a Anacreon. Quero estar no local... Ah, já chega, Verisof. Está ficando tarde. Vamos sair e aproveitar a noite. Quero relaxar um pouco.

— Então relaxe aqui – disse Verisof. — Não quero ser reconhecido, ou você sabe o que este novo partido que seus preciosos Conselheiros estão formando diria. Peça o conhaque.

E Hardin pediu... mas não demais.

3.

Nos dias antigos, quando o Império Galáctico havia abraçado a Galáxia e Anacreon fora a mais rica das prefeituras da Periferia, mais de um imperador havia visitado oficialmente o Palácio do Vice-Rei. E nenhum deles havia partido sem pelo menos o esforço de medir sua habilidade com a aerocicleta e a arma-agulha contra a fortaleza voadora emplumada que chamavam de pássaro nyak.

A fama de Anacreon havia murchado até desaparecer com a decadência dos tempos. O Palácio do Vice-Rei era uma massa de ruínas cheia de correntes de ar, a não ser pela ala que os trabalhadores da Fundação haviam restaurado. E nenhum imperador havia sido visto em Anacreon por duzentos anos.

Mas a caçada ao nyak ainda era o esporte real, e um bom olho na hora de usar a arma-agulha ainda era a primeira coisa que se exigia dos reis de Anacreon.

Lepold I, Rei de Anacreon e – como era acrescentado invariavelmente, mas não verdadeiramente – Senhor dos Domínios Exteriores, embora ainda não tivesse dezesseis anos, já havia provado sua habilidade muitas vezes. Havia derrubado seu primeiro nyak aos treze anos; havia derrubado seu décimo na semana anterior à sua subida ao trono; e agora estava voltando de seu quadragésimo sexto.

– Cinquenta antes de atingir a maioridade – ele havia exultado. – Quem aceita a aposta?

Mas cortesãos não apostam contra a habilidade do rei. Existe o perigo mortal de ganhar. Então, ninguém se habilitou e o rei saiu para trocar de roupa num excelente humor.

– Lepold!

O rei estacou, no meio do caminho, para a única voz que poderia fazê-lo parar. Virou-se, de mau humor.

Wienis estava parado sob o limiar de seus aposentos e olhou, irritado, para seu jovem sobrinho.

– Mande-os embora – ele fez um gesto impaciente. – Livre-se deles.

O rei assentiu com um gesto rápido e os dois camareiros se curvaram e desceram as escadas. Lepold entrou no quarto de seu tio.

Wienis olhou morosamente para o traje de caça do rei.

– Você terá coisas mais importantes a fazer do que caçar nyaks, muito em breve.

Ele virou as costas e foi andando a passo firme até sua mesa. Como tinha ficado velho demais para a rajada de ar, o mergulho perigoso dentro da batida da asa do nyak, o controle do movimento da aerocicleta ao toque de um pé, havia se amargurado com o esporte inteiro.

Lepold notou a atitude ressentida de seu tio e não foi sem malícia que começou, entusiasticamente:

– Mas o senhor deveria ter vindo conosco hoje, tio. Nós pegamos um nas áreas selvagens de Samia que era um monstro. E nos deu um belo trabalho. Nós o caçamos por duas horas por, pelo menos, cento e oitenta quilômetros quadrados de terreno. E então subi na direção do sol – fez um gesto ilustrativo, como se estivesse mais uma vez em sua aerocicleta – e mergulhei. Peguei-o na subida, logo abaixo da asa esquerda. Isso o enlouqueceu e ele caiu de lado. Eu paguei para ver e virei tudo para a esquerda, esperando que ele mergulhasse. E é claro que ele caiu. Estava a um bater de asa quando eu me movi e então...

– Lepold!

– Ué! Eu peguei o bicho!

– Eu sei que pegou. Agora, *quer prestar atenção?*

O rei deu de ombros e gravitou até a ponta da mesa, onde pegou uma castanha de Lera e a mordiscou com um mau humor nada majestoso. Ele não ousou olhar nos olhos do tio.

Wienis disse, a título de preâmbulo:

– Estive na nave hoje.

– Que nave?

– Só existe uma nave. *A* nave. Aquela que a Fundação está consertando para a marinha. O velho cruzador imperial. Está entendendo agora?

– Ah, essa? Sabe, eu disse ao senhor que a Fundação consertaria a nave se nós pedíssemos. É tudo bobagem, o senhor sabe, essa sua história de que eles querem nos atacar. Porque, se quisessem, por que consertariam a nave? Não faz sentido, sabe.

– Lepold, você é um idiota!

O rei, que havia acabado de descartar a casca da castanha de Lera e estava levando outra à boca, ficou vermelho.

– Ora, escute aqui – disse, com uma raiva que era pouco mais do que rabugice. – Acho que o senhor não devia me chamar assim. O senhor está se esquecendo do seu lugar. Em dois meses eu alcançarei a maioridade, o senhor sabe.

– Sim, e você está em uma ótima posição para assumir responsabilidades reais. Se passasse metade do tempo que passa em caça aos nyaks cuidando de questões públicas, eu abriria mão da regência agora mesmo, com a consciência tranquila.

– Eu não ligo. Isso não tem nada a ver com o caso, você sabe. O fato é que, mesmo que você seja o regente e meu tio, eu ainda sou rei e o senhor ainda é meu súdito. O senhor não devia me chamar de idiota e não devia se sentar em minha presença, de qualquer maneira. O senhor não pediu minha permissão. Acho que devia tomar cuidado ou eu poderia fazer alguma coisa a respeito... muito em breve.

O olhar de Wienis era frio.

– Posso me referir a você como "sua majestade"?

– Pode.

– Muito bem! O senhor é um idiota, sua majestade!

Seus olhos escuros queimavam sob suas sobrancelhas grisalhas e o jovem rei se sentou, devagar. Por um instante, houve uma satisfação sarcástica no rosto do regente, mas ela desapareceu rapidamente. Seus lábios grossos se abriram em um sorriso, e uma das mãos pousou sobre o ombro do rei.

– Deixe para lá, Lepold. Eu não deveria ter falado tão duramente com você. Às vezes é difícil se comportar com verdadeira propriedade quando a pressão desses eventos é assim... você entende? – mas, se as palavras eram conciliatórias, havia algo em seus olhos que não havia suavizado.

Lepold disse, com insegurança:

– Sim. Questões de Estado são muito difíceis, você sabe – ele ficou se perguntando, bem apreensivo, se não estava prestes a receber uma palestra chata e cheia de detalhes sem sentido sobre o comércio do ano com Smyrno e a disputa longa e tortuosa sobre os mundos esparsamente povoados do Corredor Vermelho.

Wienis estava falando novamente:

– Meu rapaz, eu havia pensado em falar sobre isso com você antes, e talvez devesse, mas sei que seu espírito jovial fica impaciente com os detalhes secos do estadismo.

– Bom, é isso mesmo... – Lepold assentiu

Seu tio interrompeu com firmeza e continuou:

– Entretanto, você atingirá a maioridade em dois meses. Além do mais, nos tempos difíceis que estão por vir, precisará ter uma participação completa e ativa. Você será o rei daí em diante, Lepold.

Lepold assentiu mais uma vez, mas a expressão em seu rosto estava um tanto vazia.

– Haverá guerra, Lepold.

– Guerra? Mas estamos em trégua com Smyrno...

– Não Smyrno. A Fundação.

– Mas, tio, eles concordaram em consertar a nave. O senhor disse...

Sua voz se engasgou com o franzir do lábio de seu tio.

– Lepold – uma parte de seu lado amigável havia desaparecido –, vamos conversar de homem para homem. Vai haver uma guerra contra a Fundação, esteja a nave consertada ou não; aliás, muito em breve, já que ela está sendo consertada. A Fundação é a fonte de poder e de força. Toda a grandeza de Anacreon; todas as suas naves e cidades, e seu povo e comércio, dependem das gotas e sobras de poder que a Fundação nos deu de má vontade. Eu me lembro do tempo... eu mesmo... em que as cidades de Anacreon eram aquecidas pelo calor do carvão e do óleo. Mas não pense nisso; você não conseguiria conceber.

– Parece – o rei sugeriu tímido – que deveríamos ser gratos...

– Gratos? – rugiu Wienis. – Gratos por eles nos darem restos magros, enquanto mantêm sabe lá o espaço o quê para si mesmos... e mantendo isso com que propósito em mente? Ora, somente para que um dia possam governar a Galáxia.

Sua mão pousou no joelho do sobrinho, e seus olhos se estreitaram.

– Lepold, você é rei de Anacreon. Seus filhos e os filhos dos seus filhos podem ser reis do universo... se você tiver o poder que a Fundação está escondendo de nós!

– O senhor está certo – os olhos de Lepold ganharam um brilho e ele se sentou ereto. — Afinal de contas, que direito eles têm de manter isso para si mesmos? Não é justo, você sabe. Anacreon conta para alguma coisa, também.

— Sabe, você está começando a entender. E agora, meu rapaz, e se Smyrno decidir atacar a Fundação por conta própria e assim ganhar todo o poder? Por quanto tempo você supõe que poderíamos escapar de nos tornar uma potência vassala? Por quanto tempo você manteria seu trono?

— Pelo espaço, é isso mesmo — Lepold foi ficando empolgado. — O senhor está absolutamente certo, sabe? Precisamos atacar primeiro. É simplesmente autodefesa.

O sorriso de Wienis aumentou ligeiramente.

— Além disso, um dia, no início do reinado de seu avô, Anacreon chegou realmente a estabelecer uma base militar no planeta da Fundação, Terminus... uma base de importância vital para defesa nacional. Nós fomos forçados a abandonar essa base como resultado das maquinações do líder dessa Fundação, um vira-latas astuto, um acadêmico, sem uma gota de sangue nobre nas veias. Você entende, Lepold? Seu avô foi humilhado por esse homem do povo. Eu me lembro dele! Ele não era muito mais velho que eu, quando veio para Anacreon com seu sorriso demoníaco e seu cérebro diabólico... e o poder dos outros três reinos atrás dele, combinado numa união covarde contra a grandeza de Anacreon.

Lepold enrubesceu, e o brilho nos seus olhos aumentou.

— Por Seldon, se eu tivesse sido meu avô, teria lutado mesmo assim.

— Não, Lepold. Nós decidimos esperar... para retribuir o insulto num momento mais adequado. Essa havia sido a esperança de seu pai, antes de sua morte precoce, que pudesse ter sido ele a... Ora, ora! — Wienis se virou por um momento. Então, como se estivesse contendo as emoções: — Ele era meu irmão. E, no entanto, se seu filho fosse...

— Sim, tio, não falharei. Já decidi. Parece apenas apropriado que Anacreon destrua esse ninho de encrenqueiros, e isso imediatamente.

— Não, imediatamente não. Primeiro precisamos esperar que os reparos do cruzador de batalha sejam finalizados. O mero fato de que estejam dispostos a fazer esses reparos prova que nos temem. Os tolos tentam nos acalmar, mas não nos desviaremos do nosso caminho, não é?

E Lepold deu um soco na palma de sua mão.

— Não enquanto *eu* for rei de Anacreon.

O lábio de Wienis se contorceu ironicamente.

– Além disso, devemos esperar que Salvor Hardin chegue.

– Salvor Hardin! – Os olhos do rei se arregalaram subitamente, e o contorno juvenil de seu rosto imberbe perdeu as linhas quase duras nas quais havia sido comprimido.

– Sim, Lepold, o próprio líder da Fundação está vindo para Anacreon em seu aniversário... provavelmente, para nos apaziguar com palavras doces. Mas isso não irá ajudá-lo.

– Salvor Hardin! – foi um mero murmúrio.

Wienis franziu a testa.

– Você está com medo do nome? É o mesmo Salvor Hardin que, em sua visita anterior, esfregou nossos narizes na terra. Você não está esquecendo esse insulto mortal à casa real? E vindo de um homem do povo. Da ralé.

– Não, acho que não. Não, não vou me esquecer. Vamos retribuir... mas... estou com um pouco... de medo.

O regente se levantou.

– Medo? De quê? De quê, seu jovem.. – ele se engasgou.

– Seria... ahn... meio que uma blasfêmia, você sabe, atacar a Fundação. Quero dizer... – ele fez uma pausa.

– Continue.

Lepold disse confuso:

– Quero dizer, se *realmente* existisse um Espírito Galáctico, ele.. ahn... poderia não gostar disso. O senhor não acha?

– Não, não acho – foi a resposta dura. Wienis tornou a se sentar e seus lábios se retorceram num sorriso estranho. – E então você realmente se importa muito com o Espírito Galáctico, não? É no que dá deixar você solto. Você tem escutado muito Verisof, suponho.

– Ele me explicou muitas coisas...

– Sobre o Espírito Galáctico?

– Sim.

– Ora, seu moleque que nem saiu dos cueiros, ele acredita nessa farsa ainda menos do que eu... e eu não acredito nem um pouco nisso. Quantas vezes eu já lhe disse que tudo isso é bobagem?

– Bem, sei disso. Mas Verisof diz...

— Verisof que se dane. Isso tudo é bobagem.

Fez-se um silêncio curto e rebelde, e então Lepold disse:

— Mesmo assim, todos acreditam. Quero dizer, em toda essa conversa sobre o Profeta Hari Seldon e de como ele apontou a Fundação para seguir seus mandamentos, para que pudesse haver um dia um retorno ao Paraíso Galáctico, e de como qualquer um que desobedecer aos seus mandamentos será destruído pela eternidade. Eles creem nisso. Já presidi festivais, e tenho certeza de que eles acreditam.

— Sim, eles acreditam; mas nós, não. E você pode agradecer por isso, pois, segundo essa bobagem, você é rei por direito divino... e é semidivino. Muito conveniente. Isso elimina todas as possibilidades de revolta e assegura absoluta obediência a tudo. E é por isso que você, Lepold, deve ter parte ativa em ordenar a guerra contra a Fundação. Eu sou apenas regente e bastante humano. Você é rei e, mais do que isso, semideus... para eles.

— Mas suponho que não deva ser isso, afinal — o rei disse, pensativo.

— E não é, mesmo — veio a resposta irônica. — Mas você é, para todos, menos para o povo da Fundação. Entendeu? Para todos, menos para o povo da Fundação. Assim que eles forem afastados, não haverá ninguém para lhe negar a divindade. Pense nisso!

— E depois disso, nós mesmos seremos capazes de operar as caixas de energia dos templos e das naves que voam sem homens e a comida sagrada que cura o câncer e todo o resto? Verisof disse que apenas os abençoados com o Espírito Galáctico poderiam...

— Sim, Verisof disse! Verisof, ao lado de Salvor Hardin, é seu maior inimigo. Fique comigo, Lepold, e não se preocupe com eles. Juntos, nós recriaremos um império: não só o reino de Anacreon, mas um império que compreenda cada um dos bilhões de sóis do Império. Isso não é melhor do que um "Paraíso Galáctico" que só fica nas palavras?

— S-sim.

— Será que Verisof pode prometer mais?

— Não.

— Muito bem — sua voz se tornou peremptória. — Suponho que possamos considerar essa questão resolvida — ele não esperou nenhuma resposta. — Vá indo. Desço mais tarde. E mais uma coisa, Lepold.

O jovem rei se virou no limiar da porta.

Wienis sorria com tudo menos os olhos.

— Tome cuidado nessas caçadas aos nyaks, meu garoto. Desde o infeliz acidente com seu pai, tenho tido os mais estranhos pressentimentos em relação a você, de vez em quando. Na confusão, com armas-agulha enchendo o ar de dardos, nunca se sabe. Você *vai* tomar cuidado, eu espero. E fará o que eu lhe disser sobre a Fundação, não fará?

Lepold arregalou os olhos e abaixou a cabeça, para não encarar os olhos do tio.

— Sim... certamente.

— Ótimo! — ele viu o sobrinho sair, sem expressão no rosto, e voltou à mesa.

E os pensamentos de Lepold, quando saiu, eram sombrios e ligeiramente amedrontados. Talvez fosse *mesmo* melhor derrotar a Fundação e ganhar o poder do qual Wienis falava. Mas, depois, quando a guerra terminasse e ele estivesse seguro em seu trono... Tinha se tornado agudamente consciente do fato de que Wienis e seus dois filhos arrogantes eram, no momento, os próximos na linha de sucessão ao trono.

Mas ele era o rei. E reis podiam ordenar que pessoas fossem executadas.

Mesmo que fossem tios e primos.

4.

Ao lado do próprio Sermak, Lewis Bort era o mais ativo em atrair os elementos dissidentes que haviam se fundido no agora vociferante Partido da Ação. Mas ele não estivera na delegação que havia visitado Salvor Hardin há quase seis meses. Isso não se devia a nenhuma falta de reconhecimento por seus esforços; ao contrário. Ele tinha faltado porque estava no mundo capital de Anacreon, na época.

Ele o visitou como um cidadão comum. Não viu nenhum funcionário e não fez nada de importante. Ficou só observando os cantos obscuros do planeta atarefado, e enfiava seu nariz pequeno em todos os cantos empoeirados.

Chegou em casa ao fim de um curto dia de inverno que havia começado nublado e terminava com neve, e em menos de uma hora estava sentado na mesa octogonal da casa de Sermak.

Suas primeiras palavras não foram calculadas para melhorar a atmosfera de uma reunião já consideravelmente deprimida pelo crepúsculo cheio de neve.

— Receio — disse ele — que nossa posição seja o que normalmente se chama, em fraseologia melodramática, uma "Causa Perdida".

— Você acha? — Sermak disse, mal-humorado.

— Já passou do tempo, Sermak. Não há espaço para nenhuma outra opinião.

— Armamentos... — começou Dokor Walto, de modo um tanto oficioso, mas Bort interrompeu-o na hora.

— Esqueça isso. É história antiga — seus olhos viajaram pelo círculo. — Estou falando das pessoas. Admito que minha ideia original era que tentássemos fomentar uma rebelião palaciana de alguma espécie para instalar, como rei, alguém mais favorável para a Fundação. Era uma boa ideia. Ainda é. A única falha pequena a respeito é que é impossível. O grande Salvor Hardin providenciou isso.

Sermak disse, amargo:

— Se você nos desse os detalhes, Bort...

— Detalhes? Não há nenhum! Não é tão simples. É toda essa maldita situação em Anacreon. É essa religião que a Fundação estabeleceu. Ela funciona!

— Ora!

— Você *precisa* ver isso funcionar para entender a situação. Tudo o que você vê daqui é que temos uma grande escola dedicada ao treinamento de sacerdotes e que, ocasionalmente, um show especial é feito em algum canto obscuro da cidade para o benefício dos peregrinos... e isso é tudo. Toda a questão mal nos afeta de modo geral. Mas, em Anacreon...

Lem Tarki amaciou seu pequeno cavanhaque pontudo com um dedo, e pigarreou:

— Que tipo de religião é essa? Hardin sempre disse que era apenas uma bobagem para fazer com que eles aceitassem nossa ciência sem questionar. Lembra-se, Sermak, ele nos disse naquele dia...

— As explicações de Hardin — lembrou Sermak — não significam muita coisa no fim das contas. Mas que tipo de religião é essa, Bort?

Bort parou para pensar um instante.

— Eticamente, ela é boa. Ela não varia muito das várias filosofias do antigo império. Altos padrões morais, esse negócio todo. Não há nada a reclamar, sob esse ponto de vista. A religião é uma das grandes influências civilizatórias da história, a esse respeito ela preenche...

— Nós já sabemos — Sermak interrompeu, impaciente. — Vá logo ao que interessa.

— Aqui está — Bort estava um pouco desconcertado, mas não demonstrou. — A religião... que a Fundação fomentou e incentivou, vejam vocês... é construída sob linhas estritamente autoritárias. Os sacerdotes têm controle exclusivo dos instrumentos da ciência que demos a Anacreon, mas eles aprenderam a lidar com essas ferramentas apenas empiricamente. Eles acreditam inteiramente nessa religião, e no... ahn... valor espiritual do poder com que lidam. Por exemplo, há dois meses um idiota mexeu com a usina nuclear no Templo thessalekiano... um dos maiores. Ele contaminou a cidade, claro. Isso foi considerado vingança divina por todos, incluindo os sacerdotes.

— Eu me lembro. Os jornais publicaram uma versão confusa da história na época. Mas não entendo aonde você quer chegar.

— Então escute — disse Bort, rígido. — Os sacerdotes formam uma hierarquia em cujo ápice está o rei, que é considerado uma espécie de deus menor. Ele é um monarca absoluto por direito divino e as pessoas acreditam nele, completamente, os sacerdotes também. Você não pode derrubar um rei assim. *Agora* você entende?

– Espere aí – disse Walto a essa altura. – O que você quer dizer quando afirmou que Hardin fez tudo isso? Como ele entra nessa história?

Bort olhou para seu questionador com amargura.

– A Fundação fomentou assiduamente essa ilusão. Nós colocamos todo o nosso apoio científico por trás da farsa. Não há um festival em que o rei não presida cercado por uma aura radioativa brilhando por todo o seu corpo, e se elevando como uma coroa sobre sua cabeça. Qualquer um que tocar nele sofre graves queimaduras. Ele pode ir de um lugar para outro pelo ar em momentos cruciais, supostamente por inspiração do espírito divino. Ele preenche o templo com uma luz interna perolada com um gesto. Não tem fim a quantidade de truques bem simples que executamos para benefício dele; mas até mesmo os sacerdotes acreditam, enquanto os realizam pessoalmente.

– Isso é péssimo! – disse Sermak, mordendo o lábio.

– Tenho vontade de chorar... como a fonte no Parque da Prefeitura – disse Bort, honestamente – quando penso na chance que perdemos. Considerem a situação há trinta anos, quando Hardin salvou a Fundação de Anacreon. Na época, o povo anacreoniano não tinha concepção real do fato de que o Império estava decaindo. Eles andavam resolvendo seus próprios problemas desde a revolta zeoniana, mas mesmo depois que as comunicações foram interrompidas e o avô pirata de Lepold se tornou rei, eles nunca perceberam que o Império havia perdido a cabeça. Se o Imperador tivesse tido a coragem de tentar, ele poderia ter tomado o controle, novamente, com dois cruzadores e a ajuda da revolta interna que certamente teria surgido. E nós, *nós* poderíamos ter feito o mesmo; mas não, Hardin estabeleceu a adoração religiosa ao monarca. Pessoalmente, eu não entendo. Por quê? Por quê? Por quê?

– O que – exigiu saber Jaim Orsy, subitamente – Verisof faz? Houve um dia em que ele foi um Acionista avançado. O que ele está fazendo lá? Ele está cego também?

– Não sei – Bort disse, curto e grosso. – Ele é o sumo sacerdote deles. Até onde sei, não faz nada, a não ser atuar como assessor dos sacerdotes em detalhes técnicos. É um testa-de-ferro, diabos, um testa-de-ferro!

A sala ficou em silêncio e todos os olhos se voltaram para Sermak. O mais jovem líder do partido mordia nervoso uma unha, e então disse, em voz alta:

– Não é bom. Isso está me cheirando mal.

Olhou ao redor, e acrescentou mais enérgico:

– Hardin é tão idiota assim, então?

– Parece que sim – Bort deu de ombros.

– Nunca! Há alguma coisa errada. Cortar nossas gargantas tão completamente e tão sem esperança exigiria uma estupidez colossal. Mais do que Hardin poderia possivelmente ter se fosse um idiota, o que não é verdade. Por um lado, estabelecer uma religião que erradicasse toda e qualquer chance de conflitos internos. Por outro lado, armar Anacreon com todas as armas de guerra. Não entendo.

– A questão é um pouco obscura, admito – disse Bort –, mas os fatos estão aí. O que mais podemos pensar?

Waldo disse, trêmulo:

– Traição direta. Ele está a soldo deles.

Mas Sermak balançou a cabeça, impacientemente.

– Também não vejo assim. Toda essa história é tão louca e sem sentido... Diga-me, Bort, você já ouviu falar em alguma coisa a respeito de um cruzador de batalha que a Fundação deveria estar consertando para a marinha de Anacreon?

– Cruzador de batalha?

– Um antigo cruzador imperial...

– Não, não ouvi. Mas isso não quer dizer grande coisa. Os estaleiros navais são santuários religiosos, completamente invioláveis para o público leigo. Ninguém nunca ouviu nada a respeito da frota.

– Bem, rumores vazaram. Alguns membros do Partido levantaram a questão no Conselho. Hardin nunca negou, vocês sabem. Seu porta-voz denunciou que havia gente alimentando rumores, e deixou por isso mesmo. Poderia significar alguma coisa.

– É a mesma coisa do resto – disse Bort. – Se for verdade, é absolutamente louco. Mas não seria pior do que o resto.

– Suponho – disse Orsy – que Hardin não tenha nenhuma arma secreta esperando. Isso poderia...

– Sim – disse Sermak, maliciosamente –, uma imensa armadilha que pulará em cima de nós no momento psicológico e assustará o velho Wienis. A Fundação poderá até explodir em pedaços e poupar a si mesma a agonia do suspense se tiver de depender de qualquer arma secreta.

— Bem — disse Orsy, mudando rápido de assunto —, a questão se resume a isto: quanto tempo temos? Hein, Bort?

— Está certo. Esta é a questão. Mas não olhe pra mim; eu não sei. A imprensa de Anacreon nunca menciona a Fundação. Neste momento, ela está ocupada apenas com as comemorações vindouras e mais nada. Lepold vai atingir a maioridade na semana que vem, vocês sabem.

— Então temos meses — Walto sorriu pela primeira vez naquela noite. — Isso nos dá tempo...

— Isso nos dá tempo, uma vírgula — Bort explodiu, impaciente. — O rei é um deus, eu estou lhes dizendo. Vocês supõem que ele precisa fazer uma campanha propagandística para pôr seu povo em modo de combate? Vocês acham que ele precisa nos acusar de agressão e recorrer ao emocionalismo barato? Quando chegar a hora do ataque, Lepold dá a ordem e as pessoas lutam. Num estalo. Esse é o maldito sistema de lá. Não se questiona um deus. Ele pode dar a ordem amanhã, pelo que sei; pense nisso.

Todo mundo começou a falar ao mesmo tempo, e Sermak bateu a mão na mesa ordenando silêncio, quando a porta da frente se abriu e Levi Norast entrou, pisando duro. Ele subiu as escadas rapidamente, sem tirar o sobretudo, arrastando neve.

— Olhem só isso! — ele gritou, jogando um jornal salpicado de neve em cima da mesa. — Os visitransmissores também estão dando isso sem parar.

O jornal se desenrolou e cinco cabeças se curvaram sobre ele.

Sermak disse em voz baixa:

— Grande Espaço, ele vai para Anacreon! *Vai para Anacreon!*

— Isso é *traição!* — Tarki gritou esganiçado, subitamente empolgado. — Diabos me levem se Walto não tem razão. Ele nos vendeu e, agora, vai lá pegar o pagamento.

Sermak havia se levantado.

— Agora não temos mais escolha. Vou pedir o impeachment de Hardin amanhã no Conselho. E, se *isso* falhar...

5.

A neve havia cessado, mas tinha recoberto totalmente o chão e o carro terrestre aerodinâmico avançava pelas ruas desertas com um esforço cada vez maior. A luz cinzenta, enlameada, da aurora incipiente era fria não só no sentido poético, mas também de modo muito literal – e mesmo no estado então turbulento da política da Fundação, ninguém, fosse Acionista ou pró-Hardin, estava com o espírito ardente o bastante para iniciar atividades nas ruas tão cedo.

Yohan Lee não gostava disso, e seus resmungos foram começando a ficar audíveis.

– A coisa vai ficar feia, Hardin. Eles vão dizer que você saiu de fininho.

– Deixe que digam o que quiserem. Preciso chegar a Anacreon e quero fazer isso sem problemas. Agora já chega, Lee.

Hardin se reclinou de volta à poltrona acolchoada e estremeceu de leve. Não estava frio ali, dentro do carro bem aquecido, mas havia algo de frígido num mundo coberto de neve, mesmo separado pelo vidro, que o incomodava.

Ele disse, refletindo:

– Um dia, quando tudo isso estiver resolvido, deveríamos trabalhar no condicionamento do clima de Terminus. Pode ser feito.

– Já eu – respondeu Lee – gostaria de ver algumas outras coisas feitas primeiro. Por exemplo, que tal condicionar o clima de Sermak? Uma cela bonita e seca com vinte e cinco graus centígrados o ano inteiro seria perfeita.

– E aí eu realmente *precisaria* de guarda-costas – disse Hardin –, e não só estes dois – indicou dois dos guarda-costas de Lee sentados na frente com o motorista, olhos duros nas ruas vazias, mãos prontas em suas armas atômicas. – Você evidentemente quer fomentar uma guerra civil.

– *Eu* quero? Existem outros gravetos no fogo e não é preciso atiçá-los muito para queimar, isso eu posso lhe dizer – ele contou em seus dedos grossos. – Um: Sermak fez o diabo ontem no Conselho da Cidade e pediu um impeachment.

– Ele tinha todo o direito de fazer isso – Hardin respondeu, tranquilo. – Além do que, sua moção foi derrotada por 206 a 184.

— Certamente. Uma maioria de vinte e dois, quando tínhamos contado com, no mínimo, uns sessenta. Não negue; você sabia disso.

— Foi por pouco — admitiu Hardin.

— Está certo. E dois: após a votação, os cinquenta e nove membros do Partido Acionista se levantaram e saíram das Câmaras do conselho, pisando duro.

Hardin ficou em silêncio, e Lee continuou:

— E três: antes de partir, Sermak uivou que você era um traidor, que ia para Anacreon coletar seu pagamento, que a maioria da Câmara, ao se recusar a votar pelo impeachment, havia participado da traição e que o nome de seu partido não era "acionista" por nada. O que *isso* lhe parece?

— É um problema, suponho.

— E agora você está saindo ao amanhecer, como um criminoso. Você devia enfrentá-los, Hardin; e se tiver de fazer isso, declarar lei marcial, pelo espaço!

— A violência é o último refúgio...

— ...do incompetente. Besteira!

— Está certo. Vamos ver. Agora, ouça-me com atenção, Lee. Há trinta anos, o Cofre do Tempo se abriu e, no quinquagésimo aniversário do começo da Fundação, apareceu uma gravação de Hari Seldon para nos dar nossa primeira ideia do que estava acontecendo.

— Eu me lembro — Lee assentiu nostálgico, com um meio sorriso. — Foi o dia em que assumimos o governo.

— Isso mesmo. Foi o começo de nossa primeira grande crise. Esta é nossa segunda... e daqui a três semanas será o aniversário de oitenta anos do início da Fundação. Isso significa algo para você?

— Quer dizer que ele está vindo novamente?

— Não acabei. Seldon nunca disse nada sobre retornar, você entende, mas isso tem a ver com seu plano como um todo. Ele sempre deu o melhor de si para evitar que tivéssemos algum conhecimento prévio. Também não há nenhuma maneira de dizer se o computador foi ajustado para evitar aberturas posteriores se desmontássemos o Cofre... e ele provavelmente se destruirá se tentarmos isso. Estive lá em todos os aniversários desde sua primeira aparição, caso acontecesse algo. Ele nunca apareceu, mas esta é a primeira vez, desde então, que realmente há uma crise acontecendo.

— Então, ele aparecerá.

– Talvez. Não sei. Mas esta é a questão. Na sessão de hoje do Conselho, logo depois que você anunciar que parti para Anacreon, também irá anunciar, oficialmente, que no próximo dia 14 de março haverá outra gravação de Hari Seldon, contendo uma mensagem da maior importância em relação à crise recém-concluída com sucesso. Isso é muito importante, Lee. Não acrescente mais nada, não importa quantas perguntas lhe façam.

Lee ficou olhando fixo para ele.

– Será que vão acreditar?

– Não importa. Vão ficar confusos e é tudo o que quero. Entre ficar se perguntando se isso é verdade e o que eu quero dizer com isso se não for, eles decidirão adiar qualquer ação até depois de 14 de março. Estarei de volta consideravelmente antes disso.

Lee parecia inseguro.

– Mas esse "recém-concluída com sucesso". Isso é mentira!

– Uma mentira altamente confusa. Olhe lá o aeroporto!

A espaçonave aguardava, sombria e imensa na penumbra. Hardin caminhou sobre a neve em sua direção e, na comporta de ar, virou-se com a mão estendida.

– Adeus, Lee. Detesto deixar você na frigideira assim, mas não confio em mais ninguém. Agora, por favor, fique longe do fogo.

– Não se preocupe. A frigideira já está quente demais. Vou seguir as suas ordens. – Deu um passo para trás, e a comporta se fechou.

6.

Salvor Hardin não viajou para o planeta Anacreon – planeta do qual o reino tirou seu nome – imediatamente. Foi apenas no dia anterior à coroação que ele chegou, após ter feito visitas relâmpagos a oito dos maiores sistemas estelares do reino, parando por tempo suficiente apenas para conferenciar com os representantes locais da Fundação.

A viagem o deixou com a percepção opressiva da vastidão do reino. Ele era uma lasquinha, uma mosca insignificante comparado com as vastidões inconcebíveis do Império Galáctico do qual havia formado uma parte tão distinta; mas para alguém cujos hábitos de pensamento haviam sido construídos ao redor de um único planeta, e um habitado esparsamente, o tamanho de área e população de Anacreon era assustador.

Seguindo de perto as fronteiras da velha Prefeitura de Anacreon, ele abraçava vinte e cinco sistemas estelares, seis dos quais incluíam mais de um mundo habitável. A população de dezenove bilhões, embora ainda bem menor do que no auge do Império, estava crescendo rapidamente com o aumento do desenvolvimento científico fomentado pela Fundação.

E era apenas agora que Hardin se encontrava arrasado pela magnitude *dessa* tarefa. Mesmo em trinta anos, apenas o mundo capital havia recebido energia. As províncias externas possuíam áreas imensas onde a energia atômica ainda não havia sido reintroduzida. Mesmo o progresso que havia sido feito poderia ter sido impossível se não fossem pelas relíquias, ainda em condições de funcionamento, deixadas pelo refluxo do Império.

Quando Hardin chegou ao mundo capital, foi para encontrar todos os negócios normais absolutamente parados. Nas províncias externas haviam acontecido celebrações, que ainda estavam ocorrendo; mas ali, no planeta Anacreon, nenhuma pessoa deixava de participar febrilmente nos rituais religiosos agitados que anunciavam a chegada à maioridade de seu deus-rei, Lepold.

Hardin foi capaz de arrancar apenas meia hora de um Verisof apressado e esgotado, antes que seu embaixador fosse forçado a correr para supervisionar mais um festival do templo. Mas essa meia hora foi bastante proveitosa e Hardin se preparou para os fogos de artifício da noite bem satisfeito.

No todo, ele atuava como um observador, pois não tinha estômago para as tarefas religiosas que, sem dúvida, teria de executar se sua identidade fosse descoberta. Então, quando o salão de baile do palácio se encheu com uma horda reluzente da mais alta e exaltada nobreza do reino, encontrou-se encostado na parede, pouco notado ou totalmente ignorado.

Ele havia sido apresentado a Lepold como mais um entre vários, e de uma distância segura, pois o rei ficava de lado em grandeza solitária e impressionante, cercado por seu brilho mortífero de aura radioativa. E, em menos de uma hora, esse mesmo rei tomaria seu lugar no trono maciço de liga de ródio-irídio com incrustações de ouro e pedras preciosas, e então, com trono e tudo iria erguer-se majestosamente no ar, deslizando sobre o chão para flutuar perante a grande janela da qual a grande massa de plebeus poderia ver seu rei e gritar até quase a apoplexia. O trono não seria tão maciço, claro, se não tivesse um motor nuclear blindado embutido.

Passava das onze da noite. Hardin tentava se equilibrar na ponta dos pés para melhorar sua vista. Resistiu ao impulso de ficar em pé numa cadeira. E então viu Wienis abrindo caminho por entre a multidão em sua direção, e relaxou.

O progresso de Wienis era lento. Quase a cada passo, ele tinha de dizer uma frase simpática a algum nobre reverenciado cujo avô havia ajudado o avô de Lepold a usurpar o reino, recebendo o título de duque por isso.

E então ele se desembaraçou do último nobre uniformizado e chegou até Hardin. Seu sorriso se abriu, retorcido, e seus olhos negros brilharam de satisfação sob sobrancelhas grisalhas.

– Meu caro Hardin – ele disse em voz baixa –, você devia esperar entediar-se, já que se recusa a anunciar sua identidade.

– Não estou entediado, alteza. Isso tudo é extremamente interessante. Não temos espetáculos que se comparem em Terminus, o senhor sabe.

– Sem dúvida. Mas você gostaria de ir para meus aposentos privados, onde poderemos conversar mais e com uma privacidade consideravelmente maior?

– Certamente.

De braços dados, os dois subiram a escadaria, e mais de uma duquesa viúva olhou fixamente, surpresa, imaginando qual seria a identidade daquele estranho insignificantemente vestido e de aspecto desinteressante, sobre o qual tamanha honra estava sendo derramada pelo príncipe regente.

Nos aposentos de Wienis, Hardin relaxou, em perfeito conforto, e aceitou, com um murmúrio de gratidão, o copo de bebida alcoólica que lhe fora servido pela mão do próprio regente.

– Vinho de Locris, Hardin – disse Wienis –, das adegas reais. De qualidade mesmo; tem dois séculos de idade. Foi colocado para descansar dez anos antes da Rebelião zeoniana.

– É uma bebida verdadeiramente majestosa – Hardin concordou, educadamente. – A Lepold I, Rei de Anacreon.

Eles beberam e Wienis acrescentou neutro, depois da pausa:

– E que logo será Imperador da Periferia e depois, quem sabe? A Galáxia poderá, um dia, ser reunificada.

– Sem dúvida. Por Anacreon?

– Por que não? Com a ajuda da Fundação, nossa superioridade científica sobre o resto da Periferia seria indiscutível.

Hardin colocou seu copo vazio sobre a mesa e disse:

– Bem, sim, só que, claro, a Fundação está obrigada a ajudar qualquer nação que solicite auxílio científico. Devido ao alto idealismo de nosso governo e o grande propósito moral de nosso fundador, Hari Seldon, somos incapazes de favoritismo. Não podemos evitar isso, alteza.

O sorriso de Wienis aumentou.

– O Espírito Galáctico, para utilizar a expressão popular, ajuda a quem se ajuda. Eu entendo que, se deixada por conta própria, a Fundação jamais cooperaria.

– Eu não diria isso. Nós reformamos o cruzador imperial para vocês, embora meu Conselho de Navegação o desejasse para fins de pesquisa.

O regente repetiu as últimas palavras ironicamente.

– Fins de pesquisa! Sim! Mas, se eu não tivesse ameaçado guerra, vocês não o teriam consertado.

Hardin fez um gesto depreciativo.

– Não sei.

– *Eu* sei. E essa ameaça sempre existiu.

– E ainda está de pé?

– Agora é um pouco tarde para falar de ameaças – Wienis havia olhado rapidamente para o relógio em sua mesa. – Escute aqui, Hardin, você já esteve em Anacreon uma vez antes. Na época você era jovem; ambos éramos jovens.

Mas, mesmo então, já tínhamos maneiras diferentes de olhar para as coisas. Você é o que chamam de homem de paz, não é?

– Suponho que sim. Pelo menos, considero a violência um meio não econômico de se atingir um objetivo. Existem sempre melhores substitutos, embora eles possam ser um pouco menos diretos.

– Sim. Já ouvi o seu famoso *slogan*: "A violência é o último refúgio do incompetente". E, no entanto – o regente coçou uma orelha gentilmente numa abstração afetada –, eu não me chamaria exatamente de incompetente.

Hardin assentiu educadamente e não disse nada.

– E, apesar disso – continuou Wienis –, sempre acreditei em ação direta. Acreditei em cavar um caminho direto para meu objetivo e seguir por aí. Já realizei muito assim, e ainda espero plenamente realizar mais.

– Eu sei – interrompeu Hardin –, acredito que o senhor esteja cavando um caminho, como descreve, para si e seus filhos, que leva direto para o trono, considerando a morte infeliz do pai do rei, seu irmão mais velho, e o próprio estado precário de saúde do rei. Ele está num estado precário de saúde, não está?

Wienis franziu a testa com o comentário, e sua voz ficou mais dura.

– Você poderia achar interessante, Hardin, evitar certos assuntos. Pode se considerar um privilegiado, como prefeito de Terminus, e querer fazer... ahn... comentários imprudentes, mas se os fizer, por favor deixe a ideia de lado. Não me assusto com palavras. Minha filosofia de vida é de que as dificuldades desaparecem quando enfrentadas com ousadia, e jamais dei as costas a uma.

– Não duvido. A que dificuldade em particular o senhor está se recusando a dar as costas, no presente momento?

– A dificuldade, Hardin, de persuadir a Fundação a cooperar. Sabe, sua política de paz o levou a cometer diversos erros muito sérios, simplesmente porque você subestimou a ousadia de seu adversário. Nem todo mundo tem medo de ação direta como você.

– Por exemplo? – Hardin sugeriu.

– Por exemplo, você veio a Anacreon sozinho, e me acompanhou até meus aposentos sozinho.

Hardin olhou ao redor.

– E o que há de errado nisso?

– Nada – disse o regente –, só que, do lado de fora deste quarto, há cinco policiais, bem armados e prontos para disparar. Acho que você não pode sair, Hardin.

O prefeito ergueu as sobrancelhas.

– Não tenho nenhum desejo imediato de sair. Então, o senhor tem tanto medo assim de mim?

– Não tenho nenhum medo de você. Mas isto pode servir para impressioná-lo com minha determinação. Vamos chamar isso de atitude?

– Chame do que lhe agradar – Hardin disse, com indiferença. – Não vou me incomodar com o incidente, seja como for que decida chamá-lo.

– Tenho certeza de que essa postura mudará com o tempo. Mas você cometeu outro erro, Hardin, um erro mais sério. Parece que o planeta Terminus está quase inteiramente sem defesas.

– Naturalmente. O que temos a temer? Não ameaçamos os interesses de ninguém, e servimos a todos igualmente.

– E enquanto permanecem indefesos – Wienis continuou –, vocês gentilmente nos ajudam a nos armar, auxiliando-nos particularmente no desenvolvimento de uma marinha própria, uma grande marinha. Na verdade, uma marinha que, desde a doação do cruzador imperial, é bastante irresistível.

– Sua alteza, o senhor está perdendo seu tempo – Hardin fez como se fosse levantar de sua poltrona. – Se sua intenção é declarar guerra e está me informando do fato, permita que eu me comunique com meu governo imediatamente.

– Sente-se, Hardin. Não estou declarando guerra e você não vai se comunicar com seu governo de jeito nenhum. Quando a guerra for travada – não declarada, Hardin, *travada* –, a Fundação será informada pelas rajadas nucleares da marinha anacreoniana, sob a liderança de meu próprio filho na nau capitania *Wienis*, que foi um dia um cruzador da marinha imperial.

Hardin franziu a testa.

– Quando isso tudo irá acontecer?

– Se você está mesmo interessado em saber, as naves da frota partiram de Anacreon há exatamente cinquenta minutos, às onze, e o primeiro tiro será disparado assim que eles avistarem Terminus, o que deverá ser ao meio-dia de amanhã. Pode se considerar prisioneiro de guerra.

– É exatamente o que me considero, sua alteza – disse Hardin, ainda franzindo a testa. – Mas estou decepcionado.

Wienis deu uma risada de desprezo.

— Isso é tudo?

— Sim. Eu achava que o momento da coroação, meia-noite, o senhor sabe, seria a hora lógica de colocar a frota em movimento. Evidentemente, o senhor queria dar início à guerra enquanto ainda fosse regente. Do outro jeito, teria sido mais dramático.

O regente ficou olhando fixo para ele.

— O que, pelo espaço, você está falando?

— Não entende? — Hardin perguntou, suavemente. — Eu havia preparado meu contra-ataque para a meia-noite.

Wienis se levantou de sua poltrona.

— Você não vai blefar comigo. Não existe contra-ataque. Se está contando com o apoio dos outros reinos, esqueça. As marinhas deles, combinadas, não são páreo para a nossa.

— Eu sei. Não tenho a intenção de disparar um só tiro. É simplesmente que, há uma semana, começou a se espalhar a notícia que, à meia-noite de hoje, o planeta Anacreon entra em interdição.

— Interdição?

— Sim. Se o senhor não está entendendo, posso explicar: cada sacerdote de Anacreon vai entrar em greve, a menos que eu dê ordens em contrário. Mas não posso fazer isso enquanto estiver sendo mantido incomunicável; e também não gostaria de fazê-lo, se não estivesse! — inclinou-se para a frente e acrescentou, com súbita empolgação. — Percebe, sua alteza, que um ataque à Fundação não é nada menos que sacrilégio da mais alta ordem?

Wienis estava, visivelmente, lutando pelo autocontrole.

— Não me venha com essa, Hardin. Guarde isso para a multidão.

— Meu caro Wienis, para quem você acha que eu estou guardando isso? Imagino que, na última meia hora, todos os templos de Anacreon têm sido os centros de multidões escutando um sacerdote exortando-as sobre esse exato tema. Não há um homem ou uma mulher em Anacreon que não saiba que seu governo lançou um ataque maldoso e sem provocação contra o centro de sua religião. Mas, agora, faltam apenas quatro minutos para a meia-noite. É melhor você descer para o salão de baile para acompanhar os acontecimentos. Eu estarei seguro aqui, com cinco guardas do lado de fora da porta – recostou-se em sua poltrona, serviu-se de outro cálice de vinho de Locris e ficou olhando para o teto, com perfeita indiferença.

Wienis soltou um impropério e saiu em disparada porta afora.

Um burburinho abafado havia caído sobre a elite que ocupava o salão de baile, quando um caminho amplo foi aberto até o trono. Agora Lepold estava sentado nele, as mãos firmes em seus braços, a cabeça erguida, o rosto congelado. Os imensos candelabros haviam diminuído de intensidade e, na difusa luz multicolorida das minúsculas lâmpadas nucleares cravejadas no teto abobadado, a aura real brilhava bravamente, levantando-se bem alto sobre sua cabeça para formar uma coroa incandescente.

Wienis parou na escada. Ninguém o viu; todos os olhos estavam fixos no trono. Ele cerrou os punhos e permaneceu onde estava; o blefe de Hardin não o levaria a cometer nenhum ato estúpido.

E então o trono se mexeu. Sem emitir um ruído, ele se ergueu – e começou a flutuar. Saiu do pedestal, desceu lentamente as escadas e então, horizontalmente, a cinco centímetros do piso, começou a se encaminhar na direção da imensa janela aberta.

Ao som do sino grave que significava a meia-noite, ele parou diante da janela – e a aura do rei morreu.

Por um segundo congelado, o rei não se moveu, o rosto contorcido de surpresa, sem uma aura, meramente humano; e então o trono balançou e caiu no chão, com um estrondo, no instante em que todas as luzes do palácio se apagaram. Através do burburinho, dos gritos e da confusão, a voz de touro de Wienis soou.

– As lanternas! Peguem as lanternas!

Ele saiu empurrando a multidão para a esquerda e para a direita e forçou o caminho até a porta. Do lado de fora, os guardas palacianos haviam corrido para a escuridão.

De algum modo, as lanternas foram trazidas de volta ao salão de baile; lanternas que seriam usadas na gigantesca procissão de tochas pelas ruas da cidade, após a coroação.

De volta ao salão de baile, os guardas entraram enxameando com tochas azuis, verdes e vermelhas, onde a estranha luz iluminava rostos assustados e confusos.

– Não aconteceu nada demais – gritou Wienis. – Fiquem nos seus lugares. A energia voltará num instante.

Virou-se para o capitão da guarda, que bateu continência, rígido.

– O que foi, Capitão?

– Sua alteza – foi a resposta instantânea –, o palácio está cercado pelo povo da cidade.

– O que eles querem? – rosnou Wienis.

– Um sacerdote está à frente deles. Foi identificado como o sumo sacerdote Poly Verisof. Ele exige a soltura imediata do Prefeito Salvor Hardin e o término da guerra com a Fundação – o relatório foi feito no tom sem expressão de um oficial, mas seus olhos se moviam inquietos.

Wienis gritou:

– Se alguém da ralé tentar passar pelos portões do palácio, desintegre-o! Por ora, nada mais. Deixe que uivem! Amanhã haverá um ajuste de contas.

As tochas haviam sido distribuídas e o salão de baile estava novamente iluminado. Wienis correu até o trono, ainda em pé ao lado da janela, e arrastou Lepold, assustado, o rosto branco como cera, para que ficasse em pé.

– Venha comigo – lançou um olhar pela janela. A cidade estava escura como piche. De lá de baixo, vinham os gritos confusos e roucos da multidão. Só na direção da direita, onde ficava o Templo Argólida, havia iluminação. Zangado, soltou um palavrão e arrastou o rei para longe dali.

Wienis irrompeu em seus aposentos, com os cinco guardas nos seus calcanhares. Lepold vinha logo atrás, olhos arregalados, mudo de tanto pavor.

– Hardin – disse Wienis –, você está brincando com forças grandes demais para você.

O prefeito ignorou o regente. Na luz perolada da luminária nuclear de bolso ao seu lado, ele permaneceu sentado, um sorriso ligeiramente irônico no rosto.

– Bom dia, sua majestade – disse a Lepold. – Meus parabéns por sua coroação.

– Hardin – Wienis gritou novamente –, ordene que seus sacerdotes voltem ao trabalho.

Hardin levantou a cabeça com frieza.

– Ordene você mesmo, Wienis, e veja quem é que está brincando com forças grandes demais. Neste exato momento, não há uma só roda girando em Anacreon. Não há uma luz acesa, a não ser nos templos. Não há uma gota d'água correndo, a não ser nos templos. Na metade do planeta onde é inverno, não há uma partícula de calor, a não ser nos templos. Os hospitais não estão aceitando mais pacientes. As usinas de energia fecharam. Todas as naves estão no chão. Se você não gostou, Wienis, mande você que os sacerdotes voltem ao trabalho. Eu não quero.

– Pelo espaço, Hardin, eu farei isso. Se é para ser um duelo, que seja. Vamos ver se seus sacerdotes podem resistir ao exército. Esta noite, todos os templos do planeta serão postos sob a supervisão do exército.

– Muito bem, mas como você vai dar as ordens? Todas as linhas de comunicação do planeta estão desligadas. Você vai descobrir que nem as ondas, nem as ultraondas, funcionam. Na verdade, o único comunicador do planeta que funcionará – fora dos templos, claro – é o televisor bem aqui, neste aposento, e eu o ajustei apenas para recepção.

Wienis lutou em vão para recuperar seu fôlego e Hardin continuou.

– Se quiser, pode mandar seu exército até o Templo Argólida logo ali fora do palácio e usar os aparelhos de ultraondas ali para contatar outras partes do planeta. Mas, se fizer isso, receio que o contingente do exército seja feito em pedaços pela multidão e, então, quem protegerá seu palácio, Wienis? E suas *vidas*, Wienis?

Wienis disse sério:

– Nós podemos esperar, seu demônio. Vamos resistir até o fim. Que a multidão uive e a energia acabe, mas nós resistiremos. E quando chegar a notícia de que a Fundação foi tomada, sua preciosa multidão vai descobrir o vácuo sobre o qual a religião deles foi construída, desertará seus sacerdotes e se voltará contra eles. Eu lhe dou até o meio-dia de amanhã, Hardin, porque você pode deter a energia em Anacreon, mas *não pode impedir minha frota* – sua voz soltou um coaxar exultante. – Eles estão a caminho, Hardin, com o maior cruzador, que você mesmo ordenou fosse consertado, na ponta.

Hardin respondeu, tranquilo:

– Sim, o cruzador que eu mesmo ordenei fosse consertado... mas à minha maneira. Diga, Wienis, você já ouviu falar em transmissor de hiperondas? Não, estou vendo que não. Bem, em cerca de dois minutos, você saberá o que um deles pode fazer.

O televisor ligou enquanto ele falava, e ele se corrigiu:

– Não, em dois segundos. Sente-se, Wienis, e escute.

7.

Theo Aporat era um dos sacerdotes mais elevados de Anacreon. Do ponto de vista da precedência, ele merecia seu cargo de sumo sacerdote-supervisor a bordo da nau capitânia *Wienis*.

Mas não era somente hierarquia ou precedência. Ele conhecia a nave. Havia trabalhado diretamente, sob os homens santos da Fundação, no conserto da nave. Havia supervisionado os motores sob as ordens deles, recabeado os visores; reformado o sistema de comunicações; revestido novamente o casco perfurado; reforçado as vigas. Tivera até permissão de ajudar enquanto os homens santos da Fundação haviam instalado um dispositivo tão sagrado que nunca fora colocado antes em nenhuma outra nave, mas fora reservado apenas para aquele magnífico colosso – o transmissor de hiperondas.

Não era de se surpreender que ele estivesse com o coração pesado por causa das finalidades para as quais a gloriosa nave fora pervertida. Ele nunca quisera acreditar no que Verisof havia lhe contado – que a nave seria usada para uma maldade sem limites; que suas armas seriam voltadas para a grande Fundação. Viradas para aquela Fundação, onde ele fora treinado na juventude, da qual vinham todas as bênçãos.

E, no entanto, não podia duvidar agora, depois do que o almirante havia lhe dito.

Como o rei, divino e abençoado, podia permitir esse ato abominável? Ou não teria sido o rei? Não seria, quem sabe, uma ação do maldito regente, Wienis, sem o conhecimento do rei? E era o filho desse mesmo Wienis que era o almirante que, cinco minutos antes, lhe dissera:

– Cuide de suas almas e de suas bênçãos, sacerdote. Eu cuido da minha nave.

Aporat sorriu, amarelo. Ele cuidaria de suas almas e de suas bênçãos – e também de suas maldições; e o Príncipe Lefkin gemeria logo, logo.

Tinha entrado na sala geral de comunicações. Seu acólito o precedera e os dois oficiais encarregados não fizeram um gesto sequer para interferir. O sumo sacerdote supervisor tinha o direito de livre entrada em qualquer parte da nave.

– Fechem a porta – ordenou Aporat, e olhou para o cronômetro. Faltavam cinco minutos para as doze. Ele havia cronometrado bem.

Com gestos rápidos e treinados, moveu as pequenas alavancas que abriam todas as comunicações, de modo que todas as partes da nave de três quilômetros de extensão estivessem ao alcance de sua voz e de sua imagem.

– Soldados da nau capitânia real *Wienis*, ouçam! É seu sacerdote-supervisor quem fala! – o som de sua voz reverberou, das armas atômicas no fundo até as mesas de navegação na proa.

– Sua nave – ele gritou – está sendo usada para fins sacrílegos. Sem seu conhecimento, ela está executando um ato que condenará as almas de todos os homens dentre vocês ao frio eterno do espaço! Escutem! É intenção de seu comandante levar esta nave até a Fundação e lá bombardear aquela fonte de todas as bênçãos, para que se submeta à sua vontade pecaminosa. E como essa é a intenção dele, eu, em nome do Espírito Galáctico, o removo do comando, pois não há comando onde a bênção do Espírito Galáctico foi retirada. O próprio rei divino não pode manter sua majestade sem o consentimento do Espírito!

Sua voz assumiu um tom mais grave, enquanto o acólito escutava com veneração e os dois soldados, com um medo enorme.

– E como esta nave está executando uma tarefa demoníaca, as bênçãos do Espírito também estão sendo dela retiradas.

Ergueu os braços solenemente e, perante mil televisores por toda a nave, soldados se encolheram, enquanto a imagem portentosa do sacerdote-supervisor falava:

– Em nome do Espírito Galáctico e de seu profeta, Hari Seldon, e de seus intérpretes, os homens santos da Fundação, eu amaldiçoo esta nave. Que seus televisores, que são seus olhos, fiquem cegos. Que suas garras, que são seus braços, fiquem paralisadas. Que as armas nucleares, que são seus punhos, percam sua função. Que seus motores, que são seu coração, cessem de bater. Que as comunicações, que são sua voz, emudeçam. Que sua ventilação, que é sua respiração, se desvaneça. Que suas luzes, que são sua alma, se apaguem. Em nome do Espírito Galáctico, eu assim amaldiçoo esta nave.

E, com sua última palavra, ao bater da meia-noite, uma mão anos-luz distante, no Templo Argólida, abriu um relé de ultraondas, que à velocidade instantânea da ultraonda, abriu outro na nau capitânia Wienis.

E a nave morreu!

Pois é a característica principal da religião da ciência – ela funciona – e as maldições, como as de Aporat, são realmente mortíferas.

Aporat viu a escuridão se fechar sobre a nave e ouviu o súbito cessar do ronronar suave e distante dos motores hiperatômicos. Ele exultou e, do bolso de seu grande manto, retirou uma lâmpada nuclear com energia própria, que preencheu a sala com luz perolada.

Ele olhou para os dois soldados que, embora sem dúvida fossem corajosos, tremiam e batiam os joelhos no mais profundo terror mortal.

– Salve nossas almas, reverendíssimo! Somos pobres homens, ignorantes dos crimes de nossos líderes – um deles gemeu.

– Sigam-me – disse Aporat, com dureza. – Suas almas ainda não estão perdidas.

A nave era um turbilhão de trevas, no qual o medo era tão denso e palpável que quase chegava a ter um odor de miasma. Soldados se amontoavam por onde quer que Aporat e seu círculo de luz passasse, lutando para tocar a bainha de seu manto, implorando pelo mais tênue vestígio de misericórdia.

E sempre, sua resposta era:

– Sigam-me!

Ele encontrou o Príncipe Lefkin, tateando pelos aposentos dos oficiais, xingando em voz alta e exigindo luzes. O almirante olhou para o sacerdote-supervisor com ódio.

– Aí está você! – Lefkin herdou os olhos azuis de sua mãe, mas o nariz de águia e os olhos muito juntos o marcavam como filho de Wienis. – Qual é o sentido de suas ações traiçoeiras? Devolva a energia da nave. Eu sou o comandante aqui.

– Não mais – disse Aporat, sombrio.

Lefkin olhou enfurecido ao redor.

– Peguem esse homem. Prendam-no ou, pelo espaço, pegarei todos os homens ao alcance da minha voz e os jogarei nus comporta afora! – ele fez uma pausa, e depois gritou histérico. – É seu almirante que está ordenando. Prendam-no!

Então, quando ele perdeu inteiramente a cabeça:

– Vocês estão se permitindo serem enganados por esse falastrão, esse arlequim? Vocês rangem os dentes perante uma religião composta de nuvens e raios de luar? Este homem é um impostor e o Espírito Galáctico de que ele fala é uma fraude da imaginação criada para...

Aporat interrompeu, furioso:

– Peguem o blasfemador. Suas almas correm perigo se continuarem a ouvi-lo.

E, num instante, o nobre almirante caiu sob as mãos de vários soldados.

– Tragam-no.

Aporat deu meia-volta, com Lefkin arrastado atrás dele, e os corredores cheios de soldados, e voltou à sala de comunicações. Ali, ordenou ao ex-comandante, perante o único televisor que funcionava.

– Mande que o resto da frota cesse o curso e se prepare para retornar a Anacreon.

O descabelado Lefkin, sangrando, surrado e meio atordoado, obedeceu.

– E agora – continuou Aporat, sombrio –, estamos em contato com Anacreon no raio de hiperondas. Fale o que eu lhe ordenar.

Lefkin fez um gesto de negação e a multidão na sala, junto com os outros que se aglomeravam no corredor além, soltou um grunhido medonho.

– Fale! – disse Aporat. – Comece: a marinha de Anacreon...

Lefkin começou.

8.

Fez-se um silêncio absoluto nos aposentos de Wienis quando a imagem do Príncipe Lefkin apareceu no televisor. O regente soltou um som esganiçado e perdeu o fôlego quando viu o rosto machucado e o uniforme rasgado de seu filho; então desabou numa poltrona, o rosto contorcido em surpresa e apreensão.

Hardin escutou impassível, as mãos tranquilas sobre o colo, enquanto o recém-coroado Rei Lepold estava sentado, todo encolhido, no canto mais escuro, mordendo espasmodicamente a manga bordada a ouro de sua camisa. Até mesmo os soldados haviam perdido o olhar sem emoção que é a prerrogativa dos militares e, de onde estavam enfileirados contra a porta, suas armas nucleares prontas, olhavam furtivamente para a figura no televisor.

Lefkin falou, com relutância, com uma voz cansada que fazia pausa em intervalos como se estivesse sendo forçado – e não com gentileza:

– A marinha de Anacreon... ciente da natureza de sua missão... e se recusando a tomar parte... de um sacrilégio abominável... está retornando a Anacreon... com o seguinte ultimato... para os pecadores blasfemos... que ousaram usar força profana... contra a Fundação... fonte de todas as bênçãos... e contra o Espírito Galáctico. Cessem imediatamente toda a guerra contra... a verdadeira fé... e garantam, de uma maneira adequada a nós da marinha... representada por nosso... sacerdote-supervisor, Theo Aporat,... que tal guerra jamais no futuro... seja retomada e... – aqui, uma longa pausa, e então ele continuou – e que o ex-príncipe regente, Wienis... seja preso... e julgado perante um tribunal eclesiástico...por seus crimes. Caso contrário, a marinha real... ao retornar a Anacreon... destruirá o palácio... e tomará quaisquer outras medidas... que se façam necessárias... para destruir o ninho de pecadores... e o antro de destruidores... de almas dos homens que agora dominam.

A voz terminou com um soluço entrecortado e a tela se apagou.

Hardin passou rapidamente os dedos pela lâmpada nuclear e sua luz se desvaneceu até que, na penumbra, o até agora regente, o rei e os soldados tornaram-se sombras indistintas; e, pela primeira vez, podiam ver que uma aura envolvia Hardin.

Não era a luz incandescente que era a prerrogativa de reis, mas uma menos espetacular, menos impressionante, e no entanto mais eficiente à sua própria maneira, e mais útil.

A voz de Hardin era levemente irônica quando ele se dirigiu ao mesmo Wienis que, uma hora antes, o havia declarado prisioneiro de guerra e afirmado que Terminus estava a ponto de ser destruído; o mesmo Wienis que agora era uma sombra encolhida, quebrada e silenciosa.

– Existe uma velha fábula – disse Hardin –, talvez tão velha quanto a humanidade, pois os mais antigos registros que a contêm são meramente cópias de outros registros ainda mais antigos, que pode interessar a você. Ela diz o seguinte:

"Um cavalo que tinha um lobo como um poderoso e perigoso inimigo vivia com medo constante de morrer. Levado ao desespero, teve a ideia de procurar um aliado forte. Então ele se aproximou de um homem e ofereceu uma aliança, ressaltando que o lobo era também inimigo do homem. O homem aceitou a aliança e se ofereceu para matar o lobo imediatamente, se seu novo parceiro cooperasse colocando sua velocidade maior à disposição do homem. O cavalo aceitou e permitiu que o homem colocasse freio e sela sobre ele. O homem montou, caçou o lobo e o matou."

"O cavalo, feliz e aliviado, agradeceu ao homem, e disse: 'Agora que nosso inimigo está morto, retire o freio e a sela e me devolva a liberdade'."

"Ao que o homem riu alto e respondeu: nunca! E esporeou o cavalo com vontade".

Silêncio. A sombra que era Wienis não se moveu.

Hardin continuou em voz baixa.

– Você vê a analogia, espero. Em sua ansiedade para concretizar para sempre a total dominação sobre seu próprio povo, os reis dos Quatro Reinos aceitaram a religião da ciência que os tornou divinos; e essa mesma religião da ciência foi seu freio e sua sela, pois colocou o poder vital da energia nuclear nas mãos dos sacerdotes... que obedecem a nós, note bem, e não a vocês. Você matou o lobo, mas não conseguiu se livrar dos...

Wienis se pôs de pé num salto e, nas sombras, seus olhos eram buracos enlouquecidos. Sua voz era espessa, incoerente.

– Mas eu vou pegar você. Você não escapará. Você vai apodrecer! Que eles nos explodam. Que eles explodam tudo. Você vai apodrecer! Eu vou pegar você! Soldados! – gritou, histérico. – Atirem nesse demônio por mim. Matem-no! Matem-no!

Hardin se virou da sua poltrona para encarar os soldados e sorriu. Um apontou seu desintegrador nuclear e em seguida o abaixou. Os outros nem se mexeram. Salvor Hardin, prefeito de Terminus, cercado por aquela tênue aura, sorrindo tão confiante, perante quem todo o poder de Anacreon havia se transformado em pó, era demais para eles, apesar das ordens do maníaco histérico logo ali.

Wienis gritou incoerentemente e foi cambaleando até o soldado mais próximo. Enlouquecido, puxou o desintegrador nuclear da mão do homem: apontou-o para Hardin, que nem se mexeu, puxou a alavanca e apertou o contato.

O feixe claro e constante impingido sobre o campo de força que cercava o prefeito de Terminus foi sugado de modo inofensivo e neutralizado. Wienis apertava, com mais força, e ria de correr lágrimas pelo rosto.

Hardin ainda sorria e a aura de seu campo de força quase não brilhou quando absorveu as energias da rajada nuclear. De seu canto, Lepold cobriu os olhos e gemeu.

E, com um grito de desespero, Wienis mudou a mira e atirou mais uma vez – caindo ao chão com a cabeça desintegrada.

Hardin estremeceu ao ver aquilo e murmurou:

– Um homem de "ação direta" até o fim. O último refúgio!

9.

O Cofre do Tempo estava cheio; cheio além da capacidade de cadeiras disponíveis, e três fileiras extras de homens se aglomeravam nos fundos da sala.

Salvor Hardin comparou essa grande companhia aos poucos homens que assistiram à primeira aparição de Hari Seldon, trinta anos antes. Naquela época, foram apenas seis; os cinco velhos Enciclopedistas – todos mortos agora – e ele mesmo, o jovem prefeito cerimonial. Foi naquele dia que ele, com a ajuda de Yohan Lee, havia retirado o estigma de "cerimonial" de seu cargo.

Agora, as coisas eram muito diferentes; diferentes em todos os sentidos. Todos os homens do Conselho da Cidade aguardavam a aparição de Seldon. Ele próprio ainda era prefeito, mas todo-poderoso agora; e, desde a profunda queda de um Anacreon, todo-popular. Quando voltou de Anacreon com a notícia da morte de Wienis e o novo tratado assinado com o trêmulo Lepold, foi saudado com um voto de confiança de absoluta unanimidade. Quando isso foi rapidamente seguido por tratados semelhantes assinados com cada um dos outros três reinos – tratados que davam à Fundação poderes que impediriam para sempre quaisquer tentativas de ataque semelhante ao de Anacreon –, procissões à luz de tochas haviam sido feitas em todas as ruas da cidade de Terminus. Nem mesmo o nome de Hari Seldon havia sido saudado com mais clamor.

Hardin franziu os lábios. Ele também havia tido esse tipo de popularidade depois da primeira crise.

Do outro lado da sala, Sef Sermak e Lewis Bort estavam entretidos numa animada discussão. Os eventos recentes pareciam não tê-los desanimado nem um pouco. Eles haviam se juntado no voto de confiança; feito discursos nos quais admitiam publicamente que erraram, pediram profusas desculpas pelo uso de certas expressões em debates anteriores, pediram desculpas delicadamente, declarando que haviam apenas seguido os ditames de seu julgamento e sua consciência… e imediatamente lançaram uma nova campanha acionista.

Yohan Lee tocou a manga do paletó de Hardin e apontou significativamente para seu relógio.

Hardin levantou a cabeça.

– Olá, Lee. Você ainda está chateado? O que há de errado agora?

— Ele vai aparecer em cinco minutos, não vai?

— Presumo que sim. Da última vez, ele apareceu ao meio-dia.

— E se ele não aparecer?

— Você vai me aborrecer com suas preocupações a vida inteira? Se não aparecer, não apareceu.

Lee franziu a testa e balançou lentamente a cabeça.

— Se esse negócio não der certo, vamos ter outra confusão. Sem o apoio de Seldon para o que fizemos, Sermak estaria livre para começar tudo de novo. Ele quer a anexação direta dos Quatro Reinos e a imediata expansão da Fundação... pela força, se necessário. Ele já começou sua campanha.

— Eu sei. Um engolidor de fogo precisa engolir fogo, mesmo que tenha de acendê-lo. E você, Lee, precisa se preocupar, mesmo que se mate para inventar alguma coisa com que se preocupar.

Lee teria respondido, mas perdeu o fôlego justo naquele momento — quando as luzes ficaram amarelas e foram diminuindo de intensidade. Ele levantou o braço para apontar para o cubículo de vidro que dominava metade do aposento e, então, desabou numa cadeira sem fôlego.

O próprio Hardin se endireitou ao ver a figura que agora preenchia o cubículo: uma figura numa cadeira de rodas! Só ele, dentre todos ali, podia se lembrar do dia, décadas atrás, em que aquela figura havia aparecido pela primeira vez. Ele era jovem, então, e a figura, velha. Desde então, a figura não havia envelhecido um dia, mas ele, por sua vez, tinha ficado bem mais velho.

A figura olhou diretamente para a frente, as mãos folheando um livro no colo.

Ela disse:

— Eu sou Hari Seldon! — A voz era velha e suave.

Fez-se um silêncio total no salão, e Hari Seldon continuou, em tom informal:

— Esta é a segunda vez que estou aqui. É claro que não sei se algum de vocês esteve da primeira vez. Na verdade, não tenho como saber, pela percepção dos sentidos, se existe sequer uma pessoa aqui dentro, mas não importa. Se a segunda crise foi superada com segurança, vocês provavelmente estarão aqui; não há outra saída. Se não estiverem aqui, então a segunda crise foi demais para vocês.

Ele sorriu de modo cativante.

— Mas eu duvido *disso*, pois meus cálculos mostram uma probabilidade de 98,4% de que não há nenhum desvio significativo do Plano nos primeiros oitenta anos. Segundo nossos cálculos, vocês agora chegaram ao ponto de dominar os reinos bárbaros que cercam imediatamente a Fundação. Assim como na primeira crise vocês os mantiveram longe pelo uso do Equilíbrio do Poder, na segunda ganharam dominância pelo uso do Poder Espiritual contra o Temporal. Entretanto, preciso avisá-los para que não fiquem superconfiantes. Não posso garantir nenhum conhecimento antecipado nestas gravações, mas é mais seguro indicar que o que vocês agora atingiram foi meramente um novo equilíbrio... embora o equilíbrio em que sua posição está agora seja consideravelmente melhor. O Poder Espiritual, embora suficiente para rebater ataques do Temporal, *não é* suficiente para atacá-lo. Devido ao crescimento invariável da força de reação conhecida como Regionalismo ou Nacionalismo, o Poder Espiritual não pode prevalecer. Mas tenho certeza de que não estou lhes dizendo nada de novo. Vocês devem me perdoar, a propósito, por falar dessa maneira vaga. Os termos que uso são, na melhor das hipóteses, meras aproximações, mas nenhum de vocês está qualificado para compreender a verdadeira simbologia da psico-história e, por isso, preciso fazer o melhor possível. Neste caso, a Fundação está apenas no início do caminho que leva ao Segundo Império Galáctico. Os reinos vizinhos, em termos de homens e recursos, ainda são incrivelmente poderosos se comparados a vocês. Além deles, existe a vasta e emaranhada selva de barbárie que se estende por toda a extensão da Galáxia. Dentro dessa borda ainda existe o que restou do Império Galáctico – e ele, por mais enfraquecido e decadente que esteja, ainda é incomparavelmente poderoso.

Neste ponto, Hari Seldon levantou seu livro e o abriu. Seu rosto assumiu um ar solene.

– E nunca se esqueçam de que *outra* Fundação foi estabelecida há oitenta anos; uma Fundação na outra extremidade da Galáxia, no Fim da Estrela. Eles sempre estarão lá para serem levados em conta. Cavalheiros, novecentos e vinte anos do Plano se estendem à sua frente. O problema é de vocês!

Ele abaixou a cabeça para ver o livro e desapareceu, enquanto as luzes voltaram a brilhar. No burburinho que se seguiu, Lee se inclinou para falar no ouvido de Hardin.

– Ele não disse quando vai voltar.

Hardin respondeu:

– Eu sei... Mas confio que ele não vai voltar até que você e eu estejamos tranquila e confortavelmente mortos!

Parte 4
Os comerciantes

Comerciantes... e constantemente à frente da hegemonia política da Fundação iam os Comerciantes, estendendo tênues dedos que atravessavam as tremendas distâncias da Periferia. Meses ou anos poderiam se passar entre pousos em Terminus; suas naves muitas vezes não eram mais do que colchas de retalhos de reparos caseiros improvisados; a honestidade deles não era das mais altas; sua ousadia...

Por meio de tudo isso eles forjaram um império mais duradouro do que o despotismo pseudorreligioso dos Quatro Reinos...

Histórias sem fim são contadas sobre essas imensas figuras solitárias que usavam um lema meio sério, meio jocoso adotado de um dos epigramas de Salvor Hardin: "Nunca deixe seu senso de moral impedir você de fazer o que é certo!" É difícil hoje dizer quais histórias são reais e quais são apócrifas. Provavelmente, não há nenhuma que não tenha sofrido alguns exageros...

ENCICLOPÉDIA GALÁCTICA

1.

Limmar Ponyets estava todo ensaboado quando o chamado chegou ao seu receptor – o que prova que o velho ditado sobre telemensagens e o chuveiro é verdade até mesmo no espaço escuro e frio da Periferia Galáctica.

Por sorte, a parte de uma nave comercial freelance que não é dedicada às mercadorias é extremamente apertada. Tanto que o chuveiro, com água quente e tudo, fica localizado num cubículo de sessenta centímetros por um metro e vinte, a três metros dos painéis de controle. Ponyets ouviu o ruído em stacatto do receptor com muita clareza.

Pingando espuma e xingando, ele saiu para ajustar o vocal e, três horas mais tarde, uma segunda nave comercial estava ao seu lado, com um jovem sorridente entrando pelo tubo de ar entre as naves.

Ponyets puxou sua melhor cadeira para a frente e se empoleirou na poltrona giratória do piloto.

– O que é que você tem feito, Gorm? – ele perguntou, seco. – Me perseguido desde a Fundação?

Les Gorm pegou um cigarro e balançou a cabeça, peremptoriamente.

– Eu? Sem chance. Sou apenas o otário que calhou de pousar em Glyptal IV no dia seguinte à correspondência. Aí eles me mandaram atrás de você com isto aqui.

A minúscula esfera reluzente trocou de mãos e Gorm acrescentou:

– É confidencial. Supersecreta. Não pode ser confiada ao subéter, essa coisa toda. Ou foi o que eu entendi. Pelo menos, é uma Cápsula Pessoal e não vai abrir para ninguém, a não ser você.

Ponyets ficou olhando com cara de poucos amigos para a cápsula.

– Isso eu posso ver. E nunca conheci nenhuma dessas que trouxesse boas notícias.

Ela se abriu na sua mão, e a fita fina e transparente se desenrolou rígida. Seus olhos varreram a mensagem rapidamente, pois quando a fita chegou ao fim, o começo já estava marrom e enrugado. Em um minuto e meio ela havia ficado preta e, molécula por molécula, se desintegrado.

Ponyets grunhiu.

– Ai, *minha Galáxia*!!!

Les Gorm disse baixinho:

– Posso ajudar de algum modo? Ou a coisa é secreta demais?

– Vale a pena contar, já que você é da Liga. Preciso ir para Askone.

– Para aquele lugar? Por quê?

– Eles prenderam um comerciante. Mas bico calado.

A expressão no rosto de Gorm mudou para raiva.

– Prenderam? Isso é contra a Convenção!

– A interferência na política local também.

– Ah! Foi isso o que ele fez? – meditou Gorm. – Quem é o comerciante? Alguém que eu conheço?

– Não! – Ponyets disse, brusco, e Gorm aceitou a implicação, não fazendo mais perguntas.

Ponyets se levantou e ficou olhando, sombrio, pelo visor. Resmungou coisas cabeludas para aquela parte em forma de lente nebulosa que era o corpo da Galáxia e então disse, em voz alta:

– Que maldita confusão! Eu estou muito atrasado com a minha cota.

Uma luz se iluminou no intelecto de Gorm.

– Ei, amigo, Askone é área fechada.

– Isso mesmo. Não se pode vender nem um canivete em Askone. Eles não compram dispositivos nucleares de espécie alguma. Com minha cota já perdida, é suicídio ir até lá.

– Você não consegue se safar dessa?

Ponyets balançou a cabeça, distraído.

– Eu conheço o sujeito envolvido. Não posso abandonar um amigo. E daí? Estou nas mãos do Espírito Galáctico e sigo com alegria pelo caminho que ele apontar.

Gorm perguntou, sem entender:

– Hein?

Ponyets olhou para ele e deu uma risada.

– Esqueci que você nunca leu o *Livro do Espírito*, leu?

– Nunca ouvi falar – Gorm disse, curto e grosso.

– Bem, você *teria* ouvido falar se tivesse tido treinamento religioso.

– Treinamento religioso? Para o *sacerdócio*? – Gorm estava profundamente chocado.

— Receio que sim. É meu segredo obscuro e minha vergonha. Mas eu era demais para os Reverendos Padres. Eles me expulsaram, por motivos suficientes para me promover a uma educação secular sob a Fundação. Bem, escute, é melhor eu ir logo. Como é que está sua cota este ano?

Gorm apagou o cigarro e ajustou o boné.

— Estou com minha última carga agora. Vou conseguir.

— Sujeito de sorte — Ponyets resmungou e, por vários minutos depois que Les Gorm foi embora, ficou ali sentado, devaneando, sem fazer um único movimento.

Então Eskel Gorov estava em Askone — e, ainda por cima, na prisão!

Isso era ruim! Na verdade, consideravelmente pior do que poderia parecer. Uma coisa era contar a um jovem curioso uma versão diluída do negócio para botá-lo para fora e mandá-lo cuidar de sua vida. Outra coisa, inteiramente diferente, era enfrentar a verdade.

Pois Limmar Ponyets era uma das poucas pessoas que sabia que o Mestre Comerciante Eskel Gorov não era um comerciante; mas algo inteiramente diferente, um agente da Fundação!

2.

Duas semanas passadas! Duas semanas perdidas.

Uma semana para chegar a Askone, nas fronteiras extremas da onde as naves de guerra vigilantes arremeteram para encontrá-lo em números convergentes. Fosse qual fosse o sistema de detecção deles, funcionava – e bem.

Elas o cercaram devagar, sem um sinal, mantendo distância e direcionando-o, brutalmente, para o sol central de Askone.

Ponyets podia ter lidado com eles num instante. As naves eram sobras do falecido Império Galáctico – mas eram cruzadores esporte e não naves de guerra; e, sem armas nucleares, eram apenas elipsoides pitorescas e impotentes. Mas Eskel Gorov era um prisioneiro nas mãos deles, e não era um refém a se perder. Os askonianos deviam saber disso.

E então mais uma semana – uma semana de canseira para abrir caminho entre as nuvens de oficiais menores que formavam a camada de amortecimento entre o Grande Mestre e o mundo exterior. Cada pequeno subsecretário exigia consolo e conciliação. Cada qual exigia cuidadoso e nauseabundo suborno para a assinatura florida que era o caminho para o próximo oficial da fila.

Pela primeira vez, Ponyets viu que seus documentos de identificação de comerciante eram inúteis.

Agora, finalmente, o Grande Mestre estava do outro lado da porta dourada ladeada por guardas – e duas semanas haviam se passado.

Gorov ainda era um prisioneiro e a carga de Ponyets apodrecia, inútil, nos compartimentos de sua nave.

O Grande Mestre era um homem pequeno; um homem pequeno que estava ficando calvo e tinha um rosto muito enrugado, cujo corpo parecia imobilizado pelo peso do imenso e reluzente colarinho de pele em volta de seu pescoço.

Seus dedos se moveram de cada lado e a fileira de homens armados recuou para formar um corredor, ao longo do qual Ponyets andou até o pé da Cadeira de Estado.

– Não fale – o Grande Mestre disse, com rudeza, e os lábios de Ponyets se fecharam rapidamente.

— Isso mesmo — o governante askoniano relaxou visivelmente. — Não consigo suportar blablablás inúteis. Você não pode fazer ameaças e eu não aceito bajulação. E também não há lugar para reclamações de perdas e danos. Já perdi a conta das vezes em que vocês, andarilhos, foram avisados de que suas máquinas demoníacas não são desejadas em nenhum lugar de Askone.

— Senhor — Ponyets disse baixinho —, não há tentativa de justificar o comerciante em questão. Não é política dos comerciantes se meterem onde não são chamados. Mas a Galáxia é grande e já aconteceu antes de uma fronteira ter sido ultrapassada sem querer. Foi um erro deplorável.

— Com certeza foi deplorável — disse o Grande Mestre, com uma voz esganiçada. — Mas erro? Seu povo em Glyptal IV tem me bombardeado com súplicas desde duas horas após a prisão do miserável. Eu já fui avisado por eles que você viria, muitas vezes. Parece uma campanha de resgate bem organizada. Muita coisa parece ter sido prevista... um pouco demais para erros, deploráveis ou não.

Os olhos negros do askoniano eram desdenhosos. Ele continuou, falando acelerado:

— E vocês são comerciantes, voando de mundo em mundo como borboletinhas loucas, tão loucas que acham que podem pousar no maior mundo de Askone, no centro de seu sistema, e considerar isso um erro de cálculo de fronteiras? Ora, claro que não.

Ponyets sentiu o golpe, sem demonstrar. Disse, humildemente:

— Se a tentativa de fazer comércio foi deliberada, Venerável, foi muito imprudente e contrária às mais estritas regras de nossa Liga.

— Imprudente sim, senhor — disse o askoniano, curto e grosso. — Tanto que, provavelmente, o seu colega terá de pagar com a vida por isso.

O estômago de Ponyets deu um nó. Não havia nenhuma dúvida naquela afirmação. Ele disse:

— A morte, Venerável, é um fenômeno tão absoluto e irrevogável que deve haver alguma alternativa.

Fez-se uma pausa antes da resposta cautelosa:

— Eu ouvi dizer que a Fundação é rica.

— Rica? Certamente. Mas nossas riquezas são aquelas que o senhor se recusa a aceitar. Nossos artigos nucleares são valiosos...

— Seus artigos não têm valor porque lhes falta a bênção ancestral. Seus artigos são malignos e malditos, pois estão sob a proibição ancestral. — As frases eram entoadas; a recitação de uma fórmula.

As pálpebras do Grande Mestre se fecharam, e ele disse, sério:

— Você não tem nada mais de valor?

Isso não fazia mais sentido para o comerciante.

— Não entendo. O que o senhor quer?

O askoniano abriu bem as mãos.

— Você me pede para trocarmos de lugar um com o outro e que eu dê a conhecer as minhas necessidades. Acho que não. Seu colega, ao que parece, deve sofrer a punição imposta por sacrilégio pelo código askoniano. Morte por gás. Somos pessoas justas. O camponês mais pobre, num caso semelhante, não sofreria mais. Eu mesmo não sofreria menos.

Ponyets resmungou sem esperanças.

— Venerável, seria permitido que eu falasse com o prisioneiro?

— A lei askoniana — o Grande Mestre disse com frieza — não permite comunicação com um homem condenado.

Mentalmente, Ponyets segurou a respiração.

— Venerável, peço que seja misericordioso para com a alma de um homem, na hora em que seu corpo está perdido. Ele foi separado do consolo espiritual durante todo o tempo em que sua vida esteve em perigo. Mesmo agora, enfrenta a perspectiva de ir, despreparado, para o seio do Espírito que nos governa a todos.

O Grande Mestre disse devagar, desconfiado:

— Você é um Curador da Alma?

Ponyets abaixou a cabeça, humilde.

— Assim fui treinado. Na vastidão do espaço, os comerciantes que vagam precisam de homens como eu para o lado espiritual de uma vida tão entregue ao comércio e aos objetivos mundanos.

O governante askoniano parou para pensar, mordendo o lábio inferior.

— Todos os homens devem preparar suas almas para a jornada a seus espíritos ancestrais. Mas eu nunca imaginei que vocês comerciantes fossem crentes.

3.

Eskel Gorov se remexeu inquieto no sofá e abriu um olho quando Limmar Ponyets entrou pela porta pesadamente reforçada. Ela se fechou atrás dele com um estrondo. Gorov se levantou atrapalhado.

– Ponyets! Eles mandaram você?

– Puro acaso – Ponyets disse, com amargura – ou então foi obra do meu próprio demônio malevolente. Item um: você se meteu numa confusão em Askone. Item dois: minha rota de vendas, conforme sabido pela Diretoria de Comércio, me leva a cinquenta parsecs do sistema justo no momento do item um. Item três, nós já trabalhamos juntos antes e a Diretoria sabe disso. Não é uma bela armação inevitável? A resposta simplesmente vem prontinha.

– Cuidado – Gorov disse tenso. – Deve haver alguém ouvindo. Está usando um Distorcedor de Campo?

Ponyets indicou o bracelete ornamentado preso ao pulso, e Gorov relaxou.

Ponyets olhou ao redor. A cela estava vazia, mas era grande, bem iluminada e não tinha cheiros ofensivos.

– Não é ruim – disse ele. – Estão tratando você com luvas de pelica.

Gorov ignorou o comentário.

– Escute, como foi que você chegou aqui? Estou na solitária há quase duas semanas.

– Desde que cheguei, hein? Bem, parece que o galo velho que manda neste terreiro tem lá seus pontos fracos. Ele é inclinado a fazer discursos piedosos, então corri um risco que funcionou. Estou aqui na função de seu conselheiro espiritual. Homens piedosos como ele têm lá suas idiossincrasias. Ele cortará alegremente a sua garganta se isso lhe convier, mas hesitará em colocar em perigo o bem-estar de sua alma imaterial e problemática. É apenas uma peça de psicologia empírica. Um comerciante precisa conhecer de tudo um pouco.

O sorriso de Gorov era sarcástico.

– E você também estudou na escola teológica. Você é gente boa, Ponyets. Fico feliz porque o mandaram. Mas o Grande Mestre não adora só a minha alma. Ele mencionou um resgate?

O comerciante fez uma expressão de desconfiança.

– Ele deu uma pista... mal e mal. E também ameaçou morte por gás. Eu fui jogando mansinho e me desviei dos obstáculos; poderia facilmente ter sido uma armadilha. Então o negócio é extorsão, não é? O que ele quer?

– Ouro.

– Ouro? – Ponyets franziu a testa. – O metal? Para quê?

– É a moeda de troca deles.

– É mesmo? E onde é que eu consigo ouro?

– Onde puder. Me escute, isto é importante. Nada me acontecerá enquanto o Grande Mestre tiver o cheiro do ouro nas narinas. Prometa isso a ele; prometa o quanto ele pedir. Então volte para a Fundação, se necessário, para obtê-lo. Quando eu estiver livre, seremos escoltados para fora do sistema e então nos separamos.

Ponyets olhou para ele com desaprovação.

– E então, você voltará e tentará novamente.

– É minha missão vender artigos nucleônicos para Askone.

– Eles vão pegá-lo antes que você tenha avançado um parsec no espaço. Você sabe disso, não sabe?

– Não – disse Gorov. – E se soubesse, isso não mudaria nada.

– Eles irão matá-lo da próxima vez.

Gorov deu de ombros.

Ponyets disse baixinho:

– Se vou negociar com o Grande Mestre novamente, quero saber toda a história. Até agora, estou trabalhando cego demais. Até agora, os poucos comentários arriscados que fiz quase deixaram o Venerável louco.

– É simples – disse Gorov. – A única maneira pela qual podemos aumentar a segurança da Fundação, aqui na Periferia, é formar um império comercial controlado pela religião. Ainda somos fracos demais para sermos capazes de forçar o controle político. É tudo o que podemos fazer para segurar os Quatro Reinos.

Ponyets concordou com a cabeça.

– Já percebi. E qualquer sistema que não aceite dispositivos nucleares nunca poderá ser colocado sob nosso controle religioso...

– E, portanto, poderá se tornar um ponto focal para independência e hostilidade. Sim.

— Então está bem — disse Ponyets. — A teoria já era. Agora, o que exatamente impede essa venda? Religião? O Grande Mestre deu a entender isso.

— É uma forma de veneração dos ancestrais. Suas tradições falam de um passado maligno do qual foram salvos pelos heróis simples e virtuosos das gerações anteriores. É uma distorção do período de anarquia de um século atrás, quando as tropas imperiais foram expulsas e um governo independente foi montado. A ciência avançada e, principalmente, a energia nuclear ficaram identificadas com o antigo regime imperial, do qual se lembram com horror.

— É isso? Mas eles têm naves bonitinhas que me avistaram muito rapidamente, a dois parsecs de distância. Isso me cheira a sistemas nucleônicos.

Gorov deu de ombros.

— Essas naves são sobras do Império, sem dúvida. Provavelmente com propulsão nuclear. O que eles já têm, conservam. A questão é que não inovam e a economia interna deles é inteiramente não nuclear. É isso o que precisamos mudar.

— E como você ia fazer isso?

— Quebrando a resistência em um ponto. Falando de forma simples, se eu pudesse vender um canivete com uma lâmina de campo de força a um nobre, seria do interesse dele forçar o surgimento de leis que lhe permitissem usá-lo. Colocando isso de forma crua, parece bobo, mas é psicologicamente racional. Fazer vendas estratégicas, em pontos estratégicos, seria criar uma facção pró-nucleônica na corte.

— E eles mandam *você* para esse objetivo, enquanto estou aqui apenas para resgatá-lo e ir embora, enquanto você continua tentando? Isso não é meio que andar pra trás?

— De que maneira? — Gorov perguntou, na defensiva.

— Escute — Ponyets ficou subitamente exasperado —, você é um diplomata, não um comerciante, e chamá-lo de comerciante não o tornará um. Este caso é para alguém que fez das vendas o seu negócio; e estou aqui com uma carga inteira estragando, além de uma cota que não será cumprida, ao que me parece.

— Quer dizer que você vai arriscar sua vida em uma coisa que não é seu negócio? — Gorov deu um leve sorriso.

— Você quer dizer — disse Ponyets — que isto é uma questão de patriotismo, e comerciantes não são patriotas?

— Notoriamente não. Pioneiros nunca são.

– Está certo. Eu concordo. Não fico zanzando pelo espaço para salvar a Fundação ou coisa do gênero. Mas estou nessa para ganhar dinheiro, e esta é minha chance. Se ajudar a Fundação ao mesmo tempo, tanto melhor. E já corri riscos maiores na vida.

Ponyets se levantou e Gorov, junto com ele.

– O que você vai fazer?

O comerciante sorriu.

– Gorov, eu não sei... ainda não. Mas se o xis da questão é fazer uma venda, então eu sou o homem de que você precisa. Não estou me exibindo ou coisa do gênero, mas existe uma coisa que sempre vou defender. Eu nunca fiquei abaixo da minha cota.

A porta da cela se abriu quase no mesmo instante em que ele bateu e dois guardas se postaram lá dentro, um de cada lado.

4.

— Um espetáculo! — disse o Grande Mestre, sombrio. Ele se ajeitou direito em suas peles e uma mão magra agarrou o porrete de ferro que usava como bengala.

— E ouro, Venerável.

— *E* ouro — concordou o Grande Mestre, distraído.

Ponyets colocou a caixa no chão e a abriu com a cara de tranquilidade mais perfeita que pôde conseguir. Ele se sentia sozinho em face da hostilidade universal; era como havia se sentido lá fora, no espaço, em seu primeiro ano. O semicírculo de conselheiros barbudos que o encarava, agora, olhava de modo desagradável. Entre eles estava Pherl, o favorito de rosto magro que se sentava ao lado do Grande Mestre, em hostilidade rígida. Ponyets já o vira uma vez e o marcara imediatamente como o inimigo principal, e, consequentemente, a principal vítima.

Do lado de fora do salão, um pequeno exército aguardava o desenrolar dos eventos. Ponyets estava efetivamente isolado de sua nave; não tinha nenhuma arma, a não ser sua tentativa de suborno; e Gorov ainda era refém.

Fez os últimos ajustes na monstruosidade desajeitada que lhe custara uma semana de engenhosidade e rezou, mais uma vez, para que o quartzo revestido de chumbo suportasse o esforço.

— O que é isso? — perguntou o Grande Mestre.

— Isto — disse Ponyets, recuando alguns passos — é um pequeno dispositivo que eu mesmo construí.

— Isso é óbvio, mas não é a informação que quero. É uma das abominações de magia negra de seu mundo?

— É de natureza nuclear — Ponyets admitiu, muito sério —, mas nenhum dos senhores precisa tocá-lo, nem ter nada a ver com o aparelho. Ele é somente para mim e, se contém abominações, eu aceitarei o peso dessa sordidez.

O Grande Mestre havia levantado sua bengala de ferro para a máquina num gesto ameaçador, e seus lábios se moveram rápida e silenciosamente em uma invocação de purificação. O conselheiro de rosto fino à sua direita se inclinou em sua direção e seu bigode vermelho desgrenhado se aproximou da orelha do Grande Mestre. O ancião askoniano se afastou, petulante.

– E qual é a ligação de seu instrumento do mal com o ouro que pode salvar a vida de seu conterrâneo?

– Com esta máquina – disse Ponyets, deixando a mão descer suavemente para a câmera central, acariciando seus flancos duros e arredondados –, eu posso transformar o ferro que vocês descartarem em ouro da melhor qualidade. É o único dispositivo conhecido do homem que pega o ferro, o ferro feio, Venerável, que apoia a cadeira na qual o senhor está sentado e as paredes deste prédio, e o transforma em um ouro brilhante, pesado e amarelo.

Ponyets sentia que estava pondo tudo a perder. Seu discurso de vendas normal costumava ser tranquilo, simples e plausível; mas aquilo ali estava mais cheio de furos que um vagão espacial atingido por uma rajada de armas. Mas era o conteúdo, e não a forma, que interessava ao Grande Mestre.

– Então? Transmutação? Alguns tolos já afirmaram possuir essa habilidade. E pagaram caro pelo sacrilégio.

– Eles conseguiram?

– Não – o Grande Mestre parecia friamente divertido. – O sucesso na produção de ouro teria sido um crime que tem seu próprio antídoto. É a tentativa e a falha que são fatais. Aqui, o que você pode fazer com o meu cajado? – ele bateu no chão com a bengala.

– O Venerável há de me desculpar. Meu dispositivo é um modelo pequeno, preparado por mim mesmo, e seu cajado é muito comprido.

O olhinho reluzente do Grande Mestre passeou ao redor e parou.

– Randel, suas fivelas. Vamos, homem, elas serão substituídas em dobro, se preciso for.

As fivelas passaram de mão em mão pela fileira. O Grande Mestre as pesou pensativo.

– Aqui – ele disse e as atirou no chão.

Ponyets as apanhou. Puxou com força o cilindro para abri-lo. Ele piscava sem parar e tentava focalizar a visão enquanto centralizava cuidadosamente as fivelas na tela anódica. Mais tarde, seria mais fácil, mas não deveria haver falhas na primeira vez.

O transmutador caseiro emitiu estalidos malevolentes por dez minutos, enquanto o cheiro de ozônio começava a se fazer sentir de leve no ar. Os askonianos recuaram, murmurando, e mais uma vez Pherl sussurrou com urgência no ouvido de seu governante. A expressão no rosto do Grande Mestre era pétrea. Não se movia um milímetro.

E as fivelas saíram douradas.

Ponyets as ergueu para o Grande Mestre com um murmúrio:

– Venerável! – mas o velho hesitou e, depois, fez um gesto para que ele as afastasse. Seu olhar permaneceu concentrado no transmutador.

Ponyets disse, rapidamente:

– Cavalheiros, isto é ouro. Ouro do começo ao fim. Podem submetê-lo a qualquer teste físico e químico, se desejarem provar a verdade. Ele não pode ser diferenciado do ouro natural de nenhum modo. Qualquer ferro pode ser tratado assim. A ferrugem não causará interferências, nem uma quantidade moderada de metais de outras ligas...

Mas Ponyets falava apenas para preencher um vácuo. Ele deixou as fivelas permanecerem em sua mão estendida e foi o ouro que argumentou por ele.

O Grande Mestre estendeu uma mão lenta, por fim, e Pherl, o de rosto fino, se sentiu motivado para um discurso aberto.

– Venerável, o ouro vem de uma fonte envenenada.

E Ponyets contra-argumentou.

– Uma rosa pode crescer do lodo, Venerável. Nos negócios com seus vizinhos, o senhor compra materiais de todas as variedades imagináveis, sem perguntar onde eles são obtidos, seja de uma máquina ortodoxa, abençoada por seus ancestrais benignos, ou por algum ultraje gerado no espaço. Vamos, não estou oferecendo a máquina. Estou oferecendo o ouro.

– Venerável – disse Pherl –, o senhor não é responsável pelos pecados de estrangeiros que não trabalham com seu consentimento ou conhecimento. Mas aceitar esse estranho pseudo-ouro feito pecaminosamente a partir do ferro, em sua presença e com seu consentimento, é uma afronta para os espíritos vivos de nossos sagrados ancestrais.

– Mas ouro é ouro – disse o Grande Mestre, sentindo dúvidas –, e é uma troca pelo pagão que está preso. Pherl, você é crítico demais – falou, afastando a mão.

— O senhor é a sabedoria encarnada, Venerável — disse Ponyets. — Pense: abrir mão de um pagão não é perder nada para seus ancestrais, ao passo que, com o ouro que o senhor obtiver em troca, poderá ornamentar os templos de seus espíritos sagrados. E, certamente, se o ouro por si só fosse maligno, se tal coisa pudesse existir, o mal necessariamente sumiria assim que o metal fosse posto em uso tão piedoso.

— Pelos ossos do meu avô — disse o Grande Mestre, com uma veemência surpreendente. Seus lábios se separaram numa gargalhada aguda. — Pherl, o que você me diz deste rapaz? A afirmação dele é válida. É tão válida quanto as palavras de meus ancestrais.

Pherl disse mal-humorado:

— Assim parece. Desde que a validade não acabe sendo uma artimanha do Espírito Maligno.

— Vou fazer ainda melhor — Ponyets disse, subitamente. — Mantenha o ouro como refém. Coloque-o nos altares de seus ancestrais como uma oferenda e me mantenha aqui por trinta dias. Se, ao final desse período, não houver evidência de desgosto... se não acontecer nenhum desastre... certamente isso seria prova de que a oferenda foi aceita. O que mais pode ser oferecido?

E quando o Grande Mestre se levantou para procurar desaprovação, nenhum homem do conselho deixou de assinalar sua concordância. Até mesmo Pherl mastigou a ponta do bigode e assentiu, discretamente.

Ponyets sorriu e meditou sobre a utilidade de uma educação religiosa.

5.

Outra semana se passou antes que a reunião com Pherl fosse arranjada. Ponyets sentiu a tensão, mas estava acostumado à sensação do desamparo físico a essa altura. Ele havia deixado o limite urbano sob guarda. Estava na *villa* de Pherl, nos arredores da cidade, também sob guarda. Não havia nada a fazer a não ser aceitar isso, sem sequer olhar para trás.

Pherl era mais alto e mais jovem fora do círculo de Anciões. Em trajes informais, não parecia sequer um Ancião.

— Você é um homem peculiar — disse Pherl, bruscamente. Seus olhos, muito juntos, pareciam estremecer. — Você não fez nada nesta última semana, e particularmente nestas últimas duas horas, a não ser insinuar que preciso de ouro. Parece um trabalho inútil, pois quem não precisa? Por que não avançar um passo?

— Não é simplesmente ouro — Ponyets disse, discretamente. — Não simplesmente ouro. Não meramente uma ou duas moedas. Ao contrário, é o que está por trás do ouro.

— Ora, o que pode estar por trás do ouro? — provocou Pherl, com um sorriso curvado para baixo. — Certamente esta não é a preliminar de mais uma demonstração desajeitada.

— Desajeitada? — Ponyets franziu ligeiramente a testa.

— Ah, definitivamente — Pherl cruzou as mãos e apoiou suavemente o queixo nelas. — Eu não o critico. A falta de jeito foi de propósito, tenho certeza disso. Eu poderia ter avisado *isso* ao Venerável, se tivesse tido certeza do motivo. Agora, se fosse você, teria produzido o ouro na minha nave e oferecido-o sozinho. O espetáculo que você nos ofereceu e o antagonismo que despertou eram dispensáveis.

— É verdade — confessou Ponyets. — Mas como estava sendo eu mesmo, aceitei o antagonismo para atrair sua atenção.

— É isso? Simplesmente isso? — Pherl não fez esforço algum para ocultar seu divertimento e desprezo. — E imagino que você sugeriu o período de purificação de trinta dias para poder garantir a si mesmo um tempo para transformar a atração em alguma coisa um pouco mais substancial. Mas, e se o ouro for impuro?

Ponyets se permitiu um humor negro em retribuição.

— Quando o julgamento dessa impureza depende daqueles que são os mais interessados em descobrir que ele é puro?

Pherl levantou a cabeça e olhou, desconfiado, para o comerciante. Parecia ao mesmo tempo surpreso e satisfeito.

— Faz sentido. Agora, diga-me por que desejou me atrair.

— Farei isso. No curto tempo em que estive aqui, observei fatos úteis que o preocupam e me interessam. Por exemplo, você é jovem... muito jovem para um membro do conselho, e até mesmo de uma família relativamente jovem.

— Você critica minha família?

— De modo algum. Seus ancestrais são grandes e santos; todos admitirão isso. Mas há quem diga que você não é membro das Cinco Tribos.

Pherl se recostou.

— Com todo o respeito aos envolvidos — e ele não escondeu seu veneno —, as Cinco Tribos têm órgãos de procriação empobrecidos e sangue fraco. Não existem nem cinquenta membros das Tribos vivos, hoje.

— Mas há quem diga que a nação não estaria disposta a ver nenhum homem de fora das Tribos como Grande Mestre. E um favorito do Grande Mestre, tão jovem e recém-empossado, está propenso a fazer inimigos poderosos entre os grandes do Estado... é o que dizem. O Venerável está ficando velho e sua proteção não durará além de sua morte, quando for um de seus inimigos quem, indubitavelmente, interpretará as palavras do Espírito.

Pherl fez uma careta.

— Para um estrangeiro, você ouve demais. Ouvidos assim são feitos para serem cortados.

— Isso pode ser decidido mais tarde.

— Deixe-me prever — Pherl se remexeu impacientemente em seu assento. — Você vai me oferecer riqueza e poder em termos dessas maquininhas malignas que traz em sua nave? E...?

— Suponha que sim. Qual seria sua objeção? Simplesmente o seu padrão de bem e mal?

Pherl balançou a cabeça.

— De jeito algum. Escute, meu Estrangeiro, a opinião que você tem de nós, em seu agnosticismo pagão, é o que é... mas eu não sou inteiramente escravo de nossa mitologia, embora possa parecer que sim. Eu sou um homem culto, cavalheiro, e, espero, um homem esclarecido. Toda a profundidade de nossos costumes religiosos, no sentido ritualístico em vez de ético, é para as massas.

– Sua objeção, então? – Ponyets pressionou, educadamente.

– Apenas isso. As massas. *Eu* poderia estar disposto a negociar com você, mas suas maquininhas devem ser usadas para serem úteis. Como as riquezas poderiam chegar a mim, se eu tivesse de usar... o que você vende mesmo? ...bem, uma navalha, por exemplo, somente com o mais absoluto sigilo. Mesmo que meu rosto tivesse um barbear mais suave e mais rente, como eu ficaria rico? E como evitaria a morte na câmara de gás ou linchamento por uma turba furiosa, se fosse apanhado usando isso?

Ponyets deu de ombros.

– O senhor está correto. Eu poderia ressaltar que o remédio seria educar seu próprio povo a usar produtos nucleônicos para a conveniência deles e seu próprio lucro substancial. Seria uma obra gigantesca. Mesmo assim, é uma preocupação sua e, no momento, nem um pouco minha. Pois não ofereço nem navalha, nem faca, nem triturador mecânico de lixo.

– O que você oferece?

– Ouro. Direto. Você pode ter a máquina que demonstrei na semana passada.

Naquele instante, Pherl ficou rígido e a pele em sua testa estremeceu.

– O transmutador?

– Exatamente. Seu suprimento de ouro será igual ao seu suprimento de ferro. Isso, imagino eu, é suficiente para todas as necessidades. Suficiente para o próprio cargo de Grande Mestre, apesar da juventude e dos inimigos. E é seguro.

– De que maneira?

– É seguro porque o segredo é a essência de seu uso; o mesmo segredo que o senhor descreveu como a única segurança com relação aos aparelhos nucleônicos. O senhor pode enterrar o transmutador no calabouço mais profundo da fortaleza mais impenetrável de sua propriedade mais longínqua, e ele lhe trará riqueza instantânea. É o *ouro* que o senhor estará comprando, não a máquina, e esse ouro não traz consigo nenhum vestígio de sua fabricação, pois não pode ser diferenciado do de criação natural.

– E quem vai operar a máquina?

– O senhor mesmo. Cinco minutos é tudo que o senhor precisa para aprender. Eu a montarei onde desejar.

– E em troca?

– Bem – Ponyets começou a falar com cautela. – Eu tenho um preço, e é um preço alto. É o meu modo de ganhar a vida. Vamos dizer... pois é uma máquina valiosa... o equivalente a trinta centímetros cúbicos de ouro, em forma de ferro forjado.

Pherl deu uma gargalhada, e Ponyets ficou vermelho.

– Eu ressalto – ele acrescentou, muito sério – que o senhor poderá obter seu preço de volta em duas horas.

– É verdade, e em uma hora você poderá ter partido, e minha máquina poderá subitamente se tornar inútil. Vou precisar de uma garantia.

– O senhor tem minha palavra.

– Essa é muito boa – Pherl fez uma mesura irônica –, mas sua presença seria uma garantia ainda melhor. Eu lhe dou a *minha* palavra de que lhe pagarei uma semana após a entrega e funcionamento.

– Impossível.

– Impossível? Quando você já incorreu em pena de morte, muito prontamente, por ousar me vender alguma coisa. A única alternativa é a minha palavra de que vai conseguir a câmara de gás amanhã.

O rosto de Ponyets ficou sem expressão, mas seus olhos poderiam ter piscado quase imperceptivelmente. Ele disse:

– É uma vantagem injusta. O senhor pelo menos colocará sua promessa por escrito?

– E também me tornar passível de execução? Não, senhor! – Pherl sorriu, com ampla satisfação. – Não, senhor! Só um de nós é um tolo.

O comerciante disse baixinho:

– Então, estamos de acordo.

6.

Gorov foi solto no trigésimo dia e duzentos e cinquenta quilos do mais amarelo ouro tomaram seu lugar. E com ele foi liberada a abominação intocada que era sua nave.

Então, como na jornada para o sistema askoniano, na viagem para fora, o cilindro de naves pequenas e aerodinâmicas os escoltou.

Ponyets ficou olhando para a partícula mal iluminada pelo sol que era a nave de Gorov enquanto a voz dele era transmitida, clara e fina, através do feixe etéreo concentrado e distorcido.

Ele estava dizendo:

— Mas isso não era o desejado, Ponyets. Um transmutador não serve. E onde foi que você conseguiu um?

— Eu não consegui — a resposta de Ponyets foi paciente. — Eu o montei a partir de uma câmera de irradiação de alimentos. Não é muito bom, na verdade. O consumo de energia é proibitivo em qualquer grande escala, ou a Fundação usaria transmutação em vez de sair caçando metais pesados por toda a Galáxia. É um dos truques-padrão que todo comerciante usa, só que eu nunca vi uma transmutação ferro-ouro antes. Mas é impressionante e funciona... ainda que de modo muito temporário.

— Está certo. Mas esse truque particular não é bom.

— Mas tirou você daquele lugar desagradável.

— Isso não vem ao caso. Especialmente já que eu preciso voltar, assim que nos livrarmos de nossa escolta solícita.

— Por quê?

— Você mesmo explicou isso àquele seu político — a voz de Gorov estava alterada. — Toda a sua estratégia de venda residiu no fato de que o transmutador era um meio para se atingir um fim, mas que não tinha valor propriamente dito; que ele estava comprando o ouro, não a máquina. Isso é boa psicologia, já que funcionou, mas...

— Mas? — a voz de Ponyets insistiu de modo brando e obtuso.

A voz vinda do receptor foi ficando cada vez mais aguda.

— Mas nós queremos vender a eles uma máquina que tenha um valor propriamente dito; algo que eles queiram usar abertamente; algo que vá forçá-los a sair em favor de técnicas nucleares como questão de interesse próprio.

– Eu entendo tudo isso – Ponyets disse, calmamente. – Você já havia me explicado. Mas veja as coisas que vão acontecer a partir da minha venda, sim? Enquanto o transmutador durar, Pherl irá cunhar ouro; e irá durar tempo suficiente para ele ganhar a próxima eleição. O Grande Mestre atual não irá durar muito tempo.

– E você está contando com gratidão? – Gorov perguntou friamente.

– Não... em interesse próprio inteligente. O transmutador lhe consegue uma eleição; outros mecanismos...

– Não! Não! Sua premissa está distorcida. Ele não dará crédito ao transmutador... será o ouro, o bom e velho ouro. É isso o que estou tentando lhe dizer.

Ponyets deu um sorriso e mudou para uma posição mais confortável. Tudo bem. Ele havia provocado o sujeito o bastante. Gorov estava começando a parecer alucinado.

– Não tão rápido, Gorov – disse o comerciante. – Não terminei. Há outros aparelhos já envolvidos.

Fez-se um curto silêncio. Então a voz de Gorov soou, cautelosamente:

– Que outros aparelhos?

Ponyets fez um gesto automático e inútil.

– Está vendo essa escolta?

– Estou – Gorov disse seco. – Fale-me dos aparelhos.

– Vou falar... se você ouvir. Aquela ali é a marinha privada de Pherl nos escoltando; uma honra especial para ele, concedida pelo Grande Mestre. Ele espremeu o sujeito e conseguiu isso.

– E...?

– E onde é que você acha que ela está nos levando? Para suas propriedades de mineração nos arredores de Askone, é para lá. Escute! – Ponyets ficou subitamente furioso. – Eu disse que estava nessa para ganhar dinheiro, não para salvar mundos. Tudo bem. Vendi aquele transmutador de graça. Nada, a não ser o risco da câmara de gás, e isso não conta nada na cota.

– Continue falando das propriedades de mineração, Ponyets. Onde é que elas entram?

– Com os lucros. Estamos empilhando estanho, Gorov. Estanho para encher cada metro cúbico que esta lata velha puder carregar e mais um pouco. Vou descer com Pherl para coletar, meu velho, e você vai me dar cobertura daqui de cima, com todas as armas que tiver... caso Pherl não leve a questão tão na esportiva quanto ele dá a entender. Esse estanho é meu lucro.

– Pelo transmutador?

– *Por toda a minha carga de produtos nucleônicos.* Ao dobro do preço, mais um bônus – ele deu de ombros, quase se desculpando. – Admito que meti a mão, mas tenho de cumprir minha cota, não tenho?

Gorov, evidentemente, não tinha entendido nada. Disse, com a voz fraca:

– Você se importa em explicar?

– Mas o que eu preciso explicar? É óbvio, Gorov. Escute, esse cachorro esperto achou que tinha me apanhado numa armadilha à prova de fuga, pois sua palavra valia mais do que a minha para o Grande Mestre. Ele pegou o transmutador. Esse era um crime capital em Askone. Mas, a qualquer momento, ele podia dizer que havia me atraído para uma armadilha com o mais puro dos motivos patrióticos, e me denunciado como vendedor de coisas proibidas.

– *Isso* era óbvio.

– Claro, mas a palavra de um contra a palavra do outro não era tudo. Sabe, Pherl nunca tinha ouvido falar, nem sequer concebido, um gravador de microfilme.

Gorov deu uma gargalhada súbita.

– É isso mesmo – disse Ponyets. – Ele tinha a faca e o queijo na mão. Eu havia sido posto no meu devido lugar. Mas quando montei o transmutador para ele, com meu jeito de cão fustigado, incorporei o gravador ao dispositivo e o removi ao retirar a produção do dia seguinte. Eu tinha um registro perfeito de seu *sanctum sanctorum*, seu lugar mais sacrossanto, com ele mesmo, pobre Pherl, operando o transmutador até o máximo de ergs e ficando todo derretido com sua primeira peça de ouro, como se fosse um ovo que ele próprio tivesse acabado de pôr.

– Você mostrou a ele os resultados?

– Dois dias depois. O coitado nunca havia visto imagens tridimensionais com cor e som na vida. Diz que não é supersticioso, mas se eu já vi algum dia um adulto tão apavorado quanto ele, pode me chamar de calouro. Quando contei que tinha um gravador plantado na praça da cidade, ajustado para disparar ao meio-dia com um milhão de askonianos fanáticos para ver, e fazê-lo em pedaços subsequentemente, ele caiu de joelhos balbuciando para mim em meio segundo. Estava pronto para fazer qualquer acordo que eu quisesse.

– E você fez? – a voz de Gorov estava suprimindo o riso. – Quero dizer, você plantou um gravador na praça da cidade?

– Não, mas não fazia diferença. Ele fez o acordo. Comprou todos os aparelhos que eu tinha, e cada um que você tinha, pelo máximo de estanho que pudéssemos transportar. Naquele instante, ele acreditou que eu seria capaz de qualquer coisa. O acordo está feito por escrito, e você terá uma cópia antes que eu desça com ele, como outra precaução.

– Mas você feriu o ego dele – disse Gorov. – Será que ele vai usar os aparelhos?

– Por que não? É a única maneira que tem de recuperar suas perdas e, se ganhar dinheiro com isso, curará seu orgulho. E ele *será* o próximo Grande Mestre – e o melhor homem que poderíamos ter a nosso favor.

– Sim – disse Gorov. – Foi uma boa venda. Mas você certamente tem uma técnica perturbadora. Não me admira que tenha sido expulso de um seminário. Você não tem senso de moral?

– Para quê? – Ponyets disse, indiferente. – Você sabe o que Salvor Hardin dizia sobre senso de moral.

Parte 5
Os príncipes mercadores

Comerciantes... Com inevitabilidade psico-histórica, o controle econômico da Fundação cresceu. Os comerciantes ficaram ricos; e com a riqueza veio o poder...

Às vezes nos esquecemos de que Hober Mallow começou a vida como um comerciante comum. Mas o fato de que ele a terminou como o primeiro dos Príncipes Mercadores nunca é esquecido...

ENCICLOPÉDIA GALÁCTICA

1.

Jorane Sutt tocou as pontas de dedos cuidadosamente manicurados e disse:

– É meio como que um quebra-cabeças. Na verdade... e isto eu digo estritamente em confiança... pode ser outra das crises de Hari Seldon.

O homem na outra ponta procurou um cigarro no bolso de seu paletó curto smyrniano.

– Isso eu não sei, Sutt. Como regra geral, políticos começam a gritar "crise Seldon" em toda campanha para a prefeitura.

Sutt deu um sorriso muito fraco.

– Não estou fazendo campanha alguma, Mallow. Estamos enfrentando armas nucleares, e não sabemos de onde elas estão vindo.

Hober Mallow de Smyrno, Mestre Comerciante, fumava em silêncio, de modo quase indiferente.

– Continue. Se você tem mais a dizer, então diga – Mallow nunca cometia o erro de ser supereducado com um homem da Fundação. Ele podia ser um Estrangeiro, mas um homem é um homem.

Sutt indicou o mapa estelar tridimensional sobre a mesa. Ajustou os controles e um aglomerado de cerca de meia dúzia de sistemas estelares começou a emitir um forte brilho vermelho.

– Esta – ele disse baixinho – é a República Korelliana.

O comerciante assentiu.

– Já estive lá. Aquilo ali é um ninho de ratos! Suponho que vocês possam chamar isso de república, mas para mim é sempre alguém da família Argo que é eleito Commdor a cada vez. E, se você não gosta... *coisas* acontecem com você – franziu o lábio e repetiu. – Já estive lá.

– Mas você voltou, o que nem sempre acontece. Três naves comerciais, invioláveis segundo as Convenções, desapareceram dentro do território da República no último ano. E essas naves estavam armadas com todos os explosivos nucleares costumeiros e campos de força de defesa.

– Qual foi a última notícia das naves?

– Relatórios de rotina. E mais nada.

– O que Korell disse?

Os olhos de Sutt brilharam, sarcasticamente.

– Não havia como perguntar. O maior ativo da Fundação, em toda a Periferia, é a reputação de poder. Você acha que podemos perder três naves e *pedir* que devolvam?

– Bom, então, suponho que você queira me dizer o que quer *comigo*.

Jorane Sutt não perdia tempo se dando o luxo de irritar-se. Como secretário do prefeito, já havia contido conselheiros da oposição, gente procurando emprego, reformadores e malucos que afirmavam ter resolvido, em sua totalidade, o curso da história futura como proposta por Hari Seldon. Com um treinamento assim, era preciso muita coisa para perturbá-lo.

Ele disse, metodicamente:

– Num instante. Sabe, três naves perdidas no mesmo setor no mesmo ano não pode ser acidente, e poder nuclear só pode ser conquistado por mais poder nuclear. A questão surge automaticamente: se Korell tem armas nucleares, onde as está obtendo?

– E onde está?

– Duas alternativas. Ou os korellianos as construíram sozinhos...

– Essa é absurda!

– Muito. Mas a outra possibilidade é que estejamos sofrendo de um caso de traição.

– Você acha? – a voz de Mallow era fria.

O secretário disse, com calma:

– Não há nada de extraordinário nessa possibilidade. Desde que os Quatro Reinos aceitaram a Convenção da Fundação, tivemos de começar a lidar com grupos consideráveis de populações dissidentes em cada nação. Cada antigo reino tinha seus pretendentes e seus antigos nobres, que não podem fingir muito bem que amam a Fundação. Alguns deles talvez estejam começando a se tornar ativos.

Mallow estava ficando vermelho.

– Sei. Há alguma coisa que você queira me dizer? Eu sou smyrniano.

– Eu sei. Você é smyrniano. Nascido em Smyrno, um dos antigos Quatro Reinos. Você é um homem da Fundação somente por educação. Por nascimento, é um Estrangeiro. Sem dúvida, seu avô era um barão na época das guerras com Anacreon e Loris e, sem dúvida, suas propriedades de família foram tomadas quando Sef Sermak redistribuiu a terra.

— Não! Pelo Espaço Negro, não! Meu avô era um pobre filho de navegante espacial, de família pobre, que morreu transportando carvão a um salário de fome, antes da Fundação. Eu não devo nada ao antigo regime. Mas nasci em Smyrno e não tenho vergonha, nem de Smyrno nem dos smyrnianos, pela Galáxia. Suas insinuaçõezinhas maldosas de traição não vão me fazer entrar em pânico e falar mal da Fundação. E agora você pode dar suas ordens ou fazer suas acusações, não me importa.

— Meu bom Mestre Comerciante, não dou um elétron se seu avô foi Rei de Smyrno ou o sujeito mais miserável do planeta. Recitei essa ladainha sobre seu nascimento e ancestrais para mostrar que não estou interessado nisso. Evidentemente, o senhor não entendeu. Vamos voltar agora. Você é um smyrniano. Conhece os Estrangeiros. Além disso, é um comerciante, e um dos melhores. Já esteve em Korell e conhece os korellianos. É para lá que precisa ir.

Mallor respirou fundo.

— Como um espião?

— De jeito nenhum. Como um comerciante... mas de olhos abertos. Se puder descobrir de onde o poder está vindo... eu poderia lembrá-lo, já que é um smyrniano, que duas dessas naves de comércio perdidas tinham tripulações smyrnianas.

— Quando começo?

— Quando sua nave estará pronta?

— Em seis dias.

— Então em seis dias você começa. Terá todos os detalhes no Almirantado.

— Certo! — o comerciante se levantou, apertou a mão do outro com força e foi saindo.

Sutt esperou, abrindo os dedos desajeitadamente e esfregando-os para aliviar a pressão; então sacudiu os ombros e entrou no escritório do prefeito.

O prefeito desligou o visor e se recostou na poltrona.

— O que *você* achou disso, Sutt?

— Ele daria um ótimo ator — disse Sutt, e ficou olhando para a frente, pensativo.

2.

Na noite do mesmo dia, no apartamento de solteiro de Jorane Sutt no vigésimo primeiro andar do Edifício Hardin, Publis Manlio bebericava seu vinho bem devagar.

Era o Publis Manlio em cujo corpo magro e envelhecido haviam se cumprido dois grandes mandatos da Fundação. Ele era Secretário do Exterior no gabinete do prefeito e, para todos os sóis exteriores, tirando apenas a Fundação, era, além disso, Primaz da Igreja, Provedor do Alimento Sagrado, Mestre dos Templos e assim por diante, quase indefinidamente, em sílabas confusas, porém sonoras.

– Mas ele concordou em deixar você enviar esse comerciante – dizia. – É um ponto.

– Mas tão pequeno – disse Sutt. – Isso não nos leva a lugar nenhum, imediatamente. Todo o negócio é da espécie mais crua de estratagema, já que não temos meios de prever isso até o fim. Estamos apenas dando um pouco de corda na esperança de que, em algum ponto ao longo dela, ele se enforque.

– É verdade. E esse Mallow é um homem capaz. E se ele não for fácil de enganar?

– É um risco que deve ser corrido. Se houver traição, são os homens capazes que acabam implicados. Caso contrário, precisamos de um homem capaz para detectar a verdade. E Mallow estará guardado. Sua taça está vazia.

– Não, obrigado. Já bebi bastante.

Sutt encheu a própria taça e suportou, pacientemente, os devaneios desconfortáveis do outro.

Do que quer que consistisse o devaneio, ele terminou de maneira indecisa, pois o primaz disse subitamente, de forma quase explosiva:

– Sutt, o que é que está passando pela sua cabeça?

– Vou dizer a você, Manlio – seus lábios finos se abriram. – Estamos no meio de uma crise Seldon.

Manlio ficou olhando para ele, e então disse suavemente:

– Como você sabe? Seldon apareceu no Cofre do Tempo novamente?

– Isso, meu amigo, não é necessário. Escute, raciocine. Desde que o Império Galáctico abandonou a Periferia, e nos deixou aqui por nossa conta e risco, nunca tivemos um oponente que possuísse poder nuclear. Agora, pela primeira vez, temos um. Isso pareceria significativo, mesmo se fosse um fato isolado. E não é. Pela primeira vez em mais de setenta anos, estamos enfrentando uma grande crise política doméstica. Eu acho que a sincronização das duas crises, a interna e a externa, deixa isso além de qualquer dúvida.

Os olhos de Manlio se estreitaram.

– Se isso é tudo, não é o bastante. Até agora aconteceram duas crises Seldon e, em ambas as vezes, a Fundação esteve em perigo de extermínio. Nada pode ser uma terceira crise, até que esse perigo retorne.

Sutt nunca demonstrava impaciência.

– Esse perigo está chegando. Qualquer idiota reconhece uma crise quando ela chega. O verdadeiro serviço para o Estado é detectá-la no seu embrião. Escute, Manlio, estamos procedendo segundo uma história planejada. Nós *sabemos* que Hari Seldon calculou as probabilidades históricas do futuro. Nós *sabemos* que um dia iremos reconstruir o Império Galáctico. Nós *sabemos* que levará mil anos, ou aproximadamente isso. E nós *sabemos* que, nesse intervalo, enfrentaremos certas crises definidas. Agora, a primeira crise aconteceu cinquenta anos depois do estabelecimento da Fundação e a segunda, trinta anos depois disso. Quase setenta e cinco anos se passaram desde então. Já está na hora, Manlio, já está na hora.

Manlio esfregou o nariz, na dúvida.

– E você fez seus planos para enfrentar essa crise?

Sutt assentiu.

– E eu – continuou Manlio –, vou desempenhar algum papel neles?

Sutt tornou a assentir.

– Antes que possamos enfrentar essa ameaça estrangeira de poder atômico, temos de pôr nossa própria casa em ordem. Esses comerciantes...

– Ah! – o primaz ficou rígido e seus olhos, mais atentos.

– Isso mesmo. Esses comerciantes. Eles são úteis, mas são fortes demais... e por demais incontroláveis. Eles são Estrangeiros, educados longe da religião. Por um lado, nós colocamos conhecimentos nas mãos deles, e por outro, removemos o que temos de mais forte para segurá-los.

– E se pudermos comprovar a traição?

– Se pudermos, a ação direta seria simples e suficiente. Mas isso não quer dizer nada. Mesmo que não houvesse traição entre eles, formariam um elemento de incerteza em nossa sociedade. Não estariam ligados a nós por patriotismo ou descendência comum, nem sequer por temor religioso. Sobre a liderança secular deles, as províncias exteriores que, desde a época de Hardin, nos consideram o Planeta Sagrado, podem se separar.

– Eu percebo isso tudo, mas a cura...

– A cura deve ser providenciada rapidamente, antes que a crise Seldon se torne aguda. Se por dentro houver insatisfação e por fora houver armas nucleares, os riscos podem ser grandes demais – Sutt colocou sobre a mesa a taça vazia que estivera, até então, girando nos dedos. – Este é, obviamente, o seu trabalho.

– Meu?

– *Eu* não posso fazê-lo. Meu mandato é de nomeação e não tem validade legislativa.

– O prefeito...

– Impossível. A personalidade dele é totalmente negativa. Ele só é enérgico na hora de fugir das responsabilidades. Mas se surgisse um partido independente que pudesse colocar sua reeleição em perigo, ele poderia se deixar orientar.

– Mas, Sutt, eu não tenho capacidade para política na prática.

– Deixe isso comigo. Quem sabe, Manlio? Desde a época de Salvor Hardin, o primado e a prefeitura nunca foram combinados numa mesma pessoa. Mas poderia acontecer agora... se o seu trabalho for bem executado.

3.

E na outra ponta da cidade, num ambiente mais humilde, Hober Mallow estava cumprindo um segundo compromisso. Ele ficou escutando um bom tempo e então disse, cautelosamente:

— Sim, já ouvi falar de suas campanhas para obter representação para os comerciantes no conselho. Mas por que *eu*, Twer?

Jaim Twer, que lembraria, a qualquer instante, se alguém perguntasse ou não, que ele estivera no primeiro grupo de Estrangeiros a receber uma educação leiga na Fundação, abriu um sorriso largo.

— Eu sei o que estou fazendo — disse ele. — Lembra-se de quando o conheci, no ano passado?

— Na Convenção dos Comerciantes.

— Isso mesmo. Você coordenou a reunião. Colocou aqueles caipiras bovinos plantados nas suas cadeiras; depois os meteu no bolso e saiu com eles. E você também tem o apoio das massas da Fundação. Você tem glamour... ou, de qualquer maneira, um carisma sólido, o que é a mesma coisa.

— Muito bom — Mallow disse, seco. — Mas por que agora?

— Porque agora é a nossa chance. Você sabia que o Secretário de Educação entregou sua demissão? Ainda não foi anunciado, mas será em breve.

— Como é que *você* sabe?

— Isso... não importa... — ele fez um gesto de desprezo. — Aconteceu. O partido Acionista está rachando e podemos acabar com ele agora mesmo com uma questão direta de direitos iguais para comerciantes ou, melhor, democracia, pró e contra.

Mallow se recostou em sua cadeira e ficou olhando para os dedos grossos.

— A-hã. Desculpe, Twer. Estarei viajando a negócios na próxima semana. Você terá de arrumar outra pessoa.

Twer ficou olhando para ele.

— Negócios? Que tipo de negócios?

— Muito supersecretos. Prioridade AAA. Tudo isso, você sabe. Tive uma conversa com o próprio secretário do prefeito.

— O Serpente Sutt? — Jaim Twer ficou empolgado. — É um truque. Esse filho-de-navegador vai tentar se livrar de você, Mallow...

— Espere! — a mão de Mallow segurou o punho fechado do outro. — Não se irrite. Se for um truque, o dia da vingança vai chegar. Se não for, sua serpente, o Sutt, está caindo direto nas *nossas* mãos. Escute, tem uma crise Seldon vindo por aí.

Mallow esperou uma reação que não veio. Twer simplesmente olhou para ele, sem entender.

— O que é uma crise Seldon?

— Pela Galáxia! — Mallow explodiu, zangado com esse anticlímax. — O que diabos você fazia na escola? Mas que pergunta imbecil é essa?

O homem mais velho franziu a testa.

— Se você puder me explicar...

Fez-se uma longa pausa, e então:

— Eu vou explicar — Mallow abaixou as sobrancelhas e falou bem devagar. — Quando o Império Galáctico começou a morrer nas suas fronteiras, quando os confins da Galáxia reverteram à barbárie e se afastaram, Hari Seldon e seu bando de psicólogos plantaram uma colônia, a Fundação, bem aqui no meio da confusão, para que pudéssemos incubar a arte, a ciência e a tecnologia, além de formar o núcleo do Segundo Império.

— Ah, sim, sim...

— Não acabei — o comerciante disse, com frieza. — O curso futuro da Fundação foi traçado de acordo com a ciência da psico-história, na época altamente desenvolvida, e condições arranjadas de modo a provocar uma série de crises que nos forçarão a criar mais rapidamente a rota para o futuro império. Cada crise, cada crise *Seldon*, marca uma época em nossa história. Estamos nos aproximando de uma agora: nossa terceira.

— Acho que isso foi mencionado — Twer deu de ombros. — Mas já saí da escola há muito tempo... mais tempo que você.

— Suponho que sim. Deixe pra lá. O que importa é que eu estou sendo mandado para o meio do desenvolvimento dessa crise. Não há como saber o que terei quando voltar, e há uma eleição de conselho todos os anos.

Twer levantou a cabeça.

— Você está no rastro de alguma coisa?

– Não.

– Tem algum plano definido?

– Nem sequer um vestígio de plano.

– Bem...

– Bem nada. Hardin disse um dia: "Para ter sucesso, apenas o planejamento não é suficiente. Deve-se improvisar também". Eu vou improvisar.

Twer balançou a cabeça sem muita segurança, e eles se levantaram, olhando um para outro.

Subitamente, Mallow disse, mas com um jeito um tanto casual:

– Vou lhe dizer uma coisa: que tal vir comigo? Não fique assim parado me olhando, homem. Você foi comerciante antes de decidir que a política era mais empolgante. Ou, pelo menos, foi o que ouvi.

– Para onde você vai? Conte-me.

– Vou na direção da Falha Whassaliana. Não posso ser mais específico até estarmos no espaço. O que me diz?

– Suponha que Sutt decida que me quer onde possa me ver.

– Não é provável. Se ele está ansioso para se livrar de mim, por que não de você, também? Além do que, nenhum comerciante iria para o espaço se não pudesse escolher sua própria tripulação. Eu escolho quem me agradar.

Houve um brilho estranho nos olhos do homem mais velho.

– Está certo. Eu vou – estendeu a mão. – Será minha primeira viagem em três anos.

Mallow apertou a mão do outro.

– Ótimo! Espetacular! E agora tenho que reunir os rapazes. Você sabe onde o *Estrela Distante* está ancorado, não sabe? Então apareça amanhã. Até logo.

4.

Korell é aquele fenômeno frequente na história: a república cujo governante tem todos os atributos do monarca absoluto, menos o nome. Portanto, ele desfrutava do costumeiro despotismo sem restrições, nem mesmo aquelas duas influências moderadoras nas monarquias legítimas: "honra" real e etiqueta da corte.

Materialmente, sua prosperidade era baixa. Os dias do Império Galáctico haviam acabado, sem nada a não ser memoriais silenciosos e estruturas quebradas para servirem de testemunha. O dia da Fundação ainda não havia chegado – e na feroz determinação de seu governante, o Commdor Asper Argo, com sua regulamentação estrita dos comerciantes e sua proibição, ainda mais estrita, dos missionários, nunca chegaria.

O espaçoporto propriamente dito era decrépito e estava caindo aos pedaços, e a tripulação do *Estrela Distante* estava terrivelmente ciente disso. Os hangares cheios de mofo compunham uma atmosfera embolorada, e Jaim Twer tentava, incomodado, jogar paciência.

Hober Mallow disse, pensativo:

– Bom material de comércio aqui – ele estava olhando em silêncio pelo visor externo. Até agora, não havia muito a se dizer a respeito de Korell. A viagem até ali transcorrera sem problemas. O esquadrão de naves korellianas que disparara para interceptar o *Estrela Distante* era minúsculo, relíquias combalidas de glória ancestral ou trambolhos desajeitados e depauperados. Elas haviam mantido distância, com medo, ainda a mantinham, e há uma semana que as solicitações de Mallow para uma audiência com o governo local estavam sem resposta.

Mallow repetiu:

– Bom comércio aqui. Podemos considerar isto aqui território virgem.

Jaim Twer levantou a cabeça, impaciente, e jogou as cartas de lado.

– Que diabos você pretende fazer, Mallow? A tripulação está resmungando, os oficiais estão preocupados e eu estou aqui me perguntando...

– Se perguntando? Sobre o quê?

– Sobre a situação. E sobre você. O que estamos fazendo?

– Esperando.

O velho comerciante fungou e ficou vermelho. Grunhiu:

– Você está fazendo um voo cego, Mallow. Há uma guarda ao redor do campo e naves lá no alto. Suponha que estejam se preparando para nos varrer da face do planeta.

– Eles tiveram uma semana para isso.

– Talvez estejam esperando reforços – os olhos de Twer eram aguçados e duros.

Mallow se sentou bruscamente.

– Sim, eu pensei nisso. Sabe, a situação apresenta um belo problema. Primeiro, chegamos aqui sem dificuldades. Mas isso pode não significar nada, pois apenas três naves, entre mais de trezentas, sumiram no ano passado. A porcentagem é baixa. Mas isso também pode querer dizer que o número de naves deles, equipadas com energia nuclear, é pequeno e que não ousam expô-las desnecessariamente, até esse número crescer. Mas isso pode significar, por outro lado, que eles não têm nenhuma energia nuclear. Ou, quem sabe, eles tenham e estejam mantendo escondida, por medo de que descubramos algo. Afinal, uma coisa é fazer ataques piratas a naves mercantes pouco armadas. Outra é mexer com um enviado oficial da Fundação, quando o mero fato de sua presença pode significar que a Fundação está suspeitando de algo. Junte isso com...

– Espere aí, Mallow, espere aí – Twer levantou as mãos. – Você está simplesmente falando demais. Onde quer chegar? Deixe os meandros de lado.

– Você *precisa* ter os meandros, ou não vai entender, Twer. Estamos ambos aguardando. Eles não sabem o que estou fazendo aqui e eu não sei o que eles têm aqui. Mas estou na posição mais fraca porque sou um, e eles são um mundo inteiro... talvez com energia atômica. Não posso me dar ao luxo de ser aquele que cede. Claro que é perigoso. Claro que pode haver um buraco no chão esperando por nós. Mas sabíamos disso desde o começo. O que mais podemos fazer? Eu não... Quem é agora?

Mallow levantou a cabeça pacientemente e sintonizou o receptor. O visor brilhou e mostrou o rosto rude do sargento da guarda.

– Fale, sargento.

– Perdão, senhor – disse o sargento. – Os homens deram passagem a um missionário da Fundação.

– Um *o quê?* – o rosto de Mallow ficou branco.

– Um missionário, senhor. Ele precisa ser hospitalizado, senhor...

– Haverá mais gente precisando de hospitalização por causa disso, sargento. Ordene que os homens assumam seus postos de combate.

O salão de tripulação estava quase vazio. Cinco minutos depois da ordem, até mesmo os homens de folga estavam em suas armas. A velocidade era a grande virtude nas regiões anárquicas do espaço interestelar da Periferia e era na velocidade, acima de tudo, que a tripulação de um mestre comerciante se destacava.

Mallow entrou devagar, olhou o missionário de cima a baixo, e de lado. Seus olhos deslizaram para o Tenente Tinter, que abriu, desconfortável, espaço para a passagem do Sargento da Guarda Demen, cujo rosto neutro e figura sólida flanqueavam o outro.

O Mestre Comerciante se virou para Twer e fez uma pausa pensativa.

– Bem, então, Twer, traga os oficiais para cá discretamente, a não ser pelos coordenadores e o trajetoriano. Os homens deverão permanecer em suas estações até segunda ordem.

Houve um hiato de cinco minutos, durante o qual Mallow abriu, com um chute, as portas dos banheiros, olhou atrás do balcão, puxou as cortinas sobre as janelas grossas. Por meio minuto ele saiu completamente do aposento e, quando retornou, estava cantarolando, distraído.

Os homens entraram em fila indiana. Twer foi o último e fechou a porta, em silêncio.

Mallow disse baixinho:

– Primeiro, quem deixou este homem entrar sem ordens minhas?

O sargento da guarda deu um passo à frente. Todos os olhos acompanharam o movimento. – Desculpe, senhor. Não foi ninguém em especial. Foi uma espécie de acordo mútuo. Ele era um de nós, poderíamos dizer, e esses estrangeiros aqui...

Mallow o cortou.

– Me solidarizo com seus sentimentos, sargento, e os compreendo. Estes homens estavam sob seu comando?

– Sim, senhor.

– Quando isto acabar, eles deverão ser confinados a aposentos individuais por uma semana. Você mesmo está suspenso de todas as tarefas de supervisão por um período semelhante. Entendido?

O rosto do sargento não mudou de expressão, mas os ombros caíram ligeiramente.

– Sim, senhor.

– Os senhores podem ir. Vão para suas estações de combate.

A porta se fechou atrás dele e o burburinho aumentou.

– Por que a punição, Mallow? – Twer interrompeu. – Você sabe que esses korellianos matam missionários capturados.

– Uma ação contra minhas ordens é ruim por si só, sejam quais forem as outras razões que possam existir em seu favor. Ninguém deveria sair ou entrar na nave sem permissão.

O Tenente Tinter murmurou, com rebeldia:

– Sete dias sem ação. O senhor não pode manter a disciplina assim.

Mallow disse frio:

– *Eu* posso. Não há mérito em disciplina sob circunstâncias ideais. Ou eu a tenho em face da morte, ou ela é inútil. Cadê esse missionário? Tragam-no aqui.

O comerciante se sentou, enquanto a figura, trajada com um manto escarlate, era trazida cuidadosamente para a frente.

– Qual é o seu nome, reverendo?

– Hein? – a figura de manto escarlate se virou na direção de Mallow, o corpo inteiro virando como se fosse uma só unidade. Seus olhos estavam abertos, mas olhando o nada, e havia um hematoma numa das têmporas. Ele não havia falado, nem, até onde Mallow sabia, se movido durante todo o intervalo anterior.

– Seu nome, reverendo?

O missionário começou, subitamente, a mover-se de modo febril. Os braços se estenderam num gesto de abraço.

– Meu filho... meus filhos. Possam vocês sempre estar nos braços protetores do Espírito Galáctico.

Twer deu um passo adiante, olhos preocupados, a voz rouca.

– O homem está doente. Alguém o leve para a cama. Mande-o para a cama, Mallow, e faça com que cuidem dele. Ele está gravemente ferido.

O braço grande de Mallow o empurrou para trás.

— Não interfira, Twer, ou vou colocá-lo para fora do aposento. Seu nome, reverendo?

As mãos do missionário se fecharam numa súbita súplica.

— Vós sois homens esclarecidos, salvai-me dos pagãos — as palavras começaram a sair numa torrente. — Salvai-me desses brutos e obscuros que correm em meu encalço e afligiriam o Espírito Galáctico com seus crimes. Eu sou Jord Parma, dos mundos anacreonianos. Educado na Fundação; a própria Fundação, meus filhos. Eu sou um Sacerdote do Espírito educado em todos os mistérios, que veio até aqui onde a voz interior me chamou — ele estava perdendo o fôlego. — Sofri nas mãos dos ignorantes. Como vós sois Filhos do Espírito; e, em nome desse Espírito, protegei-me deles.

Uma voz irrompeu sobre eles, quando a caixa de alarme de emergência emitiu um clamor metálico:

— Unidades inimigas à vista! Solicito instruções!

Cada olho se voltou mecanicamente na direção do alto-falante.

Mallow soltou um palavrão violento. Ele ligou o reverso e gritou:

— Mantenham vigilância! Isso é tudo! — e desligou.

Foi até as cortinas grossas que se abriram com um toque e olhou para fora de mau humor.

Unidades inimigas! Milhares delas, representadas por membros individuais de uma multidão korelliana. A turba furibunda ia de uma ponta a outra do porto e, na luz fria e dura das chamas de magnésio, os mais próximos avançaram.

— Tinter! — o comerciante nem se virou, mas seu pescoço estava vermelho. — Ligue o alto-falante externo e descubra o que eles querem. Pergunte se há um representante da lei com eles. Não faça promessas nem ameaças, ou eu mato você.

Tinter se virou e saiu.

Mallow sentiu uma mão dura no seu ombro e afastou-a. Era Twer. A voz dele era um sibilar zangado em seu ouvido.

— Mallow, você é obrigado a garantir a segurança deste homem. Não há como manter a decência e a honra de outro modo. Ele é da Fundação e, afinal de contas, ele... *é* um sacerdote. Esses selvagens lá fora... Você está me ouvindo?

— Estou ouvindo, Twer — a voz de Mallow era incisiva. — Tenho mais o que fazer aqui do que proteger missionários. Farei, senhor, o que me agradar e, por Seldon e toda a Galáxia, se tentar me impedir, arrancarei sua maldita traqueia. Não fique no meu caminho, Twer, ou será pela última vez.

Ele se virou e saiu andando.

– Você! Reverendo Parma! Sabia que, por convenção, nenhum missionário da Fundação pode entrar em território korelliano?

O missionário tremia.

– Eu só posso ir para onde o Espírito me leva, meu filho. Se os ignorantes recusam a iluminação, não é esse o maior sinal da necessidade deles?

– Isso está fora de questão, reverendo. O senhor está aqui contra as leis tanto de Korell quanto da Fundação. Não posso, pela lei, protegê-lo.

As mãos do missionário voltaram a se erguer. Seu espanto anterior havia desaparecido. Era possível ouvir o clamor rouco do sistema de comunicação externo em ação, e o murmúrio leve e ondulante da horda zangada em resposta. O som fez seus olhos enlouquecerem.

– Está ouvindo? Por que fala de lei comigo, de uma lei feita pelos homens? Há leis superiores. Não foi o Espírito Galáctico quem disse: Não ficarás parado diante do sofrimento de teu irmão. E ele não disse: Assim como tu lidarás com os humildes e indefesos, também contigo haverão de lidar. Você não tem armas? Não tem uma nave? E atrás de você não existe a Fundação? E acima de tudo e de todos vocês não há o Espírito que governa o universo? – fez uma pausa para recuperar o fôlego.

E então a grande voz exterior do *Estrela Distante* cessou e o Tenente Tinter voltou, o rosto preocupado.

– Fale! – Mallow disse apressado.

– Senhor, eles exigem a pessoa de Jord Parma.

– E se não entregarmos?

– Foram várias ameaças, senhor. É difícil entender muita coisa. Há muita gente... e eles parecem enlouquecidos. Há uma pessoa que diz governar o distrito e ter poderes de polícia, mas é evidente que não está no controle da situação.

– No controle ou não – Mallow deu de ombros –, ele é a lei. Diga a eles que, se esse governador, policial ou seja lá o que for, se aproximar da nave sozinho, poderá levar o Reverendo Jord Parma.

E, subitamente, ele tinha uma arma na mão. Acrescentou:

– Não sei o que é insubordinação. Nunca tive nenhuma experiência com isso. Mas se houver alguém aqui que acha que pode me ensinar, gostaria de mostrar a ele meu antídoto para isso.

A arma girou lentamente e parou, apontada para Twer. Com um esforço, o rosto do velho comerciante se endireitou, suas mãos se abriram e baixaram. Ele respirava pesadamente.

Tinter saiu e, em cinco minutos, uma figura patética se destacou da multidão. Ela se aproximou, lenta e hesitante, obviamente encharcada de medo e apreensão. Por duas vezes, olhou para trás e, por duas vezes, as ameaças, patentemente óbvias, do monstro de muitas cabeças o fizeram seguir em frente.

– Está certo – Mallow fez um gesto com a pistola, que permaneceu fora do coldre. – Grun e Upshur, retirem-no.

O missionário deu um grito agudo. Ele levantou os braços e os dedos rígidos apontaram para cima quando a manga volumosa caiu e revelou os braços finos e cheios de veias. Houve um momentâneo flash de luz que piscou numa fração de segundo. Mallow piscou e gesticulou novamente, com desprezo.

A voz do missionário se fazia ouvir enquanto ele se debatia nos braços dos dois homens.

– Maldito seja o traidor que abandona seu irmão ao mal e à morte. Surdos sejam os ouvidos que não ouvem os pedidos dos indefesos. Cegos sejam os olhos que não veem a inocência. Enegrecidas sejam para sempre as almas que fazem acordo com as trevas...

Twer tampou os ouvidos com as mãos.

Mallow girou a arma e a colocou de lado.

– Dispersar – disse, tranquilo – para suas respectivas estações. Mantenham vigilância total por seis horas após a dispersão da turba. Vigilância dupla pelas quarenta e oito horas seguintes. Mais instruções no final desse período. Twer, venha comigo.

Ficaram a sós nos aposentos particulares de Mallow. Mallow indicou uma cadeira e Twer se sentou. Sua figura atarracada parecia encolhida.

Mallow olhou para ele, sarcasticamente.

– Twer – disse ele –, estou decepcionado. Seus três anos na política parecem tê-lo feito perder seus hábitos de comerciante. Lembre-se, eu posso ser um democrata na Fundação, mas aqui, se não for tirano, não consigo fazer minha nave funcionar do jeito que quero. Nunca precisei sacar uma arma para meus homens antes, e eu não teria precisado fazer isso se você não tivesse saído da linha. Twer, você não tem cargo oficial, mas está aqui a meu convite e vou estender todas as cortesias a você... em particular. Entretanto, de agora em diante, na presença de meus oficiais ou homens, eu sou "senhor" e não "Mallow". E quando der uma ordem, você vai pular mais rápido que um recruta de terceira classe se for o caso, ou vou algemá-lo e colocá-lo no subnível ainda mais rápido. Entendeu?

O líder do partido engoliu em seco e falou, relutante:

– Peço desculpas.

– Desculpas aceitas! Aperte aqui!

Os dedos de Twer foram engolidos pela mão enorme de Mallow. Twer disse:

– Meus motivos eram bons. É difícil enviar um homem para ser linchado. Aquele governador trêmulo ou seja lá o que for... não pode salvá-lo. É assassinato.

– Não posso fazer nada. Francamente, o incidente me cheirava muito mal. Você não reparou?

– Reparei no quê?

– Este espaçoporto está bem no meio de uma seção distante e isolada. Subitamente, um missionário escapa. De onde? Ele vem para cá. Coincidência? Uma multidão enorme se aglomera. De onde? A cidade mais próxima deve ficar a pelo menos cento e cinquenta quilômetros de distância. Mas eles chegam em meia hora. Como?

– Como? – repetiu Twer.

– Bem, e se o missionário tivesse sido trazido para cá e soltado como isca? Nosso amigo, o Reverendo Parma, estava consideravelmente confuso. Em momento algum pareceu estar em completa posse de suas faculdades mentais.

– Maus-tratos... – Twer murmurou, amargo.

– Talvez! E talvez a ideia tivesse sido a de fazer com que fôssemos cavalheirescos e galantes, assumindo uma defesa burra do homem. Ele estava aqui contra as leis de Korell e da Fundação. Se eu o mantivesse aqui, seria um ato de guerra contra Korell e a Fundação não teria direitos legais de *nos* defender.

– Isso... é uma suposição muito improvável.

O alto-falante berrou e impediu a resposta de Mallow:

– Senhor, comunicação oficial recebida.

– Envie imediatamente!

O cilindro reluzente chegou em sua fenda com um clique. Mallow o abriu e retirou a folha impregnada de prata que continha. Esfregou-o com satisfação entre o polegar e o indicador e disse:

– Teleportado diretamente da capital. Tem a marca do próprio Commdor.

Ele o leu num relance e riu.

– Então a minha ideia era uma suposição improvável, hein?

Ele a jogou para Twer e acrescentou:

– Meia hora depois que entregamos o missionário, finalmente recebemos um convite, muito educado, para a augusta presença do Commdor... depois de sete dias de espera. *Eu* acho que acabamos de passar num teste.

5.

O Commdor Asper era um homem do povo, por autoaclamação. Os cabelos grisalhos remanescentes na parte de trás da cabeça caíam sem vida até os ombros, sua camisa precisava ser lavada e ele falava com cansaço.

– Aqui não há ostentação, Comerciante Mallow – disse ele. – Nenhuma exibição falsa. Em mim, você vê meramente o primeiro cidadão do Estado. É isso o que significa a palavra Commdor, e esse é o único título que tenho – ele parecia anormalmente satisfeito com isso. – Na verdade, considero o fato um dos elos mais fortes entre Korell e sua nação. Sei que vocês desfrutam das mesmas bênçãos republicanas que nós.

– Exatamente, Commdor – Mallow disse sério, fazendo uma exceção mental à comparação. – Um argumento que considero fortemente favorável à continuação da paz e da amizade entre nossos governos.

– Paz! Ah! – a esparsa barba grisalha do Commdor estremeceu com as caretas sentimentais de seu rosto. – Não acho que exista alguém na Periferia que tenha tão próximo a seu coração o ideal de Paz como eu. Posso verdadeiramente dizer que, desde que sucedi meu ilustre pai na liderança do Estado, o reinado da Paz nunca foi quebrado. Talvez eu não devesse dizer isso... – ele tossiu levemente –, mas me disseram que meu povo, meus concidadãos, melhor dizendo, me conhecem como Asper, o Bem-Amado.

Os olhos de Mallow vagavam pelo jardim bem cuidado. Talvez os homens altos e as armas de design estranho mas de inconfundível hostilidade que levavam consigo apenas estivessem ali, espreitando pelos cantos, por acaso, como uma precaução contra ele. Isso seria compreensível. Mas as paredes altas, com vergalhões de aço, que cercavam o lugar haviam obviamente sido reforçadas recentemente – uma ocupação inadequada para um Asper tão Bem-Amado.

– É uma felicidade que eu tenha de tratar com o senhor então, Commdor. Os déspotas e monarcas dos mundos ao redor, que não tiveram o benefício de um governo esclarecido, muitas vezes não têm as qualidades que tornariam um governante bem-amado.

– Como, por exemplo? – havia uma nota de cautela na voz do Commdor.

– Como a preocupação pelos melhores interesses de seu povo. O senhor, por outro lado, compreenderia.

O Commdor mantinha os olhos no caminho de cascalho no qual andavam sem pressa. Suas mãos acariciavam uma à outra, às suas costas.

Mallow continuou, suavemente:

– Até agora, o comércio entre nossas duas nações sofreu por causa das restrições impostas aos nossos comerciantes por seu governo. Certamente, há muito tempo é evidente para o senhor que o comércio ilimitado...

– Livre Comércio! – resmungou o Commdor.

– Livre Comércio, então. O senhor deve ver que isso seria benéfico para nós dois. Existem coisas que você tem que nós queremos, e coisas que nós temos que você quer. Basta apenas uma troca para trazer um aumento de prosperidade. Um governante esclarecido como o senhor, um amigo do povo... eu poderia até dizer, um *membro* do povo... nem precisa de maiores explicações a respeito. Não vou insultar sua inteligência dando nenhuma.

– É verdade! Estou vendo. Mas e vocês? – sua voz era um gemido. – Seu povo sempre foi tão pouco razoável. Eu sou a favor de todo o comércio que nossa economia puder suportar, mas não nos seus termos. Eu não sou o único senhor aqui – a voz dele subiu de tom. – Sou apenas um servidor da opinião pública. Meu povo não fará comércio que carrega consigo uma religião compulsória.

– Uma religião compulsória? – endireitou-se Mallow.

– De fato, é o que ela sempre tem sido. Certamente o senhor se lembra do caso de Askone, há vinte anos. Primeiro, eles compraram alguns de seus produtos e, depois, seu povo pediu liberdade completa de esforço missionário, para que os artigos pudessem funcionar de modo adequado; que Templos de Saúde fossem construídos. Foi então que o estabelecimento de escolas religiosas aconteceu; direitos autônomos para todos os oficiantes da religião, e com que resultado? Askone é hoje membro integral do sistema da Fundação e o Grande Mestre não pode sequer dizer que as cuecas que veste são dele. Ah, não! Ah, não! A dignidade de um povo independente nunca poderia aceitar isso.

– Nada do que o senhor diz é o que sugiro – Mallow interpôs.

– Não?

– Não. Eu sou um Mestre Comerciante. O dinheiro é a *minha* religião. Todo esse misticismo e abracadabras dos missionários me aborrece e fico feliz que o senhor se recuse a aceitar isso. Temos mais em comum, então.

A risada do Commdor era aguda e irregular.

– Sábias palavras! A Fundação devia ter enviado um homem de seu calibre antes.

Colocou uma mão amiga no ombro parrudo do comerciante.

– Mas, homem, você só me contou metade da história. Você me disse onde não está a armadilha. Agora me diga: qual é a armadilha?

– A única armadilha, Commdor, é que o senhor vai sofrer o fardo de uma quantidade imensa de riquezas.

– É mesmo? – ele fungou. – Mas o que eu poderia querer com riquezas? A verdadeira riqueza é o amor de seu povo. Eu já tenho isso.

– O senhor pode ter as duas coisas, pois é possível pegar ouro com uma das mãos e amor com a outra.

– Ora, meu jovem, esse seria um fenômeno interessante, se fosse possível. Como você faria?

– Ah, de várias maneiras. A dificuldade é escolher entre elas. Senão, vejamos. Bem, artigos de luxo, por exemplo. Este objeto aqui, por exemplo...

Mallow retirou gentilmente, de um bolso interno, uma corrente achatada de metal polido.

– Isto, por exemplo.

– O que é isso?

– É preciso que eu o demonstre. O senhor pode me arrumar uma garota? Qualquer jovem serve. E um espelho de corpo inteiro.

– Hmmm. Vamos entrar, então.

O Commdor se referia à sua habitação como uma casa. O populacho indubitavelmente chamaria aquilo de palácio. Para os olhos sem ilusões de Mallow, parecia anormalmente com uma fortaleza. Ela era construída sobre um promontório que ficava acima da capital. Suas paredes eram espessas e reforçadas. Seus arredores eram protegidos e sua arquitetura havia sido projetada para defesa. Exatamente o tipo de habitação, Mallow pensou com amargura, para Asper, o Bem-Amado.

Uma jovem se colocou perante os dois. Ela fez uma grande mesura para o Commdor, que disse:

– Esta é uma das garotas da Commdora. Serve?

– Perfeitamente!

O Commdor observou cautelosamente enquanto Mallow prendeu a corrente ao redor da cintura da moça e se afastou.

O Commdor fungou.

– Ora, é só isso?

– O senhor poderia puxar as cortinas, Commdor? Mocinha, bem perto do fecho há uma alavanca minúscula. Você pode puxá-la para cima, por favor? Pode puxar, ela não vai machucá-la.

A garota obedeceu, respirou fundo, olhou para as mãos e soltou um gemido abafado.

– Oh!

A partir de sua cintura, ela foi afogada numa luminescência pálida e fluida de cores mutantes que subiam sobre sua cabeça em uma coroa piscante de fogo líquido. Era como se alguém tivesse arrancado a aurora boreal do céu e moldado-a para formar um manto.

A garota foi até a frente do espelho e ficou olhando, fascinada.

– Aqui, pegue isto – Mallow entregou a ela um colar de pedras foscas. – Coloque-o no pescoço.

A garota obedeceu e cada pedra, à medida que entrava no campo luminescente, se tornava uma chama individual que saltava e faiscava em vermelho rubro e dourado.

– O que acha? – Mallow perguntou a ela. A garota não respondeu, mas seus olhos demonstravam adoração. O Commdor fez um gesto e, com relutância, ela abaixou a alavanca e a glória morreu. Ela foi embora... com a lembrança.

– É seu, Commdor – disse Mallow –, para a Commdora. Considere isso um pequeno presente da Fundação.

– Hmmm – o Commdor virou o cinto e o colar na mão como se estivesse calculando o peso das peças. – Como isso é feito?

Mallow deu de ombros.

– Essa é uma pergunta para nossos especialistas técnicos. Mas vai funcionar para o senhor sem... note bem, *sem*... a ajuda de sacerdotes.

– Sim, mas é apenas um enfeite feminino, afinal. O que se poderia fazer com isso? Por onde o dinheiro entraria?

— Os senhores têm bailes, recepções, banquetes, esse tipo de coisa?

— Ah, sim.

— O senhor percebe quanto as mulheres pagarão por esse tipo de joia? Dez mil créditos no mínimo.

O Commdor pareceu ter levado um tapa.

— Ah!

— E, como a unidade de energia deste artigo em particular não vai durar mais do que seis meses, haverá necessidade de trocas frequentes. Agora, se pudermos vender tantos desses quantos o senhor queira pelo equivalente em ferro forjado de mil créditos... O senhor terá um lucro de 900%.

O Commdor cofiou a barba e pareceu envolvido em impressionantes cálculos mentais.

— Pela Galáxia, como elas vão lutar por isso. Vou manter o suprimento em baixo estoque e deixar que façam leilões. Naturalmente, não seria bom deixá-los saber que eu pessoalmente...

Mallow disse:

— Podemos explicar o funcionamento de empresas fantasmas, se o senhor quiser. Então, por exemplo, pegue toda a nossa linha de dispositivos para o lar. Temos fogões dobráveis que tostam as carnes mais duras e as amaciam em dois minutos. Temos facas que não precisam ser afiadas. Temos o equivalente de uma lavanderia completa que pode ser colocada num armário pequeno e funciona de modo inteiramente automático. Lava-louças, idem. Idem, ibidem para enceradeiras, polidores de móveis, precipitadores de poeira, luminárias... ah, o que o senhor quiser. Pense em sua popularidade cada vez maior, *se* o senhor tornar isso disponível para o público. Pense na sua quantidade cada vez maior de, ah, bens mundanos, se eles estiverem disponíveis como um monopólio de governo a 900% de lucro. Isso valerá muitas vezes o dinheiro para eles, e ninguém vai precisar saber quanto *o senhor* pagou por isso. E, veja bem, nada exigirá supervisão sacerdotal. Todos vão ficar felizes.

— A não ser você, ao que parece. O que é que *você* ganha com isso?

— Simplesmente o que cada comerciante obtém pela lei da Fundação. Meus homens e eu ficamos com metade de quaisquer lucros que entrarem. É só o senhor comprar tudo o que eu quiser lhe vender, e ambos ganharemos muito. Muito *mesmo*.

O Commdor estava gostando de seus pensamentos.

– O que foi que você disse que queria receber em pagamento? Ferro?

– Isso, além de carvão e bauxita. E também tabaco, pimenta, magnésio e madeira. Nada que o senhor não tenha em excesso.

– Parece bom.

– Acho que sim. Ah, e mais um outro exemplo, Commdor. Eu poderia melhorar suas fábricas.

– É? Como?

– Bem, vejamos, suas siderúrgicas. Eu tenho pequenos dispositivos portáteis que podem fazer truques com aço que cortariam custos de produção para 1% dos níveis anteriores. O senhor poderia cortar os preços pela metade e ainda auferir lucros extremamente gordos com os fabricantes. Estou lhe dizendo, eu poderia lhe mostrar exatamente o que quero dizer, se o senhor me permitisse uma demonstração. O senhor tem uma siderúrgica nesta cidade? Não levaria muito tempo.

– Pode ser arranjado, Comerciante Mallow. Mas amanhã, amanhã. Você jantaria conosco hoje?

– Meus homens... – Mallow começou.

– Traga todos – o Commdor disse, expansivo. – Uma união amigável simbólica de nossas nações. Isso nos dará uma chance de mais conversas amigáveis. Mas, uma coisa – seu rosto ficou sério. – Nada de sua religião. Não pense que tudo isso é uma brecha para os missionários entrarem.

– Commdor – Mallow disse seco –, eu lhe dou a minha palavra de que a religião cortaria meus lucros.

– Então, isso me serve, por ora. Você será escoltado de volta à sua nave.

6.

A Commdora era muito mais jovem do que o marido. Seu rosto era de aspecto frio e pálido, e seus cabelos negros eram penteados para trás e apertados. A voz dela era ácida.

– O senhor acabou, meu gracioso e nobre marido? Acabou, mas acabou *mesmo*? Talvez eu possa até entrar no jardim se desejar, agora.

– Não há necessidade de drama, Licia, minha querida – o Commdor disse, suavemente. – O jovem virá ao jantar esta noite, e você poderá conversar o quanto quiser com ele e, até mesmo, se divertir ouvindo tudo o que digo. Teremos de arrumar espaço para os homens deles. Que as estrelas garantam que sejam poucos.

– Muito provavelmente serão porcos comilões que vão devorar carne aos quilos e vinhos aos odres. E o senhor vai gemer por duas noites seguidas quando calcular as despesas.

– Bem, talvez desta vez eu não faça isso. Apesar de sua opinião, o jantar será na escala mais luxuosa.

– Ah, sei – ela olhou para ele com desprezo. – O senhor está muito amigo desses bárbaros. Talvez seja por isso que não tive permissão de participar de sua conversa. Talvez sua alma mesquinha esteja planejando se voltar contra meu pai.

– De jeito nenhum.

– Sim, eu provavelmente acreditaria em você, não é? Se algum dia uma pobre mulher foi sacrificada por política para um casamento ruim, essa mulher fui eu. Poderia ter escolhido um homem adequado nos becos e lamaçais do meu mundo nativo.

– Ora, ora, vou lhe dizer uma coisa, minha senhora. Talvez a senhora quisesse retornar ao seu mundo nativo. Apenas para conservar como suvenir a porção sua com a qual estou mais acostumado, eu poderia mandar cortar sua língua primeiro. E – inclinou a cabeça de lado, de modo calculista –, como um toque final de aprimoramento da sua beleza, suas orelhas e a ponta de seu nariz, também.

– Você não ousaria, seu cachorro. Meu pai transformaria sua nação de brinquedo em poeira cósmica. Na verdade, ele poderia fazer isso de qualquer maneira, se eu dissesse a ele que você estava tratando com esses bárbaros.

– Hmmm. Bem, não há necessidade de ameaças. Você está livre para questionar o homem por conta própria esta noite. Enquanto isso, madame, mantenha sua língua traiçoeira quieta.

– Às suas ordens?

– Aqui, tome isto, então e fique quieta.

A faixa estava na cintura dela e o colar no pescoço. Ele acionou a alavanca e recuou.

A Commdora prendeu a respiração e estendeu as mãos. Passou os dedos pelo colar e soltou um suspiro.

O Commdor esfregou as mãos com satisfação e disse:

– Você pode usar isso esta noite... e eu lhe darei mais. *Agora* fique quieta.

A Commdora ficou quieta.

7.

Jaim Twer estava inquieto, mexendo as mãos e arrastando os pés.

– O que é que está fazendo o seu rosto se torcer tanto? – ele perguntou.

Hober Mallow levantou a cabeça e pôs os pensamentos de lado.

– Meu rosto está torcido? Não foi minha intenção.

– Alguma coisa deve ter acontecido ontem... quero dizer, além do banquete – com súbita convicção. – Mallow, há algum problema, não há?

– Problema? Não. Pelo contrário. Na verdade, eu estou em posição de jogar todo o peso do meu corpo contra uma porta só para descobrir que ela estava aberta o tempo todo. Vamos entrar na siderúrgica com a maior facilidade.

– Você suspeita de uma armadilha?

– Ah, pelo amor de Seldon, não seja melodramático – Mallow engoliu sua impaciência e acrescentou, em tom de conversa: – É apenas que a entrada fácil significa que não haverá nada para se ver.

– Energia nuclear, hein? – ruminou Twer. – Vou lhe dizer uma coisa. Simplesmente não existem evidências de nenhuma economia à base de energia nuclear aqui em Korell. E seria um trabalho muito difícil mascarar todos os sinais dos amplos efeitos que uma tecnologia fundamental como a nucleônica teria em tudo.

– Não se ela estivesse apenas começando, Twer, e sendo aplicada a uma economia de guerra. Você a encontraria apenas nos estaleiros e nas siderúrgicas.

– Então, se não encontrarmos...

– Ou eles não a têm... ou a estão escondendo. Jogue uma moeda ou tente adivinhar.

Twer balançou a cabeça.

– Gostaria de ter ido com você ontem.

– Eu também gostaria – Mallow disse seco. – Não faço nenhuma objeção a apoio moral. Infelizmente, foi o Commdor que impôs os termos da reunião, e não eu. E *aquilo* lá fora parece ser o carro terrestre real que nos levará até a siderúrgica. Você está com os dispositivos?

– Todos eles.

8.

A siderúrgica era grande, e tinha o odor de decomposição que nenhuma quantidade de reparos superficiais podia apagar. Estava vazia agora e em um estado um tanto antinatural de silêncio, pois desempenhava um papel que lhe era estranho, o de anfitriã para o Commdor e sua corte.

Mallow havia girado a folha de aço sobre os dois suportes com um movimento descuidado. Ele pegou o instrumento que Twer lhe estendera e estava segurando a empunhadura de couro dentro de sua bainha de chumbo.

– O instrumento – disse – é perigoso, mas até aí uma serra elétrica também é. É só manter os dedos longe.

E, quando disse isso, desceu rapidamente a lateral do cano pelo comprimento da folha de aço, que no mesmo instante caiu, partida em duas.

Todos deram um pulo, e Mallow riu. Ele pegou uma das metades e a encostou no joelho.

– Pode-se ajustar a extensão do corte com precisão de até um centésimo de polegada e uma folha de duas polegadas vai se cortar com a mesma facilidade com que esta aqui. Se se calcular com exatidão a espessura, pode-se colocar aço sobre uma mesa de madeira e cortar o metal sem arranhar a madeira.

E, a cada frase, a tesoura nuclear se movia e um pedaço cortado de aço saía voando pelo ambiente.

– Isso – ele disse – é como cortar aparas de madeira... só que com aço.

Devolveu a tesoura. – Ou também temos a plaina. Quer reduzir a espessura de uma folha, amaciar uma irregularidade, remover corrosão? Olhem!

Uma folha fina e transparente se descolou da outra metade da placa original em fatias de seis polegadas, depois de oito, e depois de doze.

– Ou brocas? O princípio é o mesmo.

Agora eles estavam todos aglomerados ao seu redor. Era como se fosse um espetáculo de prestidigitação, um mágico de esquina, um show de vaudeville transformado no mais alto nível de vendas. O Commdor Asper segurava as lascas de aço. Altos funcionários do governo andavam de mansinho uns atrás dos outros, sussurrando, enquanto Mallow fazia furos limpos e belos através de uma polegada de aço maciço a cada toque de sua broca nuclear.

— Só mais uma demonstração. Alguém me traga dois canos pequenos.

Um Honorável Camareiro de isso-ou-aquilo obedeceu rapidamente, no meio da empolgação e concentração generalizadas, e sujou as mãos como qualquer operário.

Mallow os colocou em pé e raspou as extremidades com uma única tesourada, juntando depois os canos, uma extremidade recém-cortada com a outra.

E, pronto: um único cano! As novas extremidades, sem nenhuma irregularidade, nem em nível atômico, formaram uma peça ao se juntarem.

Então Mallow olhou para sua plateia, tropeçou na primeira palavra e parou. Seu peito fremia de empolgação, e a boca do estômago estava fria e formigando. O próprio guarda-costas do Commdor, na confusão, havia lutado para chegar até a primeira fileira e Mallow, pela primeira vez, ficou perto o bastante para ver em detalhes suas estranhas armas de mão.

Elas eram nucleares! Não havia engano; uma arma de projéteis explosivos com um cano daqueles era impossível. Mas não era essa a questão principal. Não mesmo.

As coronhas das armas tinham, gravadas em placas de ouro velho, a Espaçonave e o Sol!

O mesmo símbolo de Espaçonave-e-Sol que estava estampado em cada um dos grandes volumes da Enciclopédia original que a Fundação havia iniciado e ainda não terminara. *O mesmo símbolo de Espaçonave-e-Sol que figurara na bandeira do Império Galáctico por milênios.*

Mallow continuou falando, sem parar de pensar:

— Testem esse cano! É um pedaço só. Não é perfeito. Naturalmente, a junção não deveria ter sido feita à mão.

Não havia mais necessidade de mais prestidigitação. Estava acabado. Mallow cumprira sua missão. Obteve o que queria. Só havia agora uma coisa em sua mente. O globo dourado com seus raios estilizados e a forma oblíqua de charuto que era um veículo espacial.

A Espaçonave-e-Sol do Império!

O Império! As palavras giravam num turbilhão! Um século e meio havia se passado, mas o Império ainda existia, em algum lugar nas profundezas da Galáxia. E ele estava emergindo novamente, dentro da Periferia.

Mallow sorriu!

9.

O *Estrela Distante* já estava há dois dias no espaço, quando Hober Mallow, em seus aposentos pessoais com o Tenente Sênior Drawt, entregou-lhe um envelope, um rolo de microfilme e um esferoide prateado.

– Daqui a uma hora, Tenente, você será Capitão Interino do *Estrela Distante*, até o meu retorno... ou para sempre.

Drawt fez um movimento de se levantar, mas Mallow o mandou se sentar na hora.

– Silêncio e escute. O envelope contém a localização exata do planeta para o qual você deverá seguir. Ali, irá aguardar por mim por dois meses. Se antes desse prazo acabar, a Fundação o localizar, o microfilme é o meu relato da viagem. Se, entretanto – sua voz era sombria –, eu *não* retornar ao final de dois meses e naves da Fundação não o localizarem, vá até o planeta Terminus e entregue isso na Cápsula do Tempo como relatório. Compreendeu bem?

– Sim, senhor.

– Em momento algum você, ou qualquer um dos homens, deve acrescentar qualquer coisa ao meu relatório oficial.

– E se formos interrogados, senhor?

– Então vocês não sabem de nada.

– Sim, senhor.

A conversa terminou e, cinquenta minutos depois, uma pequena nave salva-vidas saiu rapidamente da lateral do *Estrela Distante*.

10.

Onum Barr era um velho, velho demais para ter medo. Desde os últimos distúrbios, ele havia vivido sozinho nos confins da terra com os livros que tinha salvado das ruínas. Ele não tinha nada que temesse perder, muito menos os restos gastos de sua vida e, por isso, encarou o intruso sem se acovardar.

— Sua porta estava aberta — explicou o estranho.

Seu sotaque era rápido e seco, e Barr não deixou de notar a estranha arma de aço azulado na cintura. Na semiobscuridade do pequeno aposento, Barr viu o brilho de um escudo de força cercando o homem.

Ele disse, cansado:

— Não há motivo para mantê-la trancada. Deseja alguma coisa de mim?

— Sim — o estranho permaneceu em pé no centro do aposento. Ele era grande, tanto em altura quanto em porte físico. — A sua casa é a única por perto.

— É um lugar desolado — concordou Barr —, mas existe uma cidadezinha a leste. Posso lhe mostrar como chegar até lá.

— Daqui a pouco. Posso?

— Se as cadeiras aguentarem seu peso — o velho disse, sério. Elas também eram velhas. Relíquias de uma juventude melhor.

— Meu nome é Hober Mallow — disse o estranho. — Venho de uma província distante.

Barr assentiu e sorriu.

— Sua língua me convenceu disso há muito tempo. Eu sou Onum Barr, de Siwenna... antigo Patrício do Império.

— Então, isto aqui é Siwenna. Eu só tinha mapas antigos para me orientar.

— Eles teriam de ser bem antigos mesmo, para as posições das estrelas serem diferentes.

Barr ficou sentado bem quieto, enquanto os olhos do outro passeavam e devaneavam. Ele reparou que o escudo nuclear de força havia desaparecido do homem e admitiu secamente para si mesmo que essa pessoa não parecia mais formidável para um estranho... ou até mesmo, para o bem ou para o mal, para seus inimigos.

— Minha casa é pobre e meus recursos, poucos — disse. — Você pode partilhar o que tenho, se seu estômago aguentar pão preto e milho seco.

Mallow balançou a cabeça.

– Não. Já comi e não posso ficar. Só preciso saber onde fica o centro do governo.

– Isso é fácil e, embora eu seja pobre, não me custa nada. Você está se referindo à capital do planeta ou do Setor Imperial?

Os olhos do homem mais novo se estreitaram.

– Os dois não são a mesma coisa? Isto aqui não é Siwenna?

O velho patrício assentiu devagar.

– Sim, aqui é Siwenna. Mas Siwenna não é mais capital do Setor Normânnico. Seu antigo mapa acabou fazendo com que você se perdesse mesmo, afinal. As estrelas podem não mudar mesmo em séculos, mas fronteiras políticas são fluidas demais.

– É uma pena. Na verdade, é muito ruim mesmo. A nova capital fica muito longe?

– Fica em Orsha II. A vinte parsecs de distância. Seu mapa irá direcioná-lo. Qual é a idade dele?

– Cento e cinquenta anos.

– Tão velho assim? – o velho suspirou. – Muita coisa aconteceu na História desde então. Você conhece alguma coisa dela?

Mallow balançou a cabeça devagar.

– Você tem sorte – disse Barr. – Foi uma época ruim para as províncias, a não ser pelo reinado de Stannell VI, e ele morreu há cinquenta anos. Desde então, rebeliões e ruína, ruína e rebeliões – Barr ficou se perguntando se estava falando demais. Era uma vida solitária ali, e ele tinha tão poucas oportunidades de falar com outros homens.

Mallow disse com uma rispidez súbita:

– Ruína, hein? Você fala como se a província fosse pobre.

– Talvez não numa escala absoluta. Os recursos físicos de vinte e cinco planetas de primeiro nível demoram muito para acabar. Em comparação com a riqueza do século passado, entretanto, nós caminhamos muito ladeira abaixo... e não há sinal de subida, não ainda. Por que você está tão interessado em tudo isso, meu jovem? Está todo animado, e seus olhos brilham!

O comerciante quase enrubesceu, pois era como se os olhos cansados tivessem olhado fundo demais dentro dele e sorrido com o que viram.

— Agora escute aqui — falou. — Eu sou um comerciante lá de fora... lá da borda da Galáxia. Localizei alguns mapas velhos e estou saindo para abrir novos mercados. Naturalmente, falar de províncias empobrecidas é algo que me perturba. Não se pode tirar dinheiro de um mundo, a menos que o dinheiro esteja lá. Por falar nisso, como está Siwenna?

O velho se inclinou para a frente.

— Não sei dizer. Talvez venha a melhorar no futuro. Mas *você* é um comerciante? Parece mais um guerreiro. Mantém a mão perto da arma e há uma cicatriz em seu maxilar.

Mallow balançou a cabeça.

— Não há muita lei lá fora, de onde venho. Lutas e cicatrizes fazem parte dos custos de um comerciante. Mas o combate só é útil quando existe dinheiro no fim do túnel e, se eu puder sair sem lutar, tanto melhor. Agora, vou encontrar dinheiro suficiente aqui para fazer a briga valer a pena? Suponho que briga seja fácil de achar.

— Suficientemente fácil — concordou Barr. — Você poderia se juntar aos remanescentes de Wiscard nas Estrelas Vermelhas. Mas não sei se você chamaria aquilo de combate ou pirataria. Ou poderia se juntar ao nosso atual gracioso vice-rei... gracioso por direito de assassinato, pilhagem, rapinagem e a palavra de um menino imperador — as bochechas magras do patrício ficaram vermelhas. Seus olhos se fecharam e, depois, voltaram a se abrir, brilhantes como os de um pássaro.

— Você não parece muito amigo do vice-rei, Patrício Barr — disse Mallow. — E se eu for um dos espiões dele?

— E se você for? — Barr perguntou ácido. — O que é que você pode me tirar? — fez um gesto com o braço murcho, mostrando o interior nu da mansão decadente.

— Sua vida.

— Ela já vai tarde. Está comigo há pelo menos cinco anos mais do que devia. Mas você não é um dos homens do vice-rei. Se fosse, talvez meu instinto de autopreservação mantivesse minha boca fechada.

— Como você sabe?

O velho gargalhou.

— Você parece desconfiado. Vamos, aposto que pensa que estou tentando pegá-lo numa armadilha e fazer com que fale mal do governo. Não, não. Já transcendi a política.

— Transcendeu a política? E algum homem consegue transcender a política? As palavras que você usou para descrever o vice-rei... quais foram? Assassinato, pilhagem, tudo isso. Você não parecia objetivo. Não exatamente. Não parecia ter transcendido política nenhuma.

O velho deu de ombros.

— As lembranças doem quando vêm à tona subitamente. Escute! Julgue por si mesmo! Quando Siwenna era a capital da província, eu era um patrício e membro do senado provincial. Minha família era antiga e honrada. Um de meus bisavôs havia sido... Não, deixe isso para lá. Glórias do passado não alimentam ninguém.

— Eu acho — disse Mallow — que aconteceu uma guerra civil ou uma revolução.

O rosto de Barr escureceu.

— Guerras civis são crônicas nestes dias degenerados, mas Siwenna havia ficado de lado. Sob o governo de Stannell VI, ela quase conseguira atingir sua antiga prosperidade. Mas imperadores fracos vieram depois, e imperadores fracos significam vice-reis fortes. Nosso último vice-rei... o mesmo Wiscard, cujos remanescentes ainda atacam o comércio entre as Estrelas Vermelhas... tinha o objetivo de ele próprio vestir o manto púrpura do Império. Não foi o primeiro. E, se tivesse conseguido, não teria sido o primeiro a conseguir. Mas fracassou. Pois, quando o almirante do Imperador se aproximou da província encabeçando uma frota, o próprio mundo de Siwenna se rebelou contra seu vice-rei rebelde — parou, triste.

Mallow percebeu que estava tenso, inclinando-se na beirada de sua cadeira, e relaxou devagar.

— Por favor, continue, senhor.

— Obrigado — disse Barr, cansado. — É muito gentil de sua parte ouvir um velho. Eles se rebelaram; ou eu deveria dizer, *nós* nos rebelamos, pois eu fui um dos líderes menores. Wiscard deixou Siwenna, por pouco não foi apanhado por nós, e o planeta, e com ele a província, se abriu para o almirante com todos os gestos de lealdade para o Imperador. Por que fizemos isso, não tenho certeza. Talvez nos sentíssemos leais ao símbolo, se não à pessoa, do Imperador... uma criança cruel e mesquinha. Talvez tivéssemos medo dos horrores de um cerco.

— E? — Mallow perguntou gentilmente.

– Bem... – veio a resposta amarga. – Isso não agradou ao almirante. Ele queria a glória de conquistar uma província rebelde e seus homens queriam o saque que uma conquista dessas envolveria. Então, enquanto o povo ainda estava reunido em todas as grandes cidades, saudando o Imperador e seu almirante, ele ocupou todos os centros armados e ordenou a desintegração da população.

– Sob que pretexto?

– Sob o pretexto de que havíamos nos rebelado contra o vice-rei, ungido pelo Imperador. E o almirante se tornou o novo vice-rei, em virtude de um mês de massacre, pilhagem e completo horror. Eu tinha seis filhos. Cinco morreram... de formas variadas. Eu tinha uma filha. *Espero* que ela tenha morrido, depois de tudo. *Eu* escapei porque era velho. Vim para cá, velho demais para sequer provocar preocupação em nosso vice-rei – ele abaixou a cabeça grisalha. – Eles não me deixaram nada, porque eu havia ajudado a derrubar um governador rebelde e privado um almirante de sua glória.

Mallow ficou sentado em silêncio, esperando. Então:

– E seu sexto filho? –perguntou suavemente.

– Hein? – Barr sorriu, ácido. – Ele está seguro, pois se uniu ao almirante como um soldado comum, sob nome falso. É um artilheiro na frota pessoal do vice-rei. Ah, não, estou vendo seus olhos. Ele não é um filho desnaturado. Ele me visita quando pode, e me dá o que pode. Ele me mantém vivo. E, um dia, nosso grande e glorioso vice-rei morrerá gemendo, e meu filho será seu executor.

– E você conta isso a um estranho? Você coloca seu filho em perigo assim.

– Não. Eu o ajudo, apresentando um novo inimigo. E se eu fosse amigo do vice-rei, como sou inimigo dele, lhe diria para cercar o espaço exterior de naves, até a borda da Galáxia.

– Não há naves aqui?

– Você achou alguma? Algum guarda espacial questionou sua entrada? Com tão poucas naves, e as províncias de fronteira cheias de seu quinhão de intriga e iniquidade, nenhuma pode ser poupada para guardar os sóis bárbaros exteriores. Nenhum perigo jamais nos ameaçou vindo da borda fraturada da Galáxia... até *você* aparecer.

– Eu? Eu não represento perigo.

– Depois de você virão mais.

Mallow balançou a cabeça devagar.

– Não sei bem se entendi o senhor.

– Escute! – a voz do velho tinha, agora, um tom febril. – Eu o reconheci quando entrou. Você tem um escudo de força em seu corpo, ou tinha, quando o vi pela primeira vez.

Um silêncio desconfiado, mas:

– Sim... eu tinha.

– Ótimo. Isso foi uma falha, mas você não sabia. Eu sei de algumas coisas. Nestes tempos decadentes está fora de moda ser um acadêmico. Os eventos correm e passam voando e quem não consegue combater a onda com um desintegrador na mão é varrido por ela, como eu fui. Mas eu era um estudioso e sei que em toda a história da nucleônica, nenhum escudo de força portátil jamais foi inventado. Temos escudos de força: imensos, usinas gigantes que protegem uma cidade ou até mesmo uma nave, mas um único homem, não.

– É? – Mallow fez uma cara de espanto. – E o que o senhor deduz disso?

– Existem histórias que se espalham pelo espaço. Elas percorrem estranhos caminhos e se distorcem a cada parsec... mas quando eu era jovem apareceu uma pequena nave de homens estranhos, que não conheciam nossos costumes e não se podia dizer de onde vinham. Falavam sobre mágicos da fronteira da Galáxia, mágicos que brilhavam na escuridão, que voavam pelo ar sem naves e que as armas não tocavam. Nós rimos. Eu também ri. Tinha esquecido disso tudo até hoje. Mas você brilha na escuridão e acho que, se eu tivesse um desintegrador, ele não o machucaria. Diga-me, você pode voar pelo ar como está sentado aí agora?

– Não posso fazer nada disso – Mallow respondeu, com calma.

Barr sorriu.

– Fico satisfeito com essa resposta. Não interrogo meus convidados. Mas se existirem mágicos; se *você* for um; pode ser que um dia haja um grande influxo deles, ou de vocês. Talvez isso também seja bom. Talvez precisemos de sangue novo – ele resmungou, mudo, para si mesmo, e depois, devagar. – Mas funciona ao contrário, também. Nosso vice-rei também sonha, assim como nosso velho Wiscard.

– Também com a coroa do Imperador?

Barr assentiu.

– Meu filho tem ouvido histórias. No séquito pessoal do vice-rei, é quase impossível evitar. E ele me conta essas coisas. Nosso novo vice-rei não recusaria a Coroa se lhe fosse oferecida, mas preserva sua rota de fuga. Há histórias de que, se não conseguir o Império, ele planeja construir um novo império no interior do bárbaro. Dizem, mas não ponho minha mão no fogo por isso, que já deu uma de suas filhas como esposa para um reizinho em algum lugar na Periferia não mapeada.

– Se fôssemos dar ouvidos a todas as histórias...

– Eu sei. Existem muitas outras. Eu sou velho e falo muita coisa sem sentido. Mas o que você diz? – e aqueles olhos velhos e aguçados o perfuraram.

O comerciante parou para pensar.

– Eu não digo nada. Mas gostaria de fazer uma pergunta. Siwenna tem energia nuclear? Agora, espere, eu sei que ela possui o conhecimento da nucleônica. Quero dizer, eles têm geradores de energia intactos, ou o saque recente os destruiu?

– Destruiu? Ah, não. Metade do planeta seria erradicada antes que a menor estação de energia fosse tocada. Elas são insubstituíveis e fornecem a força da frota – de modo quase orgulhoso. – Temos a maior e melhor deste lado de Trantor.

– Então, o que eu faria primeiro se quisesse ver esses geradores?

– Nada! – Barr respondeu firme. – Você não conseguiria se aproximar de nenhum centro militar sem ser derrubado na hora. Nem você nem ninguém. Siwenna ainda está privada de direitos civis.

– Quer dizer que todas as estações de energia estão sob controle militar?

– Não. Existem as pequenas estações, que fornecem energia para aquecimento e iluminação das residências, energia de veículos e assim por diante. Elas são quase tão ruins quanto as controladas pelos militares. São dominadas pelos técnicos.

– Quem são eles?

– Um grupo especializado que supervisiona as usinas de energia. A honra é hereditária; os jovens são educados na profissão como aprendizes. Têm um senso estrito de dever, honra e isso tudo. Ninguém, a não ser um técnico, pode entrar numa estação.

– Sei.

— Mas não digo — Barr acrescentou — que não existam casos em que técnicos tenham sido subornados. Em tempos em que temos nove imperadores em cinquenta anos, e sete deles foram assassinados... quando cada capitão do espaço aspirava a usurpar o posto de vice-rei e cada vice-rei aspirava a ser imperador, suponho que até mesmo um técnico possa ser comprado. Mas não seria barato, e não tenho nada. Você tem?

— Dinheiro? Não. Mas só se pode subornar com dinheiro?

— O que mais, quando o dinheiro compra tudo?

— Há muitas coisas que o dinheiro não compra. E, agora, se o senhor me disser onde fica a cidade mais próxima que tenha uma estação, e qual a melhor maneira de chegar lá, eu lhe agradecerei.

— Espere! — Barr estendeu as mãos finas. — Para onde corre? Você vem aqui, mas *eu* não faço perguntas. Na cidade, onde os habitantes ainda são chamados de rebeldes, você seria abordado pelo primeiro soldado ou guarda que ouvisse o seu sotaque e visse suas roupas.

Ele se levantou e, de um canto obscuro de um velho baú, retirou um livreto.

— Meu passaporte... falso. Foi com ele que fugi.

Ele o colocou na mão de Mallow e fechou os dedos do homem sobre o passaporte.

— A descrição não bate, mas se você for rápido, há uma boa chance de que eles não confiram muito de perto.

— Mas e você? Ficaria sem um documento.

O velho exilado deu de ombros cinicamente.

— E daí? Mais um aviso. Modere o linguajar! Seu sotaque é bárbaro, suas expressões idiomáticas são peculiares e, de vez em quando, você usa os arcaísmos mais surpreendentes. Quanto menos falar, menos suspeitas atrairá. Agora vou lhe dizer como chegar à cidade...

Cinco minutos depois, Mallow havia ido embora.

Ele só voltou uma vez, por um instante, à casa do velho patrício, antes de ir embora para sempre. E quando Onum Barr saiu para seu pequeno jardim bem cedo na manhã seguinte, encontrou uma caixa aos seus pés. Ela continha provisões, provisões concentradas como as que se pode encontrar a bordo de uma nave, de gosto e preparo estranhos.

Mas eram boas, e duraram muito.

11.

O técnico era baixinho, e sua pele reluzia com uma gordura bem conservada. Seu cabelo era ralo e o crânio brilhava rosado através dele. Os anéis em seus dedos eram grossos e pesados, suas roupas perfumadas e foi o primeiro homem que Mallow viu no planeta que não parecia faminto.

Os lábios do técnico franziram.

— Rápido, homem, rápido. Tenho coisas de grande importância esperando por mim. Você parece um estrangeiro... — ele parecia avaliar o traje definitivamente não-siwennês de Mallow e suas pálpebras pesavam de desconfiança.

— Não sou das redondezas — Mallow disse, com calma —, mas isso é irrelevante. Tive a honra de lhe enviar um presentinho ontem...

O técnico ergueu o nariz.

— Eu o recebi. Uma tranqueira interessante. Pode ser que um dia eu tenha utilidade para ela.

— Tenho outros presentes, mais interessantes. Bem distantes do estágio de tranqueiras.

— Ah-h? — a voz do técnico pausou, pensativa, sobre o monossílabo. — Acho que já estou entendendo onde esta conversa vai chegar; isso já aconteceu antes. Você vai me dar uma coisinha ou outra. Alguns créditos, talvez um manto, joias de segunda; qualquer coisa que sua alma pequena possa achar suficiente para corromper um técnico — ele estendeu o lábio inferior, de modo beligerante. — E sei o que você deseja em troca. Houve outros, de sobra, com a mesma ideia brilhante. Você deseja ser adotado por nosso clã. Deseja aprender os mistérios da nucleônica e como cuidar das máquinas. Acha que, porque vocês, cães de Siwenna... e provavelmente assumiu esse aspecto de estrangeiro por segurança... estão sendo punidos diariamente por sua rebelião, podem fugir ao que merecem se atirando, uns sobre os outros, aos privilégios e proteções da liga dos técnicos.

Mallow teria falado, mas o técnico levantou a voz subitamente, num rugido.

— E agora parta, antes que eu relate seu nome ao Protetor da Cidade. Você pensa que eu trairia a confiança? Os traidores siwenneses que me precederam... talvez! Mas você está lidando com uma raça diferente agora. Ora, pela Galáxia, fico maravilhado por não matá-lo agora mesmo com minhas mãos nuas.

Mallow sorriu para si mesmo. Todo esse discurso era patentemente artificial em tom e conteúdo, de modo que toda aquela indignação cheia de dignidade degenerou em uma farsa sem inspiração.

O comerciante olhou com humor para as duas mãos gordinhas, que haviam sido apontadas como suas possíveis executoras ali e agora, e disse:

– Sua Sapiência, o senhor está errado em três coisas. Primeiro, não sou uma criatura do vice-rei que veio testar sua lealdade. Segundo, meu presente é algo que o próprio Imperador, em todo seu esplendor, não possui e jamais possuirá. Terceiro, o que eu desejo em troca é muito pouco; um nada; uma mera brisa.

– É o que você diz! – ele desceu para sarcasmo pesado. – Vamos, que doação imperial é essa com a qual seu poder divino deseja me agraciar? Algo que o Imperador não tem, hein? – ele irrompeu num grito agudo de desprezo.

Mallow se levantou e empurrou a cadeira para o lado.

– Esperei três dias para vê-lo, Sua Sapiência, mas mostrar isso levará apenas três segundos. Se o senhor puxar esse desintegrador cuja coronha vejo muito perto de sua mão...

– Hein?

– E atirar em mim, por gentileza.

– *O quê?*

– Se eu morrer, o senhor poderá dizer à polícia que tentei suborná-lo para trair segredos da liga. O senhor receberá muitos elogios. Se não morrer, o senhor poderá ficar com meu escudo.

Pela primeira vez, o técnico se deu conta da fraquíssima iluminação branca que pairava bem perto de seu visitante, como se ele tivesse sido mergulhado em pó de pérola. Levantou o desintegrador e, com seus olhos meio fechados de surpresa e desconfiança, apertou o contato.

As moléculas de ar, apanhadas no surto súbito de disrupção atômica, rasgaram-se em íons brilhantes e incandescentes, marcando a linha fina cegante que atingiu o coração de Mallow – e não o tocou!

Embora o olhar de paciência de Mallow nunca tivesse mudado, as forças nucleares que se rasgavam contra ele se consumiram de encontro a essa iluminação perolada frágil, e recuaram para morrer no meio do ar.

O desintegrador do técnico caiu ao chão com um estrondo, sem que ele notasse.

Mallow disse:

— O Imperador tem um escudo de força pessoal? *Você* pode ter um.

O técnico gaguejou:

— Você é um técnico?

— Não.

— Então... de onde você tirou isso?

— Faz diferença? — Mallow exibiu um desprezo frio. — Você quer? — um cinturão fino, com uma alavanca, caiu sobre a mesa. — Pronto.

O técnico o agarrou e o percorreu nervoso com os dedos.

— Isto aqui está completo?

— Completo.

— Cadê a energia?

O dedo de Mallow encostou a alavanca maior, envolta num revestimento fosco de chumbo.

O técnico olhou para cima, e seu rosto ficou congestionado com sangue.

— Senhor, eu sou um técnico de nível sênior. Sou supervisor há vinte anos e estudei com o grande Bler na Universidade de Trantor. Se o senhor tem a charlatanice infernal de me dizer que um receptáculo minúsculo do tamanho de... de uma noz, diabos, contém um gerador nuclear, eu o colocarei diante do Protetor em três segundos.

— Explique isso então, se puder. Eu digo que está completo.

O rubor do técnico desapareceu lentamente enquanto ele amarrava o cinto na cintura e, imitando o gesto de Mallow, empurrou a alavanca. O brilho que o cercou era tênue mas destacado. Ele ergueu o desintegrador, mas hesitou. Lentamente, ajustou-o para o mínimo, que quase não queimava.

E então, convulsivamente, fechou o circuito e o fogo nuclear resvalou contra sua mão, sem provocar nenhum dano.

Ele girou:

— E se eu atirar em você agora e ficar com o escudo?

— Experimente! — disse Mallow. — Você acha que eu lhe dei a única amostra? — e ele também ficou solidamente envolto em luz.

O técnico deu um risinho nervoso. O desintegrador caiu sobre a mesa. Ele disse:

— E o que é esse mero nada, essa brisa, que você deseja em troca?

— Eu quero ver seus geradores.

– Você entende que isso é proibido. Significaria ejeção no espaço para nós dois...

– Eu não quero tocá-los, nem ter nada a ver com eles. Só quero vê-los... a distância.

– E se não acontecer isso?

– Se não acontecer isso, você tem seu escudo, mas eu tenho outras coisas. Por exemplo, um desintegrador feito especialmente para atravessar esse escudo.

– Hummmm – Os olhos do técnico se desviaram. – Venha comigo.

12.

A casa do técnico era um pequeno sobrado nos arredores do edifício imenso, cúbico e sem janelas que dominava o centro da cidade. Mallow foi de um para o outro por uma passagem subterrânea e se encontrou na atmosfera silenciosa, cheia de ozônio, da usina.

Por quinze minutos, ele seguiu seu guia e não disse nada.

Seus olhos não perderam nada. Seus dedos não tocaram nada. E então o técnico disse, em um tom estrangulado:

– Você já viu o suficiente? Eu não poderia confiar nem em meus subordinados *neste* caso.

– E você confia neles para alguma coisa? – Mallow perguntou, ironicamente. – Para mim, já chega.

Voltaram ao escritório e Mallow disse, pensativo:

– E todos aqueles geradores estão em suas mãos?

– Cada um deles – disse o técnico, com mais que um toque de complacência.

– E você os mantém funcionando e em ordem?

– Certo!

– E se eles quebrarem?

O técnico balançou a cabeça indignado.

– Eles não quebram. Nunca quebram. Foram construídos para durar por toda a eternidade.

– A eternidade é um longo tempo. Vamos supor que...

– É anticientífico supor casos sem sentido.

– Está certo. Suponha que eu desintegrasse uma parte vital? Eu suponho que as máquinas não sejam imunes a forças nucleares. Suponha que eu funda uma conexão vital ou esmague um tubo-D de quartzo?

– Bem, ora – disse o técnico, furioso –, você seria morto.

– Sim, disso eu sei – agora Mallow também estava gritando –, mas e o gerador? Você conseguiria consertá-lo?

– Senhor – o técnico uivou suas palavras –, o senhor teve uma troca justa. Já teve o que pediu. Agora saia! Não lhe devo mais nada!

Mallow se curvou, com um respeito satírico, e foi embora.

Dois dias depois, ele estava de volta à base onde o *Estrela Distante* aguardava para levá-lo de volta ao planeta Terminus.

E, dois dias depois, o escudo do técnico parou de funcionar. E, apesar de todo o seu espanto e de seus xingamentos, nunca mais voltou a brilhar.

13.

Mallow relaxou por quase a primeira vez em seis meses. Estava deitado no solário de sua nova casa, inteiramente nu. Seus grandes braços morenos estavam largados e os músculos se esticaram num espreguiçar, desaparecendo, depois, em repouso.

O homem ao seu lado colocou um charuto entre os dentes de Mallow e o acendeu. Ele mordeu um de seus próprios e disse:

– Você deve estar com excesso de trabalho. Talvez precise de um longo descanso.

– Talvez sim, Jael, mas eu preferia descansar em uma cadeira do conselho. Porque eu vou ter a cadeira, e você vai me ajudar.

Ankor Jael ergueu as sobrancelhas e disse:

– Como foi que eu entrei nessa?

– Você entrou da maneira óbvia. Primeiro, é um macaco velho na política. Segundo, foi chutado para fora de seu gabinete por Jorane Sutt, o mesmo sujeito que preferiria perder um olho a me ver no conselho. Você acha que não tenho muita chance, não é?

– Não muita – concordou o ex-Ministro da Educação. – Você é smyrniano.

– Isso não é impedimento legal. Eu tive uma educação leiga.

– Ora, vamos lá. Desde quando preconceito segue qualquer lei, além de sua própria? E quanto ao seu próprio homem... esse tal de Jaim Twer? O que é que *ele* diz?

– Ele falou de me colocar na disputa do conselho há quase um ano – Mallow respondeu, calmo –, mas eu o ultrapassei. Ele não teria conseguido, de qualquer maneira. Não tinha profundidade bastante. Ele fala alto e força muito a barra... mas essa é apenas uma expressão do quão incômodo ele é. Eu preciso é armar um golpe de verdade. Preciso de *você*.

– Jorane Sutt é o político mais esperto do planeta e ele estará contra você. Não sei se sou capaz de superá-lo em esperteza. E não acho que ele não lute duro e sujo.

– Eu tenho dinheiro.

– Isso ajuda. Mas é preciso muito para subornar o preconceito... seu symrniano sujo.

– Eu terei muito.

– Bom, vou pensar no caso. Mas depois não venha rastejando e dizendo que fui eu quem o incentivou. Quem é esse?

Mallow fez uma careta de chateação e disse:

– O próprio Jorane Sutt, acho. Ele chegou cedo, e posso entender por quê. Eu estou fugindo dele há um mês. Escute, Jael, entre na sala ao lado e ligue o alto-falante. Quero que você escute.

Ele ajudou o membro do conselho a sair empurrando-o com o pé, depois se levantou correndo e vestiu um roupão de seda. A luz solar sintética se desvaneceu e se transformou em luz normal.

O secretário do prefeito entrou rígido, enquanto o mordomo solene correu na ponta dos pés para fechar a porta.

Mallow apertou o cinto e disse:

– Pode escolher a cadeira que quiser, Sutt.

Sutt mal abriu um sorriso. A cadeira que escolheu era confortável, mas ele não relaxou. Sentado na beirada, disse:

– Se você definir seus termos, para começar, vamos logo aos negócios.

– Que termos?

– Você queria ser convencido? Bem, então, o que, por exemplo, você fez em Korell? Seu relatório estava incompleto.

– Eu o entreguei meses atrás. Você ficou satisfeito com ele na época.

– Sim – Sutt esfregou a testa pensativo com um dedo. – Mas, desde então, suas atividades têm sido significativas. Nós sabemos muito do que você tem feito, Mallow. Sabemos exatamente quantas fábricas você está montando; a pressa com que está fazendo isso; e o quanto está lhe custando. E tem este palácio aqui – ele olhou ao redor com uma fria falta de apreciação – que lhe custou consideravelmente mais do que meu salário anual; e a trilha que você tem desbravado... uma trilha ampla e bastante cara... pelas camadas mais altas da sociedade da Fundação.

– E daí? Além de provar que você emprega espiões competentes, o que isso demonstra?

– Demonstra que você tem dinheiro que não tinha há um ano. E isso pode demonstrar qualquer coisa.. por exemplo, que aconteceu algum acordo em Korell que não sabemos. Onde você consegue seu dinheiro?

— Meu caro Sutt, você não pode esperar mesmo que eu lhe diga isso.

— Não.

— Não achei que esperasse. Por isso vou lhe contar. Ele vem direto dos cofres do tesouro do Commdor de Korell.

Sutt piscou.

Mallow sorriu e continuou:

— Infelizmente para você, o dinheiro é legítimo. Eu sou um Mestre Comerciante e o dinheiro que recebi foi uma quantia de ferro forjado e cromita em troca de uma série de badulaques que forneci a ele. Cinquenta por cento do lucro é meu, por contrato firmado com a Fundação. A outra metade vai para o governo no fim do ano, quando todos os bons cidadãos pagam seu imposto de renda.

— Não havia menção a nenhum acordo comercial em seu relatório.

— Nem havia qualquer menção ao que eu comi no café da manhã daquele dia, ou o nome da minha amante atual, ou de qualquer outro detalhe irrelevante — o sorriso de Mallow estava se transformando num riso de desprezo. — Eu fui enviado, para citar você mesmo, "para manter os olhos abertos". Eles jamais se fecharam. Você queria descobrir o que aconteceu com as naves mercantes da Fundação que foram capturadas. Eu nunca vi ou ouvi falar nelas. Você queria saber se Korell tinha energia nuclear. Meu relatório fala de desintegradores nucleares em posse da guarda pessoal do Commdor. Não vi outros sinais. E os desintegradores que vi são relíquias do antigo Império e podem ser peças de exibição que não funcionam, até onde sei. Até o momento, segui ordens, mas além disso, eu era, e ainda sou, um agente livre. De acordo com as leis da Fundação, um Mestre Comerciante pode abrir quaisquer novos mercados que puder e receber sua devida metade dos lucros. Quais são suas objeções? Não as vejo.

Sutt voltou os olhos cuidadosamente para a parede e falou com uma difícil falta de raiva:

— É costume geral de todos os comerciantes avançarem a religião junto com seu ofício.

— Eu sigo a lei, mas não os costumes.

— Existem momentos em que o costume pode ser a lei mais alta.

— Então, apele aos tribunais.

Sutt levantou olhos sombrios que pareciam recuar para dentro das órbitas.

– Você é um smyrniano, afinal de contas. Parece que a naturalização e a educação não podem tirar a mácula do sangue. Escute e tente entender, mesmo assim. Isto vai além de dinheiro ou de mercados. Temos a ciência do grande Hari Seldon para provar que, de nós, depende o futuro império da Galáxia, e do curso que leva para o Império não podemos nos desviar. A religião que temos é nosso instrumento mais importante para atingirmos esse fim. Com ela, trouxemos os Quatro Reinos sob nosso controle, mesmo no momento em que eles teriam nos esmagado. Ela é o mais potente dispositivo conhecido para controlar homens e mundos. A razão primeira para o desenvolvimento do comércio e dos comerciantes era introduzir e espalhar essa religião mais rapidamente, e garantir que a introdução de novas técnicas e uma nova economia estariam sujeitas ao nosso controle completo e íntimo.

Fez uma pausa para respirar e Mallow rapidamente aproveitou:

– Eu conheço a teoria. Compreendo-a inteiramente.

– Compreende mesmo? É mais do que eu esperava. Então você vê, claro, que sua tentativa de fazer comércio por conta própria; de produção em massa de quinquilharias, que podem apenas afetar superficialmente a economia de um mundo; de subversão de políticas interestelares para o deus dos lucros; do divórcio da energia nuclear de nossa religião controladora... só pode terminar com a derrubada e a completa negação da política que funcionou com sucesso por um século.

– Já estava na hora, também – Mallow disse, indiferente – para uma política datada, perigosa e impossível. Por melhor que sua religião tenha se saído nos Quatro Reinos, praticamente nenhum outro mundo da Periferia a aceitou. Quando tomamos o controle dos Reinos, havia um número suficiente de exilados, a Galáxia bem sabe, para espalhar a história de como Salvor Hardin usou o sacerdócio e a superstição do povo para derrubar a independência e o poder dos monarcas seculares. E, se isso não fosse o bastante, o caso de Askone duas décadas atrás tornou tudo bastante claro. Não existe um governante na Periferia agora que não prefira cortar a própria garganta a deixar um sacerdote da Fundação entrar em seu território. Não proponho forçar Korell ou qualquer outro mundo a aceitar algo que sei que eles não querem. Não, Sutt. Se a energia nuclear os torna perigosos, uma sincera amizade por intermédio do comércio será muitas vezes melhor que uma soberania insegura, baseada na supremacia odiada de uma potência espiritual estrangeira, que, quando enfraquece de leve, só pode cair inteiramente e não deixa nada de substancial atrás, a não ser um medo e um ódio imortais.

Sutt disse cinicamente:

– Muito bem colocado. Então, para voltarmos ao ponto de discussão original, quais são seus termos? O que você exige para trocar suas ideias pelas minhas?

– Você acha que minhas convicções estão à venda?

– Por que não? – foi a resposta fria. – Não é esse o seu negócio, comprar e vender?

– Somente com lucro – Mallow disse, sem se ofender. – Pode me oferecer mais do que estou obtendo agora?

– Você poderia ter três quartos dos lucros de suas vendas, em vez de apenas metade.

Mallow deu uma gargalhada breve.

– Uma bela oferta. Mas o todo do negócio, em seus termos, cairia muito abaixo de um décimo do meu. Esforce-se mais.

– Você poderia ter uma cadeira no conselho.

– Isso eu já vou ter de qualquer maneira, sem e apesar de você.

Com um movimento súbito, Sutt cerrou os punhos.

– Você poderia também se poupar de uma pena na prisão. De vinte anos, se eu quiser. Conte o lucro nisso.

– Nenhum, a menos que você consiga cumprir uma ameaça dessas.

– É julgamento por homicídio.

– De quem? – Mallow perguntou, com desprezo.

A voz de Sutt era mais dura agora, embora não fosse mais alta que antes.

– O assassinato de um sacerdote anacreoniano, a serviço da Fundação.

– É isso agora? E quais são suas provas?

O secretário do prefeito se inclinou para a frente.

– Mallow, eu não estou blefando. As preliminares acabaram. Só preciso assinar um último documento e o caso da Fundação versus Hover Mallow, Mestre Comerciante, começa. Você abandonou um súdito da Fundação para ser torturado e morto nas mãos de uma multidão estrangeira, Mallow, e tem apenas cinco segundos para impedir o castigo que lhe cabe. Por mim, eu preferia que você decidisse continuar blefando. Seria mais seguro ter você como um inimigo destruído do que como um amigo de conversão duvidosa.

Mallow disse solenemente:

– Você vai realizar o seu desejo.

– Ótimo! – e o secretário sorriu, com crueldade. – Foi o prefeito quem desejou a tentativa preliminar de acordo, não eu. Note que não me esforcei muito.

A porta se abriu e ele foi embora.

Mallow levantou a cabeça quando Ankow Jael voltou a entrar no aposento.

– Você ouviu? – disse Mallow.

O político quase caiu no chão.

– Eu nunca o ouvi tão zangado assim desde que conheço essa cobra.

– Está certo. O que você acha?

– Bom, vou lhe dizer. Uma política externa de dominação por meios espirituais é a ideia fixa dele, mas tenho para mim que os objetivos últimos dele não são espirituais. Fui demitido do Gabinete por discutir esse mesmo assunto, não preciso lhe contar.

– Não precisa mesmo. E quais são esses objetivos não espirituais, de acordo com sua ideia?

Jael ficou sério.

– Bem, ele não é burro, então deve estar percebendo a bancarrota de nossa política religiosa, que praticamente não fez uma única conquista para nós em setenta anos. Ele obviamente está usando isso para seus próprios fins. Agora, *qualquer* dogma, primariamente baseado em fé e emocionalismo, é uma arma perigosa para usar sobre outros, já que é quase impossível garantir que a arma nunca será usada contra o usuário. Por cem anos, nós demos apoio a um ritual e a uma mitologia que estão se tornando cada vez mais veneráveis, tradicionais... e imóveis. De algum modo, isso não está mais sob nosso controle.

– De que modo? – Mallow exigiu saber. – Não pare. Quero seus pensamentos.

– Bem, suponha que um homem, um homem ambicioso, use a força da religião contra nós, em vez de por nós.

– Quer dizer Sutt...

– Você está certo. Estou falando de Sutt. Escute, homem, se ele puder mobilizar as diversas hierarquias dos planetas súditos contra a Fundação em nome da ortodoxia, que chance teríamos? Plantando-se na frente dos estandartes dos piedosos, ele poderia iniciar uma guerra contra a heresia, como representada por você, por exemplo, e acabar se tornando rei. Afinal, foi Hardin quem falou: "Um desintegrador é uma boa arma, mas pode apontar para os dois lados".

Mallow bateu a mão na coxa nua.

– Está certo, Jael, então me coloque no conselho e lutarei contra ele.

Jael fez uma pausa e então disse, significativamente.

– Talvez não. O que foi essa história toda de um sacerdote ser linchado? Isso não é verdade, é?

– É verdade – Mallow disse, cuidadosamente.

Jael soltou um assovio.

– Ele tem provas definitivas?

– Deve ter – Mallow hesitou, e então, acrescentou: – Jaim Twer era seu homem desde o começo, embora nenhum dos dois soubesse que eu sabia disso. E Jaim Twer foi testemunha ocular.

Jael balançou a cabeça.

– Oh-oh. Isso é ruim.

– Ruim? O que há de ruim nisso? Esse sacerdote estava ilegalmente no planeta pelas próprias leis da Fundação. Ele foi obviamente usado pelo governo korelliano como isca, involuntariamente ou não. Por todas as leis do senso comum, não tive escolha a não ser uma ação... e essa ação foi tomada estritamente dentro da lei. Se ele me levar a julgamento, vai apenas fazer de si mesmo um idiota.

E Jael tornou a balançar a cabeça.

– Não, Mallow, você não entendeu nada. Eu disse que ele jogava sujo. Ele não quer condená-lo. Sabe que não pode fazer isso. O que ele quer é arruinar sua imagem perante o povo. Você ouviu o que ele falou. O costume fala mais alto que a lei, às vezes. Você pode sair do julgamento livre como um pássaro, mas se as pessoas acharem que você jogou um sacerdote aos cães, sua popularidade acabou. Eles irão admitir que você fez a coisa legalmente correta, até mesmo a coisa mais sensata. Mas, mesmo assim, você terá sido, aos olhos deles, um cão covarde, um bruto sem sentimentos, um monstro de coração de pedra. E você jamais será eleito para o conselho. Poderia até mesmo perder seu status de Mestre Comerciante, se votarem pelo fim da sua cidadania. Você não é nativo daqui, sabe disso. O que mais acha que Sutt pode querer?

Mallow franziu a testa teimoso.

– E daí?

– Meu rapaz – disse Jael. – Eu vou ficar ao seu lado, mas não posso ajudar. Você está sob os holofotes... bem no meio deles.

14.

A câmara do conselho estava cheia, num sentido bem literal, no quarto dia do julgamento de Hober Mallow, Mestre Comerciante. O único conselheiro ausente amaldiçoava febrilmente a fratura de crânio que o havia deixado de cama. As galerias estavam repletas até os corredores e os tetos com os poucos que, por influência, riqueza ou pura perseverança diabólica, haviam conseguido entrar. O resto preenchia a praça do lado de fora, em nós fervilhantes ao redor dos visores tridimensionais a céu aberto.

Ankor Jael abriu caminho até a câmara com o auxílio e os esforços quase inúteis do departamento de polícia, e então passou pela confusão um pouco menor do lado de dentro até chegar ao assento de Hober Mallow.

Mallow se virou, com alívio:

— Por Seldon, quase que você não chega! Conseguiu?

— Aqui, tome — disse Jael. — É tudo o que você havia pedido.

— Ótimo. Como eles estão encarando isso lá fora?

— Estão alucinados — Jael se mexeu desconfortável. — Você nunca deveria ter permitido audiências públicas. Poderia tê-las impedido.

— Eu não quis.

— Estão falando em linchamento. E os homens de Publis Manlio, dos planetas exteriores...

— Eu queria lhe perguntar a esse respeito, Jael. Ele está atiçando a Hierarquia contra mim, não está?

— *Se ele está*? É a armação mais bem-feita que você já viu. Como Secretário do Exterior, ele é o promotor em um caso de lei interestelar. Como Sumo Sacerdote e Primaz da Igreja, atiça as hordas de fanáticos.

— Bom, esqueça. Lembra-se daquela citação de Hardin que você me jogou no colo no mês passado? Vamos mostrar a eles que o desintegrador pode apontar para os dois lados.

O prefeito estava se sentando agora, e os membros do conselho se levantaram em sinal de respeito.

Mallow sussurrou:

— Hoje é a minha vez. Sente-se aqui e divirta-se.

Os procedimentos do dia começaram e, quinze minutos depois, Hober Mallow atravessou sussurros hostis até chegar ao espaço vazio na frente da mesa do prefeito. Um único feixe de luz estava centrado sobre ele e, nos visores públicos da cidade, bem como nas miríades de visores particulares em quase todos os lares dos planetas da Fundação, a figura gigante e solitária de um homem olhava para a frente de modo desafiador.

Ele começou calmo e num tom suave de voz:

– Para poupar tempo, vou admitir a verdade de cada acusação feita a mim pela promotoria. A história do sacerdote e da multidão, conforme relatada por eles, é absolutamente precisa em cada detalhe.

Houve um tumulto na câmara e um resfolegar triunfante da galeria. Ele esperou pacientemente por silêncio.

– Entretanto, o quadro que eles apresentaram não é completo. Peço o privilégio de fornecer a parte que falta à minha própria maneira. Minha história pode parecer irrelevante no começo. Por isso, peço a indulgência de vocês.

Mallow não fez referência às notas à sua frente.

– Começo no mesmo momento que a acusação, no dia de meus encontros com Jorane Sutt e Jami Twer. O que aconteceu nessas reuniões, vocês já sabem. As conversas foram descritas e a essas descrições nada tenho a acrescentar... exceto meus próprios pensamentos naquele dia. Eram pensamentos desconfiados, pois os acontecimentos daquele dia foram estranhos. Considerem. Duas pessoas, nenhuma das quais conheço mais do que casualmente, me fazem propostas incomuns e um tanto inacreditáveis. Uma delas, o secretário do prefeito, me pede para desempenhar um papel como agente da inteligência para o governo em uma missão altamente confidencial, cujas natureza e importância já foram amplamente explicadas para vocês. O outro, autoproclamado líder de um partido político, me pede para concorrer a um cargo no conselho. Naturalmente, procurei pelo motivo por trás disso. O de Sutt parecia evidente. Ele não confiava em mim. Talvez achasse que eu estava vendendo energia nuclear a inimigos e tramando rebeliões. E talvez ele estivesse forçando a questão, ou achasse que estava. Nesse caso, precisaria de um homem de sua confiança perto de mim, em minha missão proposta, como espião. O último pensamento, entretanto, não me ocorreu até mais tarde, quando Jaim Twer apareceu em cena. Pensem novamente: Twer se apresenta como um comerciante que se aposentou e foi para a política, mas não conheço os detalhes de sua carreira de comerciante, embora meu conhecimento da área seja imenso. E, além do mais, embora Twer se vangloriasse de ter tido uma educação laica, *nunca havia ouvido falar de uma crise Seldon.*

Hober Mallow esperou que o significado disso penetrasse e foi recompensado com o primeiro silêncio que recebeu, pois a galeria segurou o fôlego em uníssono. Essa era para os habitantes de Terminus. Os homens dos planetas exteriores poderiam ouvir apenas versões censuradas, que se adequassem às exigências da religião. Eles não ouviriam nada sobre a crise Seldon. Mas haveria golpes futuros que eles não perderiam.

Mallow continuou:

– Quem, aqui, pode afirmar honestamente que qualquer homem de educação leiga pudesse ser ignorante da natureza de uma crise Seldon? Só existe um tipo de educação na Fundação que exclui toda e qualquer menção à história planejada de Seldon e lida apenas com o homem propriamente dito como um mago semimítico... Eu soube, naquele instante, que Jaim Twer nunca fora um comerciante. Naquele momento, percebi que ele era de uma ordem religiosa e talvez até um sacerdote ordenado; e, sem dúvida, pelos três anos que fingiu liderar um partido político dos comerciantes, *fora um homem a soldo de Jorane Sutt.* Naquele momento, dei um tiro no escuro. Não conhecia os propósitos de Sutt com relação a mim mesmo, mas como ele parecia estar me dando muita corda para me enforcar, eu lhe dei algumas centenas de metros da minha própria corda. Minha ideia era de que Twer fosse comigo em minha viagem como guardião não oficial em nome de Jorane Sutt. Bem, se ele não fosse, eu sabia bem que haveria outros dispositivos aguardando... e esses outros eu poderia não ver a tempo. Um inimigo conhecido é relativamente seguro. Convidei Twer para vir comigo. Ele aceitou. Isso, cavalheiros do conselho, explica duas coisas. Primeiro, diz a vocês que Twer não é meu amigo testemunhando relutantemente contra mim, como a acusação quer fazer os senhores acreditarem. Ele é um espião, executando o serviço para o qual foi pago. Segundo, explica uma certa ação minha na ocasião da primeira aparição do sacerdote a quem sou acusado de ter assassinado... uma ação ainda não mencionada, porque desconhecida.

Agora havia murmúrios perturbados no conselho. Mallow pigarreou teatralmente, e continuou:

– Detesto descrever meus sentimentos quando soube pela primeira vez que tínhamos um missionário refugiado a bordo. Detesto até mesmo me lembrar deles. Essencialmente, eles consistiam em uma grande incerteza. O evento me pareceu, naquele momento, um engodo de Sutt e estava além de minha compreensão ou cálculo. Eu estava ao léu... completamente perdido. Havia uma coisa que eu podia fazer. Livrei-me de Twer por cinco minutos, mandando-o atrás de meus oficiais. Em sua ausência, acionei um receptor de Registro Visual, para conseguir preservar o que acontecesse, para futuros estudos. Fiz isso na esperança, desesperada mas sincera, de que o que me confundia na época pudesse se tornar mais claro ao ser analisado depois. Já repassei esse Registro Visual umas cinquenta vezes desde então. Eu o tenho comigo aqui agora, e vou repetir essa ação pela quinquagésima primeira vez na presença dos senhores, neste exato instante.

O prefeito bateu o martelo monotonamente pedindo ordem, enquanto a câmara perdia seu equilíbrio e a galeria rugia. Em cinco milhões de lares em Terminus, observadores empolgados se aproximavam mais de seus aparelhos receptores e, na própria mesa da acusação, Jorane Sutt balançava a cabeça friamente para o sumo sacerdote nervoso, enquanto os olhos queimavam fixos o rosto de Mallow.

O centro da câmara estava desimpedido e as luzes diminuíram de intensidade. Ankor Jael, de sua mesa à esquerda, fez os ajustes e, com um clique preliminar, uma cena holográfica saltou à vista de todos; em cores, em três dimensões, em todos os atributos da vida, menos a própria vida.

Lá estava o missionário, confuso e espancado, em pé entre o tenente e o sargento. A imagem de Mallow aguardava em silêncio e então homens entraram em fila, com Twer por último.

A conversa aconteceu, palavra por palavra. O sargento foi disciplinado e o missionário, interrogado. A multidão apareceu, seu rugido podia ser ouvido e o Reverendo Jord Parma fez seu apelo selvagem. Mallow sacou sua arma e o missionário, ao ser arrastado, ergueu os braços em uma última maldição enlouquecida. Um minúsculo flash de luz brilhou e desapareceu.

A cena terminou, com os oficiais congelados com o horror da situação, enquanto Twer colocava as mãos nos ouvidos e Mallow calmamente colocava sua arma de lado.

As luzes voltaram a se acender; o espaço vazio no centro do chão não estava mais aparentemente cheio. Mallow, o verdadeiro Mallow do presente, voltou à sua narrativa:

— O incidente, vocês viram, é exatamente como a acusação apresentou... na superfície. Já vou explicar isso. As emoções de Jaim Twer durante todo o episódio revelam claramente uma educação sacerdotal, a propósito. Foi nesse mesmo dia que ressaltei certas incongruências no episódio para Twer. Perguntei a ele de onde o missionário aparecera no meio da quase desolação onde estávamos naquele momento. Perguntei também de onde a gigantesca multidão havia vindo, com a cidade de tamanho razoável mais próxima a quase duzentos quilômetros de distância. A acusação não prestou atenção a esses problemas. Ou a outros pontos; por exemplo, o ponto curioso do descaramento patente de Jord Parma. Um missionário em Korell, arriscando sua vida desafiando tanto a lei korelliana quanto as leis da Fundação, desfila numa roupa sacerdotal muito nova e muito distinta. Há alguma coisa errada nisso. Naquele momento, sugeri que o missionário fosse um cúmplice inconsciente do Commdor, que o estava usando numa tentativa de nos forçar a um ato de agressão explicitamente ilegal, para justificar, pela lei, a subsequente destruição de nossa nave e de nossas vidas. A acusação antecipou essa justificativa de minhas ações. Ela esperava que eu explicasse que a segurança de minha nave, minha tripulação e minha própria missão estavam em jogo, e não podiam ser sacrificadas por um homem, quando esse homem teria, de qualquer maneira, sido destruído, conosco ou sem nós. Eles replicam resmungando sobre a "honra" da Fundação e a necessidade de sustentarmos nossa "dignidade" para manter nossa ascendência. Por alguma estranha razão, entretanto, a acusação negligenciou o próprio Jord Parma... como indivíduo. Eles não apresentaram nenhum detalhe relativo a ele; nem seu lugar de nascimento, nem sua educação ou nenhum detalhe de histórico anterior. A explicação disso também explicará as incongruências que apontei no Registro Visual que vocês acabaram de ver. Os dois estão conectados. A acusação não apresentou nenhum detalhe com relação a Jord Parma porque não pode. A cena que vocês viram pelo Registro Visual parecia uma fraude porque Jord Parma era uma fraude. Nunca existiu um Jord Parma. *Todo este julgamento é a maior farsa já realizada por um assunto que nunca existiu.*

Mais uma vez ele precisou aguardar que o burburinho morresse. Continuou, devagar:

– Vou mostrar a vocês a ampliação de um simples fotograma do Registro Visual. Ele falará por si. Luzes mais uma vez, Jael.

A câmara ficou mais escura e o ar vazio tornou a se preencher com figuras congeladas em uma ilusão fantasmagórica, de cera. Os oficiais do *Estrela Distante* estavam em suas posições rígidas, impossíveis. Uma arma apontada pela mão rígida de Mallow. À sua esquerda, o Reverendo Jord Parma, apanhado no meio do grito, estendendo suas garras para o alto, enquanto as mangas caídas mostravam metade dos braços.

E da mão do missionário se podia ver um minúsculo brilho que na exibição anterior havia piscado e desaparecido. Era um brilho permanente, agora.

– Fiquem de olho naquela luz na mão dele – Mallow falou dentre as sombras. – Amplie essa cena, Jael!

O *tableau* avançou rapidamente. Porções externas desapareceram quando o missionário se aproximou do centro e se tornou um gigante. Então havia somente uma cabeça e um braço, e então apenas uma mão, que preenchia tudo e permaneceu ali em uma rigidez imensa e nebulosa.

A luz havia se tornado um conjunto de letras granuladas e brilhantes: PSK.

– Esta – a voz de Mallow irrompeu tonitruante – é uma amostra da tatuagem, cavalheiros. Sob a luz comum ela é invisível, mas sob a luz ultravioleta, com a qual iluminei o aposento na hora de tirar esse Registro Visual, ela se destaca em alto-relevo. Admito que é um método ingênuo de identificação secreta, mas funciona em Korell, onde a luz UV não se encontra em qualquer esquina. Mesmo em nossa nave, a detecção foi acidental. Talvez alguns de vocês já tenham adivinhado o que quer dizer PSK. Jord Parma conhecia bem o jargão dos sacerdotes e fez seu trabalho magnificamente. Onde ele aprendeu isso, e como, não sei, mas PSK significa "Polícia Secreta Korelliana".

Mallow gritou por sobre o tumulto, rugindo contra o ruído:

– Tenho provas colaterais na forma de documentos trazidos de Korell, que posso apresentar ao conselho, se necessário. E onde está o caso da promotoria agora? Eles já fizeram e refizeram a monstruosa sugestão de que eu deveria ter lutado pelo missionário desafiando a lei, e sacrificado minha missão, minha nave e a mim mesmo para a "honra" da Fundação. *Mas fazer isso por um impostor?* Deveria ter feito isso para um agente secreto korelliano coberto pelos mantos e pelas ginásticas verbais, provavelmente tomadas de empréstimo a um exilado anacreoniano? Jorane Sutt e Publis Manlio teriam me feito cair numa armadilha imbecil e odiosa...

Sua voz rouca se desvaneceu no fundo sem forma de uma multidão gritando. Ele estava sendo levantado sobre ombros e levado até a mesa do prefeito. Pelas janelas, podia ver uma torrente de loucos correndo num enxame para dentro da praça, a fim de somarem aos milhares que já estavam ali.

Mallow procurou Ankor Jael, mas era impossível encontrar um rosto único na incoerência da massa. Lentamente ele se tornou consciente de um grito ritmado e repetido, que se espalhava de um pequeno começo e pulsava até a insanidade:

– Viva Mallow! Viva Mallow! Viva Mallow!

15.

Ankor Jael olhava para Mallow sem crer, com um rosto cansado. Os últimos dois dias haviam sido loucos e insones.

— Mallow, você deu um belo show, então não estrague tudo dando um passo maior do que as pernas. Você não pode estar seriamente pensando na possibilidade de concorrer a prefeito. O entusiasmo da massa é uma coisa, mas ele é notoriamente volátil.

— Exatamente! — Mallow disse muito sério. — Então devemos cuidar bem dela, e a melhor maneira de fazer isso é continuar com o show.

— E agora?

— Você vai mandar prender Publis Manlio e Jorane Sutt...

— O quê?

— Foi o que acabou de ouvir. Mande o prefeito prendê-los! Não me interessa que tipo de ameaça vai usar. Eu controlo a multidão... hoje, pelo menos. Ele não vai ousar enfrentá-la.

— Mas sob que acusações, homem?

— As óbvias. Eles incitaram os sacerdotes de outros planetas a tomarem partido nas brigas internas da Fundação. Isso é ilegal, por Seldon. Acuse-os de "colocar em perigo o Estado". E não dou a mínima para uma condenação, assim como não deram a mínima se eu seria ou não condenado. Simplesmente tire-os de circulação até eu me tornar prefeito.

— Falta ainda metade do ano para a eleição.

— Não tanto tempo assim! — Mallow se levantou e segurou subitamente o braço de Jael, com força. — Escute, eu tomaria o governo à força se fosse preciso: do jeito que Salvor Hardin fez, há cem anos. Ainda existe aquela crise Seldon vindo por aí e, quando chegar, tenho de ser prefeito e sumo sacerdote. Ambos!

Jael franziu a testa. Perguntou baixinho:

— O que vai ser? Korell, afinal?

Mallow assentiu.

— É claro. Eles vão acabar declarando guerra, embora eu aposte que isso vá demorar mais uns dois anos.

— Com naves nucleares?

– O que é que você acha? Aquelas três naves mercantes que perdemos no setor espacial deles não foram derrubadas com pistolas de ar comprimido. Jael, eles estão pegando naves do próprio Império. Não abra a boca feito um idiota. Eu disse o Império! Ele ainda está lá, você sabe disso. Pode ter desaparecido aqui na Periferia, mas no centro galáctico ele ainda está bem vivo. E um movimento em falso significa que o próprio pode estar na nossa cola. É por isso que preciso ser prefeito e sumo sacerdote. Sou o único homem que sabe como combater a crise.

Jael engoliu em seco.

– Como? O que você vai fazer?

– Nada.

Jael deu um sorriso inseguro.

– É mesmo? Tudo isso?

Mas a resposta de Mallow era incisiva.

– Quando eu for chefe desta Fundação, não vou fazer nada. Cem por cento de nada, e este é o segredo desta crise.

16.

Asper Argo, o Bem-Amado, Commdor da República Korelliana, saudou a entrada de sua esposa abaixando de forma envergonhada as escassas sobrancelhas. Para ela, pelo menos, seu epíteto autoadotado não se aplicava. Até ele sabia disso.

Ela disse, numa voz tão fina quanto seus cabelos e tão fria quanto seus olhos:

— Meu gracioso senhor, compreendo, finalmente tomou uma decisão com relação ao destino dos arrivistas da Fundação.

— É mesmo? — o Commdor perguntou amargo. — E o que mais seu versátil entendimento abraça?

— O suficiente, meu nobre marido. Você teve outra de suas hesitantes consultas com seu conselheiros. Belos conselheiros — com escárnio infinito. — Um bando de idiotas cegos e paralíticos abraçando seus lucros estéreis aos seus peitos afundados, apesar do desgosto de meu pai.

— E quem, minha cara — foi a resposta suave —, é a excelente fonte da qual sua compreensão compreende tudo isso?

A Commdora riu.

— Se eu lhe contasse, minha fonte seria mais cadáver do que fonte.

— Bem, você terá tudo do jeito que quer, como sempre — o Commdor deu de ombros e lhe virou as costas. — E quanto ao desgosto de seu pai, receio que se estenda a uma recusa terminante a fornecer mais naves.

— Mais naves! — ela soltava fogo pelas ventas. — E você já não tem cinco? Não negue. Eu sei que você tem cinco. E uma sexta já foi prometida.

— Prometida para o ano passado.

— Mas uma, somente uma, pode arrasar a Fundação e deixá-la em ruínas. Somente uma! Uma, para varrer aqueles minúsculos botes de pigmeus para fora do espaço.

— Eu não poderia atacar o planeta deles, mesmo com uma dúzia.

— E quanto tempo o planeta deles aguentaria com seu comércio arruinado, e suas cargas de brinquedos e lixo destruídas?

— Esses brinquedos e lixo significam dinheiro — ele suspirou. — Muito dinheiro.

— Mas se você tivesse a Fundação, não teria tudo o que ela contém? E se tivesse o respeito e a gratidão de meu pai, não teria mais do que a Fundação já pôde lhe dar? Já se passaram três anos, mais até, desde que aquele bárbaro chegou com seu espetáculo mágico. Já é tempo suficiente.

– Minha cara! – o Commdor se virou e encarou-a. – Estou ficando velho. Estou cansado. Não tenho a resistência para suportar sua matraca que não para. Você diz que sabe o que eu decidi. Bem, eu decidi mesmo. Acabou, e haverá guerra entre Korell e a Fundação.

– Ora! – a figura da Commdora se expandiu e seus olhos brilharam. – Você finalmente aprendeu sabedoria, mesmo que na senilidade. E agora, quando for senhor daquela terra de ninguém, poderá ser suficientemente respeitável para ser de algum peso e importância no Império. Para começar, poderíamos deixar este mundo bárbaro e frequentar a corte do vice-rei. Poderíamos mesmo.

Ela saiu, com um sorriso e a mão na cintura. Os cabelos reluziam na luz.

O Commdor esperou, e então disse para a porta fechada com maldade e ódio:

– E quando for o senhor do que você chama de terra de ninguém, poderei ser suficientemente respeitável para me virar sem a arrogância de seu pai e a língua da filha dele. Completamente sem!

17.

O tenente sênior da *Nebulosa Negra* olhou horrorizado pelo visor.

– Grandes Galáxias Galopantes! – isso devia ter saído como um uivo, mas saiu como um sussurro. – O que é isso?

Era uma nave, mas uma baleia comparada ao peixe que era a *Nebulosa Negra*; e, na sua lateral, o símbolo da Espaçonave-e-Sol do Império. Todos os alarmes da nave começaram a soar histéricos.

As ordens foram emitidas e a *Nebulosa Negra* se preparou para fugir se pudesse, ou lutar se fosse preciso... enquanto na sala de ultraondas uma mensagem era transmitida a toda velocidade pelo hiperespaço para a Fundação.

E foi repetida várias vezes! Era, em parte, um pedido de socorro, mas, principalmente, um aviso de perigo.

18.

Hober Mallow arrastava os pés cansados enquanto folheava os relatórios. Dois anos como prefeito o haviam deixado um pouco mais domesticado, um pouco mais suave, um pouco mais paciente... mas não fizeram com que ele aprendesse a gostar de relatórios do governo e do terrível jargão oficialoide em que eram escritos.

– Quantas naves eles pegaram? – perguntou Jael.

– Quatro capturadas no chão. Duas não reportaram. Todas as outras reportaram e estão a salvo – Mallow grunhiu. – Devíamos ter feito melhor, mas é só um arranhão.

Não houve resposta e Mallow levantou a cabeça.

– Tem algo o preocupando?

– Gostaria que Sutt viesse até aqui – foi a resposta quase irrelevante.

– Ah, sim; agora vamos ouvir mais um sermão sobre o front doméstico.

– Não vamos, não – Jael retrucou –, mas você é teimoso, Mallow. Pode ter aprendido a trabalhar a situação estrangeira nos mínimos detalhes, mas nunca deu a mínima para o que acontece aqui no planeta natal.

– Bom, esse é o seu trabalho, não é? Para que eu o nomeei Ministro da Educação e da Propaganda?

– Obviamente, para me mandar mais cedo e miseravelmente para a cova, por toda a cooperação que me dá. No ano passado, deixei-o surdo com o perigo crescente de Sutt e de seus Religionistas. De que valerão seus planos, se Sutt forçar uma eleição especial e botá-lo para fora?

– Nada, eu admito.

– E seu discurso ontem à noite simplesmente deu de bandeja a eleição para Sutt, com um sorriso e um tapinha nas costas. Havia necessidade de ser tão franco?

– Não existe alguma coisa do tipo roubar a força de Sutt?

– Não – disse Jael, com violência –, não do jeito que você fez. Você afirma ter previsto tudo e não explica por que negociou com Korell, para o benefício exclusivo deles, por três anos. Seu único plano de batalha é se retirar sem nenhuma batalha. Você abandona todo o comércio com os setores do espaço perto de Korell. Proclama abertamente um impasse. Não promete nenhuma ofensiva, nem mesmo no futuro. Pela Galáxia, Mallow, o que é que eu devo fazer com uma bagunça dessas?

– Não tem glamour?

– Não tem apelo emocional para as massas.

– Dá na mesma.

– Mallow, acorde. Você tem duas alternativas. Ou apresenta ao povo uma política externa dinâmica, sejam quais forem seus planos em particular, ou faz alguma espécie de acerto com Sutt.

Mallow disse:

– Está certo, se falhei na primeira, vamos tentar a segunda. Sutt acabou de chegar.

Sutt e Mallow não haviam se encontrado pessoalmente desde o dia do julgamento, dois anos antes. Nenhum detectou mudanças no outro, a não ser por aquela atmosfera sutil que deixava bastante evidente que os papéis de governante e oposição haviam trocado.

Sutt se sentou sem apertar a mão de Mallow.

Mallow ofereceu um charuto e perguntou:

– Importa-se se Jael ficar? Ele quer um acordo honesto. Pode agir como mediador, se os ânimos esquentarem.

Sutt deu de ombros.

– Um acordo seria bom para você. Em outra ocasião eu lhe pedi para declarar seus termos. Suponho que as posições agora estejam invertidas.

– Sua suposição está correta.

– Então os meus termos são os seguintes: você deve abandonar sua política desajeitada de suborno econômico e comércio de tranqueiras para voltar à antiga política externa de nossos pais.

– Quer dizer, conquistar por meios missionários?

– Exatamente.

– Não há acordo, se não for assim?

– Não há acordo.

– Hmmm – Mallow acendeu seu charuto bem devagar e inalou a ponta dele com um brilho quente. – No tempo de Hardin, quando a conquista por missionários era nova e radical, homens como você se opunham a ela. Agora ela foi testada, experimentada, sacramentada... tudo o que um Jorane Sutt gostaria. Mas, me diga, como você nos tiraria de nossa encrenca atual?

— Sua encrenca atual. Eu não tive nada a ver com isso.

— Considere a pergunta modificada de modo adequado.

— Uma ofensiva forte é indicada. O impasse com o qual você parece estar satisfeito é fatal. Seria uma confissão de fraqueza a todos os mundos da Periferia, onde a aparência de força é importantíssima, e não há um abutre entre eles que não se juntasse ao ataque por sua fatia do cadáver. Você devia entender disso bem. Afinal, você é de Smyrno, não é?

Mallow deixou passar o significado da observação.

— E se você derrotasse Korell, o que seria do Império? Esse é o verdadeiro inimigo — perguntou.

O sorriso estreito de Sutt puxava os cantos de sua boca.

— Ah, não, os registros de sua visita a Siwenna foram completos. O vice-rei do Setor Normânnico está interessado em criar dissensão na Periferia para seu próprio benefício, mas apenas como uma questão colateral. Ele não vai arriscar tudo numa expedição à fronteira da Galáxia quando tem cinquenta vizinhos hostis e um imperador contra o qual se rebelar. Eu parafraseio suas próprias palavras.

— Ah, sim, ele poderia, Sutt, se achar que somos fortes o bastante para sermos perigosos. E ele poderia achar isso, se destruíssemos Korell pela força do ataque frontal. Teríamos de ser consideravelmente mais sutis.

— Como, por exemplo...

Mallow se recostou.

— Sutt, eu lhe darei sua chance. Não preciso de você, mas posso usá-lo. Então vou lhe dizer do que se trata, e então você poderá se juntar a mim e receber um lugar num gabinete de coalizão, ou bancar o mártir e apodrecer na cadeia.

— Você já tentou esse último truque uma vez.

— Não com muita vontade, Sutt. A hora certa acaba de chegar. Agora escute — os olhos de Mallow se estreitaram. — Quando pousei pela primeira vez em Korell — começou —, subornei o Commdor com os badulaques de dispositivos que compõem o estoque usual do comerciante. No começo, isso era apenas para obter a entrada numa siderúrgica de aço. Eu não tinha planejado nada além disso, mas consegui. Consegui o que queria. Mas foi só depois de minha visita ao Império que percebi exatamente em que arma eu poderia transformar o negócio. O que estamos enfrentando é uma crise Seldon, Sutt, e crises Seldon não são resolvidas por indivíduos, mas por forças históricas. Hari Seldon, quando planejou seu curso da história futura, não contava com heroísmos brilhantes, mas com amplos panoramas da economia e da sociologia. Então, as soluções para as várias crises devem ser atingidas pelas forças que se tornarem disponíveis para nós na época. Neste caso... comércio!

Sutt ergueu as sobrancelhas com ceticismo e tirou vantagem da pausa.

– Espero não ter uma inteligência abaixo do normal, mas o fato é que esta sua palestra vaga não é muito esclarecedora.

– Vai ficar – disse Mallow. – Considere que até agora a força do comércio tem sido subestimada. Sempre se achou que era necessária uma classe de sacerdotes, sob nosso controle, para torná-lo uma arma poderosa. Isso não é verdade e *esta* é a minha contribuição para a situação galáctica. Comércio sem sacerdotes! Somente comércio! Ele é forte o bastante. Vamos nos tornar muito simples e específicos. Korell está em guerra conosco agora. Consequentemente, nosso comércio com esse planeta parou. *Mas* (repare que estou tornando isto mais simples ainda), nos últimos três anos eles basearam sua economia cada vez mais nas técnicas nucleares que introduzimos e que somente nós podemos continuar a fornecer. Agora, o que você acha que irá acontecer assim que os minúsculos geradores nucleares começarem a falhar, e um dispositivo atrás do outro começarem a se desativar? Os pequenos aparelhos domésticos vão primeiro. Depois de cerca de meio ano desse impasse que você abomina, a faca nuclear de uma mulher não funcionará mais. O fogão dela começará a falhar. Sua lavadora não vai mais fazer um ótimo trabalho. O controle de temperatura e umidade de sua casa morre num dia quente de verão. O que acontece?

Ele fez uma pausa, esperando resposta, e Sutt disse calmamente:

– Nada. As pessoas conseguem suportar muita coisa em tempos de guerra.

– É bem verdade. Suportam mesmo. Eles mandam seus filhos em números ilimitados para morrer horrivelmente em espaçonaves quebradas. Eles suportarão o bombardeio inimigo, se isso significar que tenham de viver de pão velho e água estagnada em cavernas a oitocentos metros de profundidade. Mas é muito difícil de aguentar pequenas coisas quando o fervor patriótico do perigo iminente não está presente. Vai ser um impasse. Não haverá baixas, nem bombardeios, nem batalhas. Haverá apenas uma faca que não corta, um fogão que não cozinha, e uma casa que congela no inverno. Será irritante, e as pessoas vão começar a resmungar.

Sutt disse devagar, ponderando:

– É nisso que você está depositando suas esperanças, homem? O que você está esperando que aconteça? Uma rebelião de donas de casa? Um levante súbito de açougueiros e donos de mercados com suas facas e cutelos gritando "Devolvam nossas Lavadoras Nucleares Automáticas Super-Kleeno!"

– Não, senhor – Mallow disse impaciente. – Não espero isso. O que eu espero é um fundo geral de irritação e insatisfação que será engrossado por figuras mais importantes, posteriormente.

– E que figuras mais importantes são essas?

– Os fabricantes, os donos de fábrica, os industriais de Korell. Quando dois anos do impasse tiverem se passado, as máquinas nas fábricas começarão a falhar, uma a uma. As indústrias que modificamos, dos pés à cabeça, com nossos novos dispositivos nucleares subitamente se encontrarão completamente arruinadas. Os industriais se encontrarão, em massa, e de um golpe só, donos de nada a não ser de um ferro-velho que não funciona.

– As fábricas funcionavam muito bem antes de você chegar lá, Mallow.

– Sim, Sutt, funcionavam... com cerca de um vigésimo dos lucros, mesmo que você deixe de lado o custo da reconversão ao estado pré-nuclear original. Com os industriais, financistas e os homens comuns todos contra o Commdor, por quanto tempo ele aguentará?

– Tanto quanto ele desejar, assim que lhe ocorrer obter novos geradores nucleares do Império.

E Mallow soltou uma gostosa gargalhada.

– Você não entendeu, Sutt, não entendeu nada, igual ao Commdor. Você não entendeu absolutamente nada. Escute, homem, o Império não pode substituir nada. O Império sempre foi um reino de recursos colossais. Eles calculavam tudo em planetas, em sistemas estelares, em setores inteiros da Galáxia. Os geradores deles são gigantescos porque eles pensavam de forma gigantesca. Mas nós... *nós*, nossa pequena Fundação, nosso único mundo quase sem recursos metálicos... precisamos trabalhar com economia bruta.

Nossos geradores tinham de ser do tamanho do nosso polegar, porque essa era toda a quantidade de metal que podíamos ter. Fomos obrigados a desenvolver novas técnicas e novos métodos: técnicas e métodos que o Império não consegue desenvolver porque já degenerou para além do estágio em que pode fazer algum avanço científico realmente vital. Com todos os seus escudos nucleares, grandes o bastante para proteger uma nave, uma cidade, um mundo inteiro; eles jamais conseguiriam construir um para proteger um único homem. Para fornecer luz e calor a uma cidade, eles têm motores de seis andares de altura... eu os vi... ao passo que os nossos cabem nesta sala. E quando eu disse a um dos especialistas nucleares deles que um invólucro de chumbo do tamanho de uma noz continha um gerador nuclear, ele quase morreu engasgado de indignação no ato. Ora, eles sequer compreendem seus próprios colossos, agora. As máquinas funcionam de geração a geração automaticamente, e os responsáveis são uma casta hereditária que ficaria indefesa se um único tubo-D em toda aquela vasta estrutura queimasse. Toda essa guerra é uma batalha entre esses dois sistemas; entre o Império e a Fundação; entre o grande e o pequeno. Para tomar controle de um mundo, eles subornam com imensas naves que possam fazer guerra, mas sem significado econômico. Nós, por outro lado, subornamos com coisas pequenas, inúteis na guerra, mas vitais para a prosperidade e para os lucros. Um rei, ou um Commdor, pegará as naves e até fará uma guerra. Ao longo da história, governantes arbitrários trocaram o bem-estar de seus súditos pelo que consideram honra, glória e conquista. Mas ainda são essas pequenas coisas na vida que contam... e Asper Argo não terá condições de lutar contra a depressão econômica que varrerá toda Korell em dois ou três anos.

Sutt estava na janela, de costas para Mallow e Jael. A noite caía, agora, e as poucas estrelas que brilhavam fracas, ali no limite da Galáxia, luziam contra o fundo da Lente nebulosa que incluía os restos daquele império, ainda vasto, que lutava contra eles.

– Não. Você não é o homem – disse Sutt.

– Você não acredita em mim?

– Eu quero dizer que não confio em você. Você tem a boca doce. Já me enganou o suficiente quando pensei que o tinha sob controle em sua primeira viagem a Korell. Quando achei que o havia acuado no julgamento, você conseguiu se safar e ainda obteve o cargo de prefeito por pura demagogia. Você não tem nada de honesto; não existe motivo que não tenha outro por detrás; não há declaração que não tenha três significados. Suponha que você fosse um traidor. Suponha que sua visita ao Império tivesse lhe dado um subsídio e a promessa de poder. Suas ações seriam precisamente o que são agora. Você provocaria uma guerra depois de ter fortalecido o inimigo. Forçaria a Fundação à inatividade. E daria uma explicação plausível de tudo, tão plausível que convenceria a todos.

— Você quer dizer que não haverá acordo? — Mallow perguntou, gentilmente.

— Eu quero dizer que você precisa deixar o cargo, por vontade própria ou à força.

— Eu lhe avisei sobre a única alternativa à cooperação.

O rosto de Jorane Sutt ficou vermelho de sangue, num súbito ataque emocional.

— E eu o aviso, Hober Mallow de Smyrno, que, se me prender, não haverá trégua. Meus homens não se deixarão deter por nada e espalharão a verdade sobre você e o povo comum da Fundação se unirá contra seu governante estrangeiro. Eles têm consciência de destino que um smyrniano nunca poderá entender... e essa consciência o destruirá.

Hober Mallow disse baixinho para os dois guardas que haviam entrado.

— Levem-no. Ele está preso.

Sutt disse:

— Esta é sua última chance.

Mallow apagou seu charuto e nem olhou para ele.

E, cinco minutos depois, Jael se mexeu, incomodado, e disse, cansado:

— Bem, agora que você criou um mártir para a causa, o que virá a seguir?

Mallow parou de brincar com o cinzeiro e olhou para cima.

— Esse não é o Sutt que eu conhecia. Ele é um touro cego de sangue. Pela Galáxia, como ele me odeia.

— O que o torna mais perigoso ainda.

— Mais perigoso? Besteira! Ele perdeu toda a capacidade de julgamento.

— Você está superconfiante, Mallow — Jael disse sério. — Está ignorando a possibilidade de uma revolta popular.

Mallow levantou a cabeça mal-humorado:

— De uma vez por todas, Jael, não há nenhuma possibilidade de uma rebelião popular.

— Você está tão cheio de si!

— Eu estou cheio da certeza da crise Seldon e da validade histórica de suas soluções, externa *e* internamente. Existem algumas coisas que eu *não disse* a Sutt agora. Ele tentou controlar a própria Fundação por forças religiosas, assim como controlou os mundos exteriores, e fracassou; o que é o sinal mais certeiro de que, na crise Seldon, a religião perdeu seu papel. O controle econômico funcionou de modo diferente. E, parafraseando aquela famosa citação de Salvor Hardin de que você tanto gosta, um desintegrador que não puder apontar para os dois lados não presta. Se Korell prosperou com nosso comércio, nós também. Se as fábricas korellianas falharem sem nosso comércio; e se a prosperidade dos mundos exteriores desaparecer com o isolamento comercial, nossas fábricas também falharão e nossa prosperidade desaparecerá. E não há uma fábrica, um centro de comércio, uma linha de transporte que não esteja sob meu controle; que eu não possa desabilitar por completo, se Sutt tentar fazer propaganda revolucionária. Onde sua propaganda for bem-sucedida, ou sequer parecer que foi bem-sucedida, vou garantir que a prosperidade acabe. Onde ela falhar, a prosperidade continuará, pois minhas fábricas continuarão totalmente equipadas. Então, pelo mesmo raciocínio que me faz ter certeza de que os korellianos se revoltarão em favor da prosperidade, tenho certeza de que nós não nos revoltaremos contra ela. O jogo será jogado até o fim.

— Então — disse Jael — você está criando uma plutocracia. Está nos tornando uma terra de comerciantes e príncipes mercadores. E o que será do futuro?

Mallow levantou o rosto sério e exclamou feroz:

— E o que eu tenho a ver com o futuro? Sem dúvida, Seldon já o previu e se preparou contra ele. Outras crises acontecerão no futuro, quando o poder do dinheiro tiver se esgotado, da mesma forma que a religião se esgotou hoje. Que meus sucessores resolvam esses novos problemas, assim como eu resolvi o problema de hoje.

Korell... E assim, após três anos de uma guerra que foi certamente a menos travada na história registrada, a República de Korell se rendeu incondicionalmente, e Hober Mallow tomou seu lugar ao lado de Hari Seldon e Salvor Hardin nos corações do povo da Fundação.

ENCICLOPÉDIA GALÁCTICA

TIPOLOGIA:	FelinaSerif-Regular [texto]
	Teuton Fett [títulos]
	Amor Sans Text Pro [Enciclopédia Galáctica]
PAPEL:	Pólen Soft 80 g/m^2 [miolo]
	Supremo 250 g/m^2 [capa]
IMPRESSÃO:	Ed. Gráfica Vida & Consciência [janeiro de 2013]
1ª EDIÇÃO:	abril de 2009 [5 reimpressões]